Dolores Claiborne

日
蚀

［美］斯蒂芬·金 / 著　　　陈静芳 / 译

Stephen King

湖南文艺出版社
HUNAN LITERATURE AND ART PUBLISHING HOUSE　　博集天卷
CS·BOOKY

献给我的母亲

露丝·皮尔斯伯里·金

"女人要的是什么？"

——西格蒙德·弗洛伊德

"尊重，找到它对我的意义。"

——艾瑞莎·弗兰克林

缅 因 州 地 图

日全食

1963年7月20日星期六

东部夏令时间晚上5点41分至5点45分

日全食路径

前　言

　　在缅因州的西北部，就在大家熟知的大湖区那儿，沙尔柏这个小镇像月牙一般环绕在美丽的黑斯克湖畔。黑斯克湖是新英格兰最深的湖之一，湖底有几个地方的深度超过300英尺[①]。常常会听到一些当地人说，那根本是个无底湖……不过他们通常小酌（在沙尔柏，六杯啤酒叫作小酌）几杯之后才会这么说。

　　如果要从缅因州地图的西北方画一条直线到东南方，从代表沙尔柏的小注点出发，通过代表班戈市的那个比较大的注点，最后将抵达地图上最小的一个点，那是位于大西洋上、离巴港约16英里[②]处的一个绿色小点。这个绿色小点是小高岛，1960年的人口普查显示

---

① 1英尺合30.48厘米。——编者注，下同

② 1英里约合1.61千米。

岛上有527人，创下有史以来的最高纪录，1990年则下降到204人。

这两个小社区的直线距离是140英里，将小岛与新英格兰最大州的海岸景观圈住，就像是一对单调无趣的书立。它们没有什么共同点，事实上，两边的居民对彼此也无甚了解。

然而，在1963年的夏天，就在美国——以及全世界——即将被一颗刺客射出的子弹永远改变之前的最后那个夏天，沙尔柏与小高岛因着一次惊人的天体现象被联结起来——那是2016年之前，新英格兰北部可以看到的最后一次日全食。

远在缅因州西部的沙尔柏与位于该州最东部的小高岛都在日全食的路径上。此外，当天天气闷热潮湿，半数以上位于日全食路径上的城镇因为云层笼罩而无法看到日全食，不过沙尔柏与小高岛的居民却都清楚地看见了这个自然现象。对沙尔柏的居民来说，日全食开始于东部夏令时间下午4点29分；对小高岛的居民而言，日全食则始于下午4点34分。日全食经过该州的时间几乎正好是三分钟。在沙尔柏，天色全暗的时间在下午5点39分至5点41分；小高岛则是从下午5点42分至5点43分完全看不见阳光，历时五十九秒。

当这奇怪的黑暗慢慢笼罩缅因州时，白日里出现了满天星星，鸟儿回巢歇息，蝙蝠漫无目的地盘旋在烟囱上方，牛躺在刚刚啃草的原野上进入梦乡，太阳变成天空中耀眼的神奇光环。当世界在这种反常的黑暗当中暂时停摆、静寂无声，而蟋蟀开始引吭高歌时，两个从未谋面的陌生人感应到了彼此。她们走向彼此，就像花朵面向阳光，追随太阳的热度一样。

其中一个是杰茜·马霍特这个女孩，她住在缅因州西边的沙尔柏。另一个是多洛雷丝·圣乔治，她是三个孩子的妈，住在缅因州东边的小高岛上。

她们两个都在大白天听见猫头鹰的叫声，都身处恐惧幽谷深处，都相信她们绝对不会说出那里噩梦般的情景。两个人也都觉得黑暗来得正好，并因此感谢上帝。

杰茜·马霍特后来嫁给了杰罗德·伯林盖姆，她的故事已经写在《杰罗德游戏》一书中。多洛雷丝·圣乔治后来恢复娘家本姓，叫作多洛雷丝·克莱本，她将在本书中道出她的故事。两部作品都是在日全食期间发生的女性故事，讲述了她们如何从黑暗中挣脱出来。

Dolores Claiborne

日 蚀

安迪·比塞特，你刚刚问我什么来着？

我"懂不懂你刚刚向我解释的这些权利"？

我的老天爷！怎么会有人这么蠢呢？

算了，别介意——可你还是唠唠叨叨的，现在听我说吧。我觉得你可能得听我说上大半夜，所以最好现在就习惯吧。我当然了解你向我宣读的内容！你以为你上次在市场上看到我之后，我就变成白痴了吗？如果你已经忘了，让我提醒你一下，那不过是星期一下午的事。那天我告诉你，买那种放了一天的面包，你老婆不打死你才怪——就像俗话说的，省小钱，花大钱，我敢打赌我说得没错吧？

安迪，我当然知道我有哪些权利，我老妈养的可不是笨蛋。我也知道我的责任。愿主保佑我。

我说的任何话都可能在法庭上成为不利于我的供词，你是这么说的，没错吧？真是怪事年年有哪！还有你，弗兰克·普罗克斯，你大可不必在脸上挂着傻笑。或许你现在是镇上了不起的警察，但是不久前我可看到你包着尿布，脸上挂着同样的白痴傻笑到处跑。给你一个小小的忠告，遇上我这种老太婆时，最好收起你的傻笑。依我看哪，西尔斯百货商品目录页的内衣广告都比你难读懂点哩。

好吧，我们玩笑也开够了，还是开始谈正事吧。现在我要告诉你们仨一大堆事情，其中很多内容可能会在法庭上成为不利于我的供词，如果有人在这么多年之后还想这么做的话。好笑的是，岛上的居民大概都已经知道了事情的经过，但就像老尼利·罗比肖喝醉时常说的，我现在屁也不在乎。罗比肖可是经常喝得醉醺醺的，所有认识他的人都会这么告诉你。

不过啊，我的确在乎一件事情，这就是我自己送上门来的原因。我没有杀薇拉·多诺万那个臭婆娘，不管你们现在怎么想，我还是希望你们相信我的话，我没有将她推下那该死的楼梯。如果你们想为别的事把我关起来，那我可以接受，但是我的手上可没沾一点那个臭婆娘的血。安迪，我想等我说完的时候，你就会相信我了。你小时候一直是个好孩子，我是说你很正派。现在你已经成为一个堂堂正正的大人了。不过，你可别得意忘形；你的成长过程就和其他男人一样，有个女人帮你洗衣服，帮你擦鼻涕，并在你行为出现偏差的时候，将你导回正途。

在我们开始之前，我还有一件事要说。安迪、弗兰克，我当然认识你们，但这个拿着录音机的女人是从哪儿冒出来的？

　　哦，天哪，安迪，我知道她是速记员！我刚刚不是说过，我老妈养的不是笨蛋吗？虽然到今年11月我就66岁了，但是我的头脑可清楚得很。我知道拿着录音机和速记本的女人是速记员。我看了所有的法庭节目，甚至连《洛城法网》也看了，那部电视剧里所有人的衣服似乎都穿不住十五分钟呢。

　　亲爱的，你叫什么名字？

　　嗯哼……那你又是从哪儿来的呢？

　　哦，安迪，别打岔！你今晚还有别的事要忙吗？你打算去沙滩上看看能不能抓到几个非法捕圆蛤的家伙吗？你的心脏可能受不了那种刺激吧？哈哈！

　　对，这样好多了。你叫作南希·班尼斯特，从肯纳邦克来，我是多洛雷丝·克莱本，就住在小高岛上。我已经说过，我要说的故事很长，说完之后你们就会明白，我一点也没说谎。所以如果你们要我提高音量或是放慢速度，直接告诉我就可以了，不必太拘谨。我要你们听清楚我说的每一句话，从这一句开始：二十九年前，当这位警察局局长比塞特才上小学一年级，还舔着罐边的酱汁时，我就杀了我的丈夫乔·圣乔治。

　　安迪，我觉得这里有一股风，要是你将那扇该死的门关上，风可能就没了。我不知道你为什么看起来一脸惊愕，你早知道我杀了乔，所有住在小高岛的人都知道这件事，而且可能琼斯波特那儿也有一半的人知道。只是没有人可以证明罢了。要不是那个笨婆娘薇拉又整了我，今天我也不会在这儿，在弗兰克·普罗克斯以及来自肯纳邦克的南希·班尼斯特面前坦承这件事了。

好了，现在她怎么也整不到我了，对吧？至少这一点颇让人感到安慰。

南希，亲爱的，把录音机挪过来，离我近一点，如果要做这件事，就把事做好，我非做好这件事不可。那些日本人做的玩意总是小巧玲珑吧？的确没错……不过我猜啊，我们都知道这台可爱的小机器里面的录音带上的内容，可能会让我下半辈子都待在女子监狱。但我没有别的选择。我对天发誓，我老早就知道薇拉·多诺万那个女人会害死我，我第一次见到她的时候就知道了。你们看看，现在她做了什么好事，看看那个该死的老太婆对我做了什么好事，这次她真的把我害惨了。不过，有钱人就是这样，如果他们不能踢你下地狱，也会假装好心地送你到地狱。

什么？

哦，天啊！安迪，你可不可以让我把话说完，我就快说到重点了！我只是还没决定，到底是要从后往前说，还是从前往后说。你们可不可以先给我来杯喝的？

哦，去他妈的咖啡！把整壶咖啡拿去灌你的卡祖笛好了。如果你舍不得分我一口你放在抽屉里的酒，那就给我一杯水好了。我才不——

你说什么？我怎么会知道你抽屉里有酒？安迪·比塞特，不知情的人还以为你昨天才从饼干盒里冒出来呢！你以为这个岛上的人只八卦我杀夫这件事吗？拜托，那都是老掉牙的故事了。倒是你啊，你还留了点酒呢。

弗兰克，谢谢你。你小时候一直都是个好孩子。不过，那时候在教堂里看到你，可真不是件舒服的事呢！还好你妈帮你把挖鼻孔的坏习惯改掉了。天哪，有时候你的手指头竟然可以一路挖到鼻孔底。你没把脑子挖出来，可真是个奇迹。你他妈的干吗脸红？哪有孩子不挖鼻孔的？他们都是从那个老"水泵"里挖一点绿"金子"出来。至少你还知道不往裤子和命根子上抹，至少在教堂里是这样的，有很多男孩子从来不——

好，好，好，安迪，我要开始说了。天哪，你这家伙可真啰唆呢！

这样吧，我要折中一下，既不从前往后说，也不从后往前说。我要从故事中间开始说，然后再说说之前和后来的事。安迪·比塞特，如果你不喜欢我这么做，大可写进表里，给牧师寄去。

我和乔有三个小孩。1963年夏天他死的时候，塞莱娜15岁，小乔13岁，而小皮特才9岁。唉，乔连个拉屎的尿壶也没留给我，当然也没留一扇窗户可以让我把尿壶扔出去——

南希，我想你稍后可能得将录音带稍微整理一下吧。我只是个脾气不好的老女人，嘴巴还坏，不过通常经历过不堪的生活之后，就会变成这副德行。

我刚刚说到哪儿啦？我自己也不记得了。

哦，没错。谢谢你，小甜心。

乔死后只留下岛上东海角的一个破烂小屋和六英亩①地，大部分的土地上只长着乱糟糟的黑莓丛蔓，和一些伐完后又长出来的无用杂树。还有什么？让我想想。三辆开不动的卡车——其中两辆是皮卡，一辆是运浆车，四捆木柴，杂货店的账单，五金店的账单，石油公司的账单，殡仪馆的账单……你们还想听更精彩的吗？他下葬不到一个星期，那个酒鬼哈里·杜塞特就拿着一张该死的借条来要钱，说乔和他赌棒球赛，欠他20美元！

乔就留给我这些，但你们以为他会留给我他妈的保险金吗？想得美！不过呢，后来事情的发展倒是有点因祸得福。这个我待会儿再说，但现在我想说的是，乔·圣乔治真的不是人，他简直是套在我脖子上的石磨。不，比那更糟，真的，因为石磨不会喝醉酒，然后在半夜1点回家，浑身酒臭味，还想搞你。可这都不是我杀了那个龟孙子的原因。不过我想，从这儿开始说起倒也不错。

我告诉你们，小岛可不是个杀人的好地方。因为似乎老有人在附近，在你最不能忍受时，探头探脑地想知道你的家务事。那就是我当时做这件事的原因，我待会儿也会提到这一点。现在我只想说，薇拉·多诺万的丈夫死于巴尔的摩城外的一场车祸，当时，如

---

① 1英亩约合4046.86平方米。

果他们不在小高岛上避暑，就会住在巴尔的摩。大约在她丈夫死后三年，我做了那件事，那时候，薇拉的身体还很好。

乔走了以后，家里没有收入，我真是陷入了困境。我可以告诉你，我想世界上没有人会比一个独自抚养三个孩子的女人更觉得绝望的。当时我差点就决定离开小岛，看看自己能不能在琼斯波特找到工作，在商店里当售货员或者在餐馆里当服务员。这时，那个蠢女人突然决定要整年住在岛上，几乎所有人都觉得她疯了，但是我却不太惊讶——反正那时候她已经常常在这儿住了。

那时为她工作的人，我不记得他的名字了。不过安迪，你应该知道我说的是谁，就是那个总穿紧身裤的愚蠢的欧洲人，他裤子紧到全世界都看得见他那儿有多大，跟梅森罐差不多。他打电话给我，说“夫人”（他就是这么称呼她的，“夫人”，我的天哪，他可真蠢）想知道我可不可以当她的全职管家。好吧，从1950年起，一到夏天我就成了他们家的管家，所以我觉得她在找别人之前会先打电话给我也是很自然的事。在当时，这份职缺就像是应验了我的祷告一样，我当场就答应了。从那时起，我就开始担任她的全职管家，直到昨天上午她从楼梯上摔下来，撞到她愚蠢的头为止。

安迪，她丈夫是做什么的？制造飞机，是吧？

哦，是啦，我猜我听过那种说法，但是你也知道岛上的人喜欢嚼舌根。我只知道他们很有钱，超级有钱。他死后，她得到了所有遗产，当然，要除掉政府拿走的一些税金，不过我怀疑政府是不是

拿到了实际上该抽的税金。迈克尔·多诺万可是像图钉一样，尖锐
得很呢，也很狡猾。虽然从薇拉过去十年来的作为来看，没人会相
信这一点，但是她其实和他一样狡猾，这份狡猾一直伴随着她，直
到她死了为止。不晓得她会不会知道，如果她不是心脏病发，安安
静静地躺在床上过世，会害我陷入什么样的困境。我今天大半天都
待在东海角，坐在那些摇摇晃晃的阶梯上，想着这件事……这件事
和其他上百件事。首先，我会想，不，一碗燕麦也比薇拉·多诺万
聪明，然后我记起她在吸尘器这件事上的态度，我想着，也许……
对，也许……

　　但现在，这已经不重要了。现在唯一重要的事情就是，我从煎
锅里掉进火坑了。我很想在屁股烧焦之前，把自己拉出来，如果我
还能这么做的话。

　　我刚开始是薇拉·多诺万的管家，后来变成他们所谓的"支薪
看护"。不久之后，我就发现了这两者的不同。当薇拉·多诺万的
管家，我必须一星期五天，一天八小时地做牛做马，忍气吞声；当
她的支薪看护更累，我必须夜以继日地工作。

　　1968年夏天，她第一次中风。当时她正在看在芝加哥举行的
民主党全国代表大会的电视转播。那次只是轻微中风，她常将那次
中风怪罪到休伯特·汉弗莱[①]头上。"我看了那个快乐的浑蛋太多

---

① 1965—1969年任约翰逊总统的副总统。

次，"她说，"然后我那该死的血管啪的一声就爆裂了。我早该知道会发生这种事，这也很有可能会发生在尼克松身上。"

1975年，她再度中风，那次比较严重，而且她也没有政治人物可以怪罪了。弗雷诺医生告诉她最好戒烟戒酒，不过他大可不必和她多费唇舌，傲慢自大又自视甚高的薇拉·多诺万才不会理会奇普·弗雷诺这种平庸的老乡村医生说的屁话。"我会把他埋了，"她以前常常这么说，"然后坐在他的墓碑上，来一杯苏格兰威士忌加苏打。"

之后她就像真会这么做似的，他继续唠叨，而她依然我行我素，就像玛丽王后一样。然后到了1981年，她第一次重度中风，第二年那个欧洲人就在大陆因车祸身亡了。那是1982年10月，就是我搬去和她同住的时候。

我当时有必要这么做吗？我不知道，应该没必要吧！就像老哈蒂·麦克劳德常说的，我自己有社会保险。钱不多，可那时候孩子们早已不在我身边了——小皮特就像可怜的迷途羔羊一样，从地球上永远地消失了，我还是想办法存了一些钱。住在岛上本来花费就不高，虽然现在的物价比以前高，但和大陆那边比起来，还是省钱多了。所以我想当时我没有必要去和薇拉住，真的不需要。

不过到了那个时候，我和她已经很习惯彼此了。这种事男人是不会懂的。我想这位拿着速记本、笔和录音机的南希可能会了解，她现在可能不方便说话。我们习惯彼此，就像两只老蝙蝠习惯相互挨着，一起倒挂在同一个山洞里一样，可我们远远不是你口中所说的最好的朋友。而事情其实也没有很大的变化，把我上教堂穿的礼拜服挂在我衣橱里的家居服旁边，真的算是最大的变化了，因为在1982年秋天之前，我就已经每天白天都待在那里，也几乎都在那儿过夜。我拿到的薪水多了些，不过还没多到让我能付得起我第一辆凯迪拉克的首付，如果你知道我的意思。哈！

我猜当初我会这么做大概是因为她身边没有其他人了。她在纽约有个业务经理，叫格林布什，但格林布什可不会到小高岛上来，好让她可以从卧室的窗户朝他大吼，要他晾床单，还一定得用上六个衣夹，四个可不行。他也不会想搬进客房，帮她换尿布，擦她肥屁股上的屎，而她还会指控他偷了她该死的陶瓷猪里的硬币，说一定要他付出代价，送他进监狱。格林布什给她开支票，我帮她清大便，还得听她叫骂，抱怨床单、吸尘器和她那该死的陶瓷猪之类的事。

这一切是为了什么？我并不期待可以因此得到勋章，更不用说得到紫心勋章。我这辈子擦的屎已经够多了，听过的屁话更多（别忘了，我嫁给乔·圣乔治十六年了），可是我并没有因此而变得软弱。我猜我最后会去陪她，是因为她已经没别人可以依靠了；要么我过去，要么她进疗养院。她的孩子们从没来看过她，这一点让我替她感到难过。我并不指望他们会帮忙照顾她，你们可别以为我会这么想，但我就是搞不懂，不管有什么不愉快的事，为什么他们无法尽释前嫌，偶尔来探望她一下，陪她度过一天或者一个周末。她是个讨人厌的臭婆娘，这一点毋庸置疑，可她好歹也是他们的妈啊！而且那时她也已经老了。当然，我现在比当时知道更多的事，但是——

你说什么？

是的，我说的是真话。如果我说谎，就让我遭天打雷劈好了，我的孙子们就喜欢这样说。如果你们不相信我说的话，尽管打电话给格林布什那个家伙。我真期待在报纸上看到这则新闻，会的，这种事情绝对会刊登出来的，到时候在班戈《每日新闻》那堆多愁善感的文章当中，会有一篇报道这个美好的故事。但是呢，我要告诉你们，这个故事一点也不美好，根本是个他妈的噩梦。不管这里发生了什么事，大家一定会说是我给她洗了脑，让她那么做，然后害死了她。我知道会是这样，安迪，你也知道。不管是在天堂还是在这个世界，如果人们想往最坏的地方想，没有一种力量可以阻止他们。

但是呢，那些话没有一句是真的。我没有逼她做任何事，而她这么做也不是因为她爱我，或者喜欢我。我猜啊，她这么做可能是因为她觉得对我有所亏欠，她那独特的作风可能让她觉得她亏欠我很多。不过照她的怪脾气，这种事她是绝对不会说出口的。这甚至也有可能是她感谢我的方式……并不是因为我帮她换尿布，而是因为在那些电线从墙角飞出来或是尘土怪从床底跑出来的夜晚，我陪伴着她。

我知道你们不懂我在说些什么，但是待会儿你们就会懂了。在你们打开那扇门、走出这个房间之前，我保证你们会了解所有事情。

她有三种糟蹋人的方式。我知道有些女人花招更多，不过对一个基本被困在轮椅上或是床上的老女人来说，三种就够了。对那种女人来说，他妈的三种就够了。

第一种就是，她没有办法控制自己。你们还记得我刚刚说的衣夹吧，我一定得用六个衣夹来夹床单，绝不能只用四个。那还只是其中一个例子。

为傲慢自大的薇拉·多诺万女士工作，事情一定得照她的方式做，而你绝对不会想忘记哪些事该怎么做。她一开始就告诉你事情该怎么做，我现在告诉你，我真的就照她的方式做事情。如果你忘记一次，你就要挨她的骂。如果你忘记两次，她就扣你薪水。如果你忘记三次，那一切就结束了，你卷铺盖走人，她可不管你有什么理由。那就是薇拉的规矩，我倒是还应付得来，只觉得规矩很严厉，不过也很公平。如果她告诉过你两次将烘焙食物从烤箱里拿出来后该搁在哪个架子上，而且绝不要像贫穷的爱尔兰人一样，将架子留在厨房的窗台上来凉食物，但你还记不住的话，那你就永远也不用记住了。

三振出局，规矩就是这么定的，绝对没有例外。因为这些规矩，这些年来，我在那栋房子里和许多不同的人共过事。我以前听人家说过好几次，为多诺万一家人工作就像是走旋转门。你可能转一圈或两圈，有些人可以转到十圈或十二圈，不过你最后一定会被甩到人行道上。所以，当我刚开始为她工作的时候，那是1949年的事了，我整个人都忐忑不安，就像要踏进恶龙的洞穴一样紧张。但是她并不像大家描述的那么坏。如果你能耳听八方，就可以留下来。我就这样做了，那个欧洲人也这样做了。不过你必须随时留意，因为她很精明！因为她总是比其他来岛上度假的人知道更多发生在岛上的事……也因为她可以很刻薄。即使在她遇上所有不幸的事情之前，她也可以很刻薄。对人刻薄可能是她的嗜好吧。

"你来这里做什么？"第一天上班时她就对我这么说，"你不好好待在家里照顾小婴儿，为你生命中最重要的人做丰盛的晚餐，来这里做什么？"

"卡勒姆太太很乐意一天帮我照顾塞莱娜四个小时，"我说，"太太，我只能做兼职。"

"我也只需要一个兼职的，我相信我在本地那家破烂报纸上登的广告就是这样写的。"她马上恢复了本性，但只是让我见识到她的伶牙俐齿，还不像她后来许多次说出口的伤人的话那么尖酸刻薄。我还记得那天她正好在织毛衣。那个女人的编织速度像闪电一样快，一天织好一双袜子，对她来说简直轻而易举。即使她10点才开始，也可以织完。不过，她说她得在心情好的时候才行。

"是啦，"我说，"的确没错。"

"我的名字不是'是啦'，"她一边说，一边放下编织的东西，"我的名字是薇拉·多诺万。如果我雇用你的话，你得叫我多诺万夫人。在我们熟到可以改称其他名字之前，你就这么称呼我，而我会叫你多洛雷丝。听清楚了吗？"

"听清楚了，多诺万夫人。"我说。

"好了，看来我们有个好的开始。现在我问你一个问题：多洛雷丝，你自己有个家要管，为什么要来这里当管家？"

"我想多赚一点钱过圣诞节。"我说。我在来这里的路上就已经想好，如果她问我的话，我就这么回答。"如果到时候我让您满意，如果我喜欢为您工作，或许我会再待久一点。"

"如果你喜欢为我工作。"她重复我的话，转了转眼珠，好像这是她听过的最蠢的话似的，哪有人会不喜欢为伟大的薇拉·多诺万工作？然后她重复道："圣诞节的钱。"她停了一下，一直看着我，接着用更挖苦的语气又说了一次："圣——诞——节的钱！"

她可能怀疑我去应聘是因为我已经穷得没半毛钱，婚姻也出了问题，而她只想看我脸红，垂下眼睛的样子，以此来确定她的猜测。所以我没脸红，眼睛也没垂下，虽然当时我只有22岁，要那么做也很简单。我也不会向任何人承认，我的生活真的出了问题，谁都别想从我嘴里套出话。不管薇拉的语气有多挖苦，告诉她圣诞节的钱这个理由就可以了，我只允许自己承认，那年夏天，家里的开销有点紧。过了好多年，我才能承认那一年，我入虎穴去她家工作的真正原因是，乔每天花钱买酒喝，每个星期五晚上还在大陆那边福吉酒馆的扑克桌上输钱，所以我必须想办法贴补家用。那时候我还相信男人对女人的爱和女人对男人的爱比人类对喝酒的爱还强烈，相信爱情最后会浮到上面来，就像牛奶瓶里面的奶霜一样。往后十年我学乖了。有时候我们就是得从现实生活中才能学到教训，你们说是不是？

"这样吧，"薇拉说，"多洛雷丝·圣乔治，我们都给彼此一个机会好了……虽然你可能会表现得不错，但我猜你大概一年之内又会怀孕，那之后我们就不会再见面了。"

其实当时，我已经怀孕两个月了，但还是那样，谁都别想从我嘴里套出话。我要得到这份周薪10美元的工作，我也拿到了，要是我说我挣的每一分钱都是血汗钱，你们最好相信我的话。那年夏天，我像牛一样拼了命工作，劳动节到来时，薇拉问我，他们回巴尔的摩之后，我想不想继续做这份工作。你知道的，像那样的大房子真的整年都需要有人照看。我说："可以。"

我一直在她家工作，直到小乔出生前一个月，他还没断奶我就又回去工作了。夏天的时候，我请阿琳·卡勒姆帮我带小孩，因为薇拉这个人不喜欢家里有小孩哭闹的声音，她不允许。不过，在她和她先生回巴尔的摩之后，我就带着小乔和塞莱娜去工作。塞莱娜大部分时候不用人陪，尽管还不到3岁，但很让人放心。我每天就用推车推着小乔去工作，他是在薇拉的主卧学会走路的，你们大可相信，薇拉绝对没听过这回事。

我分娩后一个星期，她打电话给我（我根本没通知她生子的事，所以如果她以为我想得到什么昂贵礼物的话，那可是她自己的问题），先恭喜我生了个男宝宝，然后才说出我认为她打这通电话的真正用意——她帮我保留了我的工作。我想她一定希望我会受宠若惊，我还真是这样的。这大概是薇拉那样的女人能够恭维你的极限，比我在那年12月收到她寄来的25美元的奖金更有意义。

她待人严厉，但是很公平，而且在她家，她一直都是老大。反正她先生也不常过来，十天里可能只来一天。即使是在夏天，照理说他们应该一直待在岛上，她先生也不常出现。不过，当他在的时候，你还是知道该听谁的。他可能有两三百个高管，他一不高兴，他们就吓得腿软，但在小高岛上，她才是老大。她告诉他进门前先脱鞋，别让鞋底的泥土弄脏了她干净的高级地毯，他就会乖乖听话。

而且就像我说的，她做事自有一套方法。总是这样！我不知道她哪来的这些想法，不过我的确知道，她成了自己那些想法的囚徒。如果事情不照她的方法进行，她就会头痛或者肚子痛。她每天要花很多时间检查大大小小的事情，我常常想，如果她自己来整理家务的话，或许她的心境会比较平和吧！

所有的浴缸必须用Spic & Span牌清洁剂刷得亮晶晶的，这是其中一项。省事牌不行，顶呱呱牌不行，清洁先生牌也不行，只能用Spic & Span牌。要是让她抓到你用别的清洁剂刷浴缸，那就求上帝保佑你吧！

说到熨衣服呢，你必须用一种特别的衣领净，喷在所有上衣的衣领上，而且喷衣领净之前，还得先放上一片网纱。我觉得那片该死的薄纱根本起不了什么作用，我在那栋房子里至少熨过一万件上衣，但是，如果她走进洗衣房，看见你正在洗衬衫，却没在衣领上放那一小片网子或将它挂在熨衣板一端，愿上帝保佑你吧。

如果谁在厨房炸东西，却忘记打开排气扇，愿上帝保佑你吧。

车库里的那些垃圾桶也有一套管理方法。垃圾桶共有六个，桑尼·奎斯特每个星期来收一次泔水，管家或女佣——谁在附近，就谁负责——必须在他离开的那一分钟，那一秒，立刻将垃圾桶拉回车库。不是只将它们拉到车库的角落里就算交差，还必须得将它们放在车库的东墙边，两个两个地排在一起，而且盖子要倒放在上面。如果你忘记了这样做，愿上帝保佑你吧。

还有写着"欢迎"字样的迎宾垫，总共有三块。一块放在前门，一块放在露台门，一块放在后门。放在后门的那块垫子的右上角还有"后门"这个傲慢自大的标志，去年，我实在是看烦了，就把它拆了下来。每个星期我都得将这些垫子拿到后院角落里的一块大石头上。哦，我指的是距离游泳池约40码①的地方，然后用扫帚拍打垫子上的尘土。真的得用力拍，拍得尘土满天飞。如果你偷懒的话，很可能会被她抓到。她不会每次都监视着你拍打垫子，但通常会这么做。她会站在露台门前，拿着她先生的双筒望远镜看。重点是，你把垫子拿到房子里之后，必须确保"欢迎"字样摆对了方向。所谓摆对方向就是，不管客人从哪个门走进来，"欢迎"字样都是正的。如果把垫子方向摆反了，愿上帝保佑你吧。

像这样大大小小的规矩可能有四五十条。那个时候啊，从我在那儿当兼职女佣开始，你就能经常在杂货店听到别人臭骂薇拉·多诺万。多诺万一家经常招待客人，他们家在20世纪50年代请了许多家庭女佣，通常骂得最大声的是一些小女孩，她们是兼职女佣，都是因为连续三次忘记其中一项规矩而被解雇的。她们会告诉任何想听的人，薇拉·多诺万是个非常刻薄、牙尖嘴利、令人讨厌的老家伙，就像疯子一样。这个嘛，或许她真的疯了，或许没有，不过我大可告诉你——如果你记得她的规矩，她就不会找你麻烦。我是这么想的：只要能记住下午播出的肥皂剧里谁和谁上床，应该就能记

---

① 1码约合0.91米。

住刷浴缸必须用Spic & Span牌清洁剂，还有将垫子摆回去时，要摆对方向。

不过，说到床单哪，那可是一件你永远也不想弄错的事情。床单两边必须完全拉齐，晾在晾衣绳上，你知道的，这样褶缝才会对齐。而且每条床单都必须夹上六个衣夹，绝对不能只用四个，一定要六个才行。如果你让床单沾到泥土，那就不必担心会犯错三次了，因为根本不会有第二次机会。晾衣绳就在侧院里，就在她卧室的窗户下面。年复一年，她会站在窗边对着我吼："多洛雷丝，要用六个衣夹！有没有听到我的话！我说六个，不是四个！我在数着呢，我的眼力还跟以前一样，好得很！"她会——

亲爱的，你说什么？

哦，胡说，安迪——别管她。这个问题很正常，哪个男人会聪明到问这个问题？

我就告诉你吧，来自缅因州肯纳邦克的南希·班尼斯特。是的，她的确有一台烘干机，很漂亮的一大台呢！不过，我们不可以将床单放到烘干机里，除非天气预报说会连续下五天雨。"一个体面人的床上唯一值得铺的床单，就是晾在户外晒干的床单，"薇拉会这么说，"因为晒过的床单有很舒服的味道，那是微风拂过时留下的，微风的味道可以让人一夜好梦呢。"

她对许多事情都有一堆歪理，不过床单的新鲜气味这说法还是蛮有道理的，我想这一点她说得没错。美泰克烘干机烘干的床单和徐徐南风吹干的床单，味道就是不一样。但在冬天，早上的气温常常只有10摄氏度，风刮得厉害，湿度又高，那是直接从大西洋吹过来的强劲东风。毋庸置疑，像那样的早上，我本该直接放弃那舒服的味道。在寒冷的天气晾床单简直就是一种折磨。除非亲自做过这种事，否则你是不会明白的，而一旦做过这么一次，你又绝对不会忘记。

　　你拿着洗衣篮走到晾衣绳边，还有蒸汽往外冒，最上面的床单还是温的。如果你从来没做过这件事，可能会这么想："哦，其实没那么糟嘛！"可等到你晾好第一条床单，把两边拉齐，夹上六个夹子后，床单就不再冒蒸汽了。它还是湿的，但是变得冷冰冰的；你的手指是湿的，也是冷冰冰的。不过，你还是得继续晾下一条床单，然后下一条，然后再下一条。这时，你的手指已经冻成了红色，也不灵活了，你的肩膀发痛，你的嘴巴因为叼着衣夹而抽筋——这么做我的手才能腾出来将那该死的床单拉整齐，最难受的还是你的手指。要是手指真的冻得没有知觉，那就算了。你几乎要向上帝祈祷，干脆让手指冻到没有知觉吧，但偏偏天不从人愿，手指只冻成红色。这时候如果床单还没晾完，手指会变成淡紫色，很像某些百合花边缘的颜色。等到你终于全部晾完，你的手就真的变成爪子了。最糟糕的是，你知道当你拿着空洗衣篮走进房子，双手突然感受到热气时会发生什么。手先会感到刺痛，然后指节开始抽痛——那真的很痛，因此倒是比较像哭喊，而不是抽痛。安迪，我真希望我有办法说清楚那种感觉，让你能够体会，可我没办法。坐在那边的南希·班尼斯特看起来好像知道那种感受，至少一点点吧。不过，冬天在大陆那边晾衣服和在岛上晾衣服可是天壤之别啊！当你的手指开始暖和起来时，那感觉就像是有一窝虫在里面啃啮一样，所以你会涂一些护手霜，等着那种刺痒感慢慢退去。但你知道，不管在手上涂了多少护手霜或是绵羊油，都是没用的。到了2月底，皮肤还是会皲裂得很严重——如果握起拳头，皮肤还会裂开，渗出血丝。有的时候啊，即使你已经暖和过来了，可能也已经上床睡觉了，但是你的手会在半夜把你疼醒，手指因为那刺痛的记忆而啜泣。你们以为我在开玩笑吗？你们想笑就尽管笑好了，反正我没开玩笑，绝对没有。你几乎可以听到它们啜泣的声音，就像小孩子找不到妈妈时一样。那个声音来自内心深处，你就躺在床上，听着那个声音，知道自己往后还是得到外头去做同样的事，不会改变。女人做的这些工作，男人不懂，也不想懂。

当你正在经历这种事——双手冻僵，手指冻紫，肩膀酸痛，鼻涕直流，在上唇紧紧冻住——的时候，她通常就站在或坐在她卧室的窗户边上，往外看着你。她蹙着额头，嘴角下垂，双手紧握，整个人紧绷着，好像那是什么复杂的医学手术，而不是在寒风中晾床单这等小事。你可以看见她这次在努力地克制着自己，紧闭嘴巴。但过了一会儿，她实在无法继续克制了，于是将窗户往上一推，探出头来。这时，寒冷的东风将她的头发往后吹去，她向下面吼叫着："六个衣夹！一定要记住用六个衣夹！你可别让我的高级床单被吹到院子的角落里！你给我听清楚了！你最好这么做，因为我在这儿看着，而且我在数着呢！"

到了3月，我梦见自己拿起那把我和那个欧洲人用来砍厨房柴火的斧头（那是在他死之前；他死之后，这份工作就完全落在我肩上，我可真是幸运哪），朝着那个多嘴多舌的贱货的两只眼睛中间唰地砍下去。有时我真的可以看见自己这么做，看看她把我逼得有多疯狂，但是我想我一直都知道，她也讨厌那种朝下面大吼的方式，就像我讨厌听见那种声音一样。

这就是她糟蹋人的第一种方式——她无法控制自己。其实比起对我，这对她自己来说更糟糕，尤其在她重度中风之后。那时候已经没有那么多床单衣物要晾了，但是在大部分房间被关上，以及大部分客房的床被撤走，床单被装进塑胶袋，存放进衣柜之前，她对这些事还是一样吹毛求疵。

1985年左右，她让大家不得安宁的日子结束了，她的行动必须依赖我，这让她觉得很难受。如果我不在那儿，不能将她抱下床，放到轮椅上，她就整天都待在床上。她长胖了不少，从60年代早期的130磅[①]左右增加到190磅，增加的大多都是老人身上那种淡黄色的肥肉。那些肥肉就垂在她的手臂、大腿和屁股上，活像是杆子上挂

---

① 1磅约合0.45千克。

了一堆面团。有些人在垂暮之年会瘦得像竹竿一样，但薇拉·多诺万不是。弗雷诺医生说，这是因为她的肾罢工了。我猜也是，不过我常常会想，她根本是想折磨我，才会变得这么胖。

体重不是唯一的麻烦，当时她还快瞎了——那是中风造成的。中风之后，她有时看得见，有时看不太清楚。有时她的左眼只能看见一点，而她的右眼却好得很，但大部分的时候她会说，看东西雾茫茫的，像是隔着一片厚厚的灰色窗帘。我猜你们可以理解这为什么会让她抓狂，因为她是个不会让任何事情逃过她双眼的人。她甚至为了视力的事哭过好几次。你们应该相信，像她那样冷酷的孩子，哭有多么不容易……即使经历过这些不堪的岁月之后，她依然是个冷酷的孩子。

弗兰克，你说什么？

老了就是这样？

我不知道是不是这样，我说的是实话，但我不这么认为。假如她真的是这样，那也一定和其他人不一样。我这么说可不是怕负责认证她遗嘱的法官会因此大做文章。他想拿她的遗嘱去擦屁股，我也没意见，我只是不想蹚这趟浑水。不过我还是得说，她的脑子并不是完全不管用，即使到了最后也一样。可能有点糊涂，但并没有退化到完全不能思考。

我会这么说主要是因为，有时候她几乎像以前一样精明。这通常是在她稍微看得见东西的日子里，她让你帮她在床上坐起来，或者自己可以走上两步，从床上走到轮椅那儿，而不必让我像搬粮食一样把她搬过去。我会将她放在轮椅上，这样我可以给她换床单。她也想坐到轮椅上，这样她才能来到她的窗户边，就是那扇朝向侧院的窗子，再往更远的地方望去，还可以看到港口。有一次她告诉我，如果她一天二十四小时都得躺在床上，什么也不能做，只能看着天花板和墙壁，那她一定会发疯的。我相信这真的会让她发疯。

没错，有时候她脑子的确不太清醒，她会不知道我是谁，甚至不太知道她自己是谁。在那些日子，她就像是从停船处漂走的船，只不过她是在时间里，而不是在海上漂流。她早上以为今年是1947年，到了下午又以为是1974年。可她也有脑子清醒的时候。随着时间一天一天地过去，她脑子清醒的日子也越来越少，而且常有轻微中风的情形发生，但她确实有脑子清醒的时候。那些时候就是我倒霉的时候，因为如果我让她起床，她就会像以前一样糟蹋人。

她会变得很刻薄，那是她糟蹋人的第二种方式。那个女人如果想这么做的话，可是会翻脸不认人的。即使大多数时候被困在床上，包着尿布，穿着橡胶裤，她也是个真正的讨厌鬼。她在大扫除日那天拉的那些屎就足以说明她有多刻薄了。她不会每个星期都这么做，不过我对天发誓，她常常在星期四那天这么做，次数频繁得根本不像是巧合。

　　星期四是多诺万家的大扫除日。他们家可是栋大房子，除非你们到里面走上一圈，否则是不会明白到底有多大的。不过啊，那栋房子的大部分房门都关起来了。以前可能有六个绑着方头巾的女佣，她们在这儿擦一擦，在那儿洗洗窗户，或者清理天花板角落里的蜘蛛网。那种光景已经是二十多年前的事了。有时候我走过那些阴暗的房间，看着盖上防尘布的家具，想着50年代，他们办夏日宴会时大宅子的辉煌绚丽——草坪上常常有各种颜色的日式灯笼，我可是记得很清楚呢，然后我会打一阵奇怪的冷战。到了最后，生活总是会失去那些明亮的颜色，你们注意到了吗？到了最后，一切事物看起来都是灰色的，就像洗过太多次的衣服一样。

　　过去四年来，房子里开放的地方有厨房、主客厅、餐厅和面朝游泳池与露台的阳光房，还有楼上的四间卧室——包括她的卧室、我的卧室以及两间客房。冬天的时候，客房不怎么开暖气，不过还是整理得很舒适。万一她的儿女真的来小住几天，就可以派上用场。

　　哪怕在这最后几年，还是会有两个镇上来的女孩在大扫除日那天来帮我。来帮佣的女孩常常换人，但从1990年左右起，就一直是肖娜·温德姆和弗兰克的妹妹苏茜。没有她们的帮忙，我自己还真是忙不过来呢！不过我还是要做很多事。星期四下午4点，在那两个女孩回去后，我的两条腿都快酸死了。可还是有许多事要忙，衣服还没熨完，星期五的采购单还没写，当然还得为牙尖嘴利的女王准备晚餐。就像人家说的，坏人不得闲。

　　只是很可能就在我快要忙完这些事的时候，她又会有些糟蹋人的行为，让我不得闲。

　　通常她上厕所的时间很固定，每三个小时，我会将便盆放在她身体下面，她就乖乖地尿尿。她中午尿尿的时候，通常会顺道撒大条。

　　但星期四除外。

　　不是每个星期四，而是她神志清楚的星期四，我通常会麻烦不断，忙得不可开交，而且累得背痛，痛得我到半夜还睡不着。

　　到最后，服用阿纳辛-3这种止痛药也不能缓解。我大半辈子都壮得像牛一样，现在依然像牛一样健康，不过65岁就是65岁呀，没办法像以前那么壮啦！

　　星期四早上6点的时候，她的便盆没有像平时一样有半盆尿，只有几滴而已。到了9点还是一样。然后到了中午，她没有像平常一样尿尿，顺便撒大条，什么也没有。这时候我就知道，我得等着收拾残局了。其实如果从星期三中午开始，她就不撒大条，那我可以肯定，到时候我有的收拾了。

　　安迪，我看得出来你拼命想忍住不笑，那也不打紧，你想笑就笑吧！那时候这种事可不好笑，不过现在事情都过去了，你现在想的都是事实。那个脏老太婆有个大便储蓄账户，就像她存了好几个星期，好收取利息一样，只不过提款的都是我。不管我想不想要，我都得替她去提。

星期四下午我常常得跑上楼，想办法在她拉屎之前及时递给她便盆，有时候我真的做到了。不过，不管她眼睛的状况如何，她的耳朵可灵敏得很呢！她知道我从来没让那些镇上来的女孩用吸尘器清理客厅的那块欧比松地毯。当她听见吸尘器开始清理那块地方时，她会启动她那疲倦的老工厂，然后她的大便账户就会开始付利息。

之后，我想到一个可以预防她在裤子里拉屎的方法。我会对着其中一个女孩大声说，接下来我要用吸尘器清理客厅，即使她们两个还在隔壁的餐厅里，我也会这么大声说。我会启动吸尘器，不过不使用，而是走到楼梯底下，站在那儿，一只脚踏在第一级楼梯上，并将我的手搁在楼梯栏杆上的螺旋形支柱上，活像田径选手蹲着，等待发令员开枪让他们起跑一样。

有一两次我上去时太快了，那可就不好了，就像是选手因抢跑而惨遭淘汰一样。我必须在她的发动机已经启动，来不及刹车之后，但又没放开离合器，没有真的在她穿的宽松旧裤子上拉屎之前抵达。我时间都抓得很准。要是你们知道算错时间就得给这个190磅的老太婆翻身的话，你们也会像我一样，可以将时间算得相当准确。那就像是要处理一颗装满屎，而不是炸药的手榴弹。

我爬上楼，她正躺在病床上，满脸通红，嘴巴紧闭，手肘陷入床垫，双手握成拳头，开始"嗯！嗯嗯——嗯嗯嗯——"大叫着。我告诉你们哪，在家里，她只需要几卷从天花板垂吊下来的捕蝇纸，和一本摆在大腿上看的西尔斯商品目录就行了。

哦，南希，别再嘬你的腮帮子了。就像人家说的，情愿释放出来，忍受羞愧，也不憋在心里，忍受痛苦。而且啊，这真的很好笑——拉屎就是这么一回事，你去问个小孩子就知道了。反正现在都结束了，我还可以说得更好笑呢！真的不赖，对吧？不管我现在陷入多大的麻烦，处理薇拉·多诺万的拉屎星期四的日子已经过去了。

听见我进她的房间，她会生气吗？她会像一只爪子被卡在蜂蜜树里的熊一样火大。"你上来做什么？"每当我抓到她做一些不怎么光明正大的事，她就会用那种傲慢的语气质问我，好像她还是以前那个被父母送去瓦萨学院，或者叫七姐妹女子学院读书的千金小姐一样。"多洛雷丝，今天是大扫除日！你快去好好工作！我没有摇铃找你来，我现在也不需要你！"

她可别想吓着我。"我觉得你真的需要我，"我说，"你屁股那个方向传过来的气味，可不是香奈儿5号的味道，对吧？"

有时候在我撤下床单和毛毯时，她甚至想打我的手。她会恨恨地怒视着我，好像如果我不停止手里的动作，她就要将我变成石头似的，而且她会嘟起下嘴唇，就像不想去上学的小孩子一样。不过，我从不因为她的这些举动而停下来。帕特里夏·克莱本的女儿多洛雷丝可不是被吓大的。不管她当时是不是在打我的手，我都会在三秒钟内将床单撤下，脱下她的衬裤并拉开尿布胶带的时间也从来没超过五秒。大部分时候，她试了几次就会停下来，不再打我，因为她被抓包了，而我们两个都知道这一点。她的身体太老了，因此一旦开始拉屎，就必须拉完，不能暂停。我会以熟练的技术，将便盆放在她下面，而当我转身离开，准备下楼真去清理客厅的时候，她会像码头工人一样破口大骂。我告诉你们哪，那个时候，她说话可是一点也不像瓦萨学院里的女学生哩！因为薇拉知道，那次她又输了，而她最讨厌的就是这一点了。即使老了，她也不喜欢输。

事情就这样持续了一阵子，然后我开始想，我已经打赢整场战争，而不是只有几场战役。我早该知道的。

大扫除日又到了，这大概是一年半前的事，当时我已经准备好冲上楼去，在她拉屎之前抵达。我甚至已经有点喜欢上这档事了，过去有好多次，我都慢了她一步，现在总算是扳回了几局。我觉得那次她计划要来一次大拉特拉，如果她能得手的话。所有迹象都显示我的猜测没错。譬如说，她不只是那天心情好，而是整个星期心情都很好。那个星期一，她还要我将木板架到她轮椅的把手上，好让她能玩几把单人纸牌，就像以前一样。至于她的肠子呢，已经进入干旱期了——从周末起，她就一点屎也没拉过。我猜她计划的就是在那个星期四，给我来一次她该死的无息存款和储蓄账户大提款。

那个大扫除日中午，我把便盆从她身子下面拿出来后，看见里面像根骨头一样干干净净，于是我对她说："薇拉，你不觉得如果你努力一点的话，就会有更好的表现吗？"

"哦，多洛雷丝，"她回答，同时用她那雾蒙蒙的蓝眼珠看着我，就像玛丽的小羊羔一样无辜，"我已经很努力了，我真的很用力，都觉得有点痛了。我想可能是便秘了吧。"

我马上同意她的说法。"我想也是，如果再拉不出来的话，亲爱的，我就得喂你吃一整盒埃克-莱克牌泻药啦，帮你通通便！"

"哦，我想过不了几天就好了。"她说，给了我一个微笑。当然，那时候她的牙齿都已经掉光了。除非她坐在轮椅上，否则她不能戴下排的假牙，以免她咳嗽时，不小心让假牙掉进喉咙，噎住她。她微笑的时候，脸看起来像一块老树皮，上面还有个软软的节孔。"多洛雷丝，你了解我的嘛，我比较喜欢让事情自然发展。"

"我当然了解你，好吧！"我咕哝着，然后转过身准备离开。

"你说什么，亲爱的？"她问我，声音之甜美，糖进了她嘴里恐怕一时半会儿还溶化不了呢。

"我说，我不能就站在这儿，等你再来一次，"我说，"我还有事情要忙。你也知道今天是大扫除日。"

"哦，是今天吗？"她回答，仿佛那天早晨从她醒来的第一秒开始，她就不知道那天是什么日子似的，"多洛雷丝，那你去忙吧！要是我想清肠道了，就再叫你上来好了。"

我心里想，你当然会叫我了，不过是在拉完屎五分钟之后。可我没有这么说，就直接下楼了。

我从厨房柜子里拿出吸尘器，将它拿进客厅，然后插上插头。我并没有马上启动吸尘器，而是先花了几分钟清理灰尘。那时候我已经经验丰富，可以依靠我的直觉判断了，我等着心里面的某种感觉告诉我行动的最佳时机。

那种感觉出声，告诉我时机到了，于是我对着苏茜和肖娜大喊，说我要用吸尘器清理客厅了。我吼得很大声，我想村子里半数的人都听到了，当然，楼上的皇太后一定也听到了。我启动柯比吸尘器，然后走到楼梯旁。那一天我并没有等太久——就三十或四十秒吧。我猜她这时候一定蓄势待发了，所以我就迈步上楼，两阶并作一步走，你们猜怎么着？

一点屎也没有！

一，点，也，没，有！

除了……

除了她看我的方式，别的什么都没有。那可真是镇静又甜美哟！

"多洛雷丝，你是不是忘了什么东西呀？"她柔声说道。

"哎哟，"我回答，"我只是忘了在五年前辞去这份苦差事而已。薇拉，我们就别再玩这种无聊的把戏了。"

"什么无聊的把戏呀，亲爱的？"她问我，还微微眨了眨眼睛，好像她压根就不知道我在说些什么似的。

"我的意思是，我们就别玩了，算平手好不好？你就直接告诉我吧，你到底需不需要便盆？"

"不需要，"她用甜美且绝对诚恳的声音说，"我已经告诉过你了！"然后就对着我微笑。她什么话都没说，也不必说。她的面部表情已经说明了一切。她脸上写着：嘿嘿，我逮到你了吧！多洛雷丝。这下我真的逮到你了。

不过，我还没玩完呢。我知道她正忍住不拉出来，我还知道，要是她在我放好便盆之前就拉出来，那我可就有的清理了。所以我走下楼，站在吸尘器旁等了五分钟，然后又跑上楼一次。只不过这一次我走进房间时，她的笑容已经不见了。她侧躺着，已经睡着了……或者应该说，我以为她睡着了。我真的以为她睡着了。她真的完全骗过我了，你知道人家怎么说吗？"愚我一次，其错在人；愚我两次，其错在我。"

我第二次下楼之后，就真的开始用吸尘器打扫客厅了。完成工作后，我将吸尘器放回柜子，然后上去检查她的状况。那时她坐在床上，完全清醒，被子掀开了，橡胶裤被拉到她软趴趴的肥膝盖下，尿布也拿掉了。她是不是弄得一团糟？我的天啊！整个床上都是屎，她身上也都是屎，地毯上有屎，轮椅上有屎，墙上有屎，连窗帘上面都有屎。看来她一定是抓起一把屎，然后丢上去的，就像是孩子们在池塘里游泳时互丢泥巴一样。

我真是气疯了！疯得简直要朝她吐口水了！

"天啊，薇拉！天啊，你这肮脏的贱女人！"我对着她大吼。安迪，我真的没杀她，如果我真的想这么做，那一天就是我会下手的日子。看着那一团混乱，闻着整个房间的臭味时，我真的想这么做。我想杀她，没错，我也不必说谎。那时候她只是看着我，脸上带着那种耍诡计时"闯祸了"的表情，不过我能看见恶魔正在她眼里跳舞，而且我很清楚这一次是谁被耍了。愚我两次，其错在我。

"是谁啊？"她问，"布伦达，是你吗，亲爱的？是不是牛又跑出栅栏了？"

"你知道从1955年之后，这方圆三英里之内，连一头牛的鬼影子也没有！"我大吼着。我迈着大步，走过房间，那真是失算，因为我的一只平底鞋踩到了地上的屎，我差点滑倒在地。要是我真的滑倒在那摊屎上，我猜我可能会当场杀了她，我一定无法控制自己。那时候我已经准备好燃起我愤怒的地狱之火了。

"我不知道，"她说，努力让自己听起来像她平日那种可怜老太婆的声音，"我不……知道！我看不见，而且我的肠胃很不舒服呢。我想我要疯了吧！多洛雷丝，是你吗？"

"废话，当然是我，你这个讨厌的老家伙！"我还在大吼着，

"我干脆杀了你算了！"

我猜这时候苏茜·普罗克斯与肖娜·温德姆正站在楼下的楼梯旁，听着我们的对话；我猜你也已经和她们谈过，光是她们的话差不多就可以让我被判刑了。安迪，你不必多做解释，你脸上的表情已经说明了一切。

薇拉看到她不能再愚弄我，至少以后都不能，也就不再装疯卖傻地让我相信她又神志不清，脑子糊涂了，我想我可能也有点吓住她了。现在回首往事，我也被自己吓了一跳呢！但是安迪啊，要是你看过那个房间，你就会明白了！那简直像是地狱的晚餐哪！

"我猜你真的会这么做！"她也朝着我吼，"有一天你真的会杀死我的，你这个又丑又坏的老巫婆！你会杀了我，就像你杀了你丈夫一样！"

"不，夫人，"我说，"这不太一样。我准备好要处理掉你时，不必大费周章弄得像意外似的，我只要一把将你推出窗外，这个世界就少了一个浑身发臭的贱货。"

我将她拦腰抱住，像个女超人一样，把她高举起来。我告诉你们哪，那一晚我的背就不太对劲，到了第二天早上，我已经不太能走路了，我的背痛死了。我去马柴厄斯看脊椎按摩师，他按摩了我的脊椎，让我觉得稍微好点了。但是从那天开始，我的背就一直没有复原。不过，那时候我根本没有什么感觉。将她拉下她的床时，我简直像个气坏了的小女孩，而她就像个我要抱出去的洋娃娃。她开始全身颤抖，光是知道她真的怕了，就可以让我再次控制住自己的脾气。如果我说她怕了也没什么值得高兴的，那我就是在扯大谎。

"啊——"她惊声尖叫着，"啊——不要啊！不要将我带到窗户边啊！你不要将我往下丢啊！你竟敢这么做！将我放下来！多洛雷丝，你弄疼我了！将——我——放——下——来——啊！"

"你给我闭嘴。"我说，将她重重地丢到轮椅上，力量之大足以让她的牙齿咯咯作响。我的意思是，要是她有牙齿的话，一定会咯咯作响。"看看你做了什么好事。你也别想告诉我你看不见，因为我知道你看得见。你给我睁大眼睛，看看你做的好事！"

"多洛雷丝，对不起啦。"她说。她开始放声大哭，不过我看见精明的光芒在她眼中舞动。我看那目光就像你有时候从船上站起来往水里看，在清澈的水中看见鱼儿一样。"对不起，我不是有意要把这里弄得一团糟，我只是想要帮忙嘛！"她在床上拉屎，再将屎稍微压扁之后，总是会这么说……可那天是她第一次决定要顺便来个屎指印创意画。"多洛雷丝，我只是想要帮忙嘛！"真是好心哟！

"你给我闭嘴，乖乖坐好，"我说，"如果你真的不想被我快速带到窗户边，然后以更快的速度掉到楼下的石头花园里，你最好记住我说的话。"我非常确定，站在楼下楼梯旁的那俩女孩一定听到了我们说的每个字。可当时我真的是太生气了，根本没注意到这些事。

她也很识相，照我说的乖乖闭嘴，不过她看起来一副心满意足的样子。她当然乐啦！她已经达到了目的，这一仗是她赢了，而且她的意思很清楚，这场战争还没结束，还早呢！我开始工作，清洗所有东西，让整个房间恢复原状。我花了差不多两个小时，等到我终于做完工作，我的背已经唱起了《圣母颂》。

我已经告诉过你们晾床单的事，从你们的脸上我看得出来，你们能了解一点了。不过她为什么要这么做，这可能比较难理解。我是说，我不觉得屎很碍眼。我一辈子都在帮人家擦屁股，看见屎从来不会让我觉得碍眼。屎闻起来当然不像香味扑鼻的花园，而且你必须小心处理，因为屎和鼻屎、口水，还有流出来的血一样，都能传播疾病。但你知道，屎是可以洗干净的。养过孩子的人都知道，屎是可以洗干净的。所以屎并不是让我觉得很糟的地方。

我想是她如此自私刻薄才让我觉得很糟吧。她等待着时机，当机会来临，她就将一切弄得一团糟，而且她的动作可快了，因为她知道我不会给她太多时间。她是故意做出那件肮脏事的，你们知道我的意思吗？只要她那糊涂脑子变清醒了，她就精心策划一次，而我跟在她屁股后面清理时，只觉得心情沉重，前景黯淡。就在我收拾床时；就在我拿走沾满屎的床垫、沾满屎的床单和沾满屎的枕套到楼下的洗衣房时；就在我刷着地板、墙壁和窗棂时；就在我取下窗帘，换上干净的窗帘时；就在我重新帮她铺床时；就在我咬着牙，忍着背痛，帮她清理身体，再帮她换上干净的睡衣，然后再次将她从椅子上抱到床上时（她一点也不想帮忙，只是懒洋洋地躺在我的手臂上，重得要死，但是我很清楚，如果她愿意的话，那一天她其实可以帮忙的）；就在我洗地板时；就在我洗她那该死的轮椅时，那时我真得用力刷，因为上面的屎已经干了——就在我做着这些事时，我心情低落，感觉前景黯淡。她也知道的。

她就是知道，而且觉得很开心。

那天晚上回家后，我吃了些止痛药来缓解背痛。然后我上床睡觉，将身子蜷缩成小球状，虽然这样我的背也痛。我哭了又哭，哭了又哭。我似乎停不下来。在乔的事情发生之后，我就不曾觉得这么沮丧、这么绝望过，或是这么该死的老过。

待人刻薄，这就是她糟蹋人的第二种方式。

弗兰克，你说什么？她有没有再做过这种事？

你猜得一点也没错。下一个星期她故技重施，再下一个星期也一样。后来那两次都没有第一次那么糟，部分原因是她存不了那么多利息，主要原因是我已经做了万全的准备。可第二次发生这种事的时候，我上床睡觉时又哭了。我躺在床上，觉得背实在痛得难受，当下就决定辞职。我不知道之后她会怎么样，或者谁会来照顾她，可在那个时候，我他妈的根本一点也不在乎。我觉得她干脆躺在她自己的屎床上饿死算了。

　　我睡着的时候还在哭，因为辞职——她打败了我——的念头让我觉得更糟了，但是我起床之后就觉得好多了。有人觉得大脑也会睡觉，其实大脑并不会。我猜这种想法应该是正确的吧，大脑会继续思考，有时候，当大脑所有者不受其他思绪的干扰——有哪些家务要做，午餐该吃些什么，有哪些电视节目可以看，诸如此类的事，大脑甚至比清醒的时候还能冷静思考。这种说法一定没错，因为让我觉得好多了的是，我醒来之后就知道了她是怎样整我的。我以前没看出这一点的唯一原因是我太低估她了。哎呀，即使是我，也会犯这样的错误，哪怕我知道她偶尔可以多么狡猾。一旦了解了她的诡计，我就知道该怎么应付了。

　　让我难过的是，我得让一个星期四来帮佣的女孩用吸尘器清理那块欧比松地毯；一想到要让肖娜·温德姆来做这件事，我就全身颤抖。安迪，你也知道她有多蠢。当然啦，温德姆家的人哪个不蠢？不过她是最厉害的，全镇没有一个人比得上她，就像她的身上随时会长出硬块，将她走路经过的东西全部撞倒似的。这也不是她的错，这是天生的，但想到肖娜在客厅里横冲直撞，撞倒薇拉放在客厅里用于狂欢节的玻璃制品和蒂芙尼珠宝，我就忍不了。

　　可我还是得反击——愚我两次，其错在我，还好我可以依靠苏茜，她不是芭蕾舞演员，不过第二年就由她负责清理欧比松地毯了，她从来没有打破过任何东西。弗兰克啊，苏茜真是个好女孩呢！你不知道我收到她的喜帖时有多高兴，虽然她嫁的小伙子是从很远的地方来的。他们过得还好吧？你有没有听到什么消息？

那就好，那就好。我真是替她高兴。我猜她还没生小孩吧？这年头啊，大家好像要等到快做好进养老院的准备时才想——

是的，安迪，我会的！我只是希望你能够记住，我现在说的可是我的生活，我那该死的生活！所以你可不可以舒服地靠在你那把又大又旧的椅子上，放松一下心情呢？如果你一直这么催，可是会得疝气的。

反正啊，弗兰克，你代我向她问好，告诉她1991年的夏天，她救了多洛雷丝·克莱本一命。你可以告诉她那个星期四拉屎风暴以及我如何阻止这些风暴的故事。我从来没向别人提起事情发生的真正经过，大家只知道我和女皇陛下大吵了一架。我现在知道了，当时我羞于让他们知道事情的经过。我想我不喜欢吃败仗，就像薇拉一样。

你们知道吗？事情的关键就在吸尘器的声音。那天早上，我醒来就是想通了这一点。我告诉过你们，她的耳朵好得很，就是吸尘器的声音告诉她，我到底是真的在清理客厅，还是站在楼梯旁伺机而动。吸尘器如果没有移动，就只会发出一个声音，只有"轰"，就像这样；但是如果你开始用吸尘器打扫地毯，它就会发出两个声音，一上一下，起伏不断——"轰"，这是你将吸尘器往前推的声音；"隆"，这是你将吸尘器往回拉的声音。轰——隆，轰——隆，轰——隆。

你们两个大男人别一副摸不着头脑的蠢样，看看南希脸上的笑容。只要看看你们的脸，就知道谁会花时间用吸尘器，谁不会。安迪，如果你真的觉得这很重要，那就自己回家试试吧！你会马上听出两个声音的不同。不过我可以想象，要是玛丽亚回家看见你在用吸尘器吸客厅的地毯，她可能会被你吓死呢！

我那天早上就想通了，她已经不再只听吸尘器开始运转的声音了，因为她知道那还不够。她开始听吸尘器是不是发出真正操作时上上下下的声音，她要等听到轰——隆、轰——隆的声音之后，才会开始进行她肮脏的诡计。

我真是等不及想试试我的新招数了，可我不能马上就试，因为那时候她的情况又变糟了。有一段时间，她都是乖乖地在便盆里拉屎尿尿，有时候真的忍不住了，就尿在尿布上。我开始担心她的情况是不是不会好转了。我知道这听起来很好笑，因为她脑子不清楚的时候，照顾起来就轻松多了，但是，一个人想到这么好的新招数，就忍不住想试试。你们也知道，除了想掐死那个贱货，我对她也是有感情的。认识她四十年了，如果我对她没有感情，那才奇怪呢！她曾经织过一块阿富汗方形毯给我，这是在她病情恶化之前好几年的事了。那条毯子现在还在我床上，在寒冷的2月天冷风飕飕的时候，它多多少少给了我一些温暖。

　　然后呢，就在我那天醒来想通了之后一个月或一个半月，她又开始不安分了。她会在卧室的小电视上看《危险边缘》那档智力竞赛节目，如果参赛者不知道美西战争时的美国总统是谁，或者在《乱世佳人》中饰演梅兰妮的人是谁，她就会大声咒骂他们。她开始老调重弹，说她的孩子们可能在劳动节之前来探望她。她当然还会缠着要我将她放在轮椅上，这样她才能监视我晾床单，确定我用了六个衣夹，而不是四个。

　　星期四又到了，我中午将便盆从她下面抽出来的时候，便盆像骨头一样干干的，一滴尿也没有，空得就像汽车推销员的保证一样。我真不知道该怎么告诉你们，看到那个空便盆的时候，我有多么高兴。我心里想，你这只狡猾的老狐狸，你想玩，我就奉陪到底。待会儿就可以分出个高下了。我下楼去，将苏茜·普罗克斯叫到大厅里。

　　"苏茜，今天我要你用吸尘器打扫这个地方。"我告诉她。

　　"好的，克莱本太太。"她说。安迪，她们两个人都这么叫我，现在岛上的人大多也是这么叫我的。我从来不曾在教堂里或是其他地方争论这个问题，事情自然而然就演变成了这样。就好像他们认为我曾在坎坷过去的某个时期嫁给一个姓克莱本的家伙似的，或者我只是想要相信，大多数人已经不记得乔了，不过我猜还是有许多人记得他。不管他们怎么想，都不重要了；我有权利想怎么想就怎么想。毕竟，嫁给那个混账东西的人是我。

"我不介意打扫客厅，"苏茜继续说，"不过你为什么说话这么小声呢？"

"别管那么多，"我说，"你小声点就是了。还有啊，苏茜·埃玛·普罗克斯，你可别打破东西。你要是敢的话，就试试看好了。"

她的脸马上就红了，就像消防车的颜色一样红，其实还有点有趣呢。"你怎么知道我的中间名字是埃玛？"

"这你就别管了，"我说，"我在小高岛待了很多年了，知道的事情可多了，大家的底细我也很清楚。你只要手肘小心点，别撞到家具，别将皇太后的玻璃花瓶给打破，尤其是在你往后退的时候，其他的你就不必操心了。"

"我会非常小心的。"她说。

我帮她启动吸尘器，然后走到大厅，双手围在嘴边大喊："苏茜！肖娜！现在我要用吸尘器来清理客厅了！"

当然，苏茜那时正站在客厅，我告诉你们哪，那个女孩的脸上满是疑问。我只是伸出手拍了拍她，要她继续做她的事，不必理会我。她也照做了。

我蹑手蹑脚地走到楼梯旁，站在我的老位置上。我知道这很蠢，不过从我老爹在我12岁时带我去打猎之后，我就没这么兴奋过了。那种感觉也是一样的，你的心怦怦、怦怦地用力跳着，几乎要涨满整个胸膛了。那个女人在客厅里摆放了几十件价值不菲的古董和昂贵的玻璃制品，而正在客厅打扫的苏茜·普罗克斯就像个托钵僧，快速推着吸尘器，咻地转完这边转那边。但是我的心思完全不在她身上。你们相信吗？

我让自己待在那里，我想大概待了九十秒，然后我倏地冲上楼。当我砰地打开她的房门时，她正忙着呢！脸红通通的，因为用力的关系，眼睛都挤成了一条细缝，双手握拳，同时发出"嗯——嗯嗯——嗯嗯嗯——"的声音。不过，当她听见房门打开的声音时，她的眼睛立刻就睁开了。哦，我真希望当时我手边有一台相机，可以拍下那个难得一见的表情。

"多洛雷丝，你马上给我滚出去！"她尖声吼着，"我正打算打个盹，如果你每二十分钟就像头兴奋过度的公牛一样冲进来，我怎么睡得着？"

"这个嘛，"我说，"我会出去的，不过我想我还是先将这个老便盆塞到你身体下面吧。从这个气味判断，我想只要你偶尔被吓吓，你那便秘的老毛病也就不药自愈了吧！"

她打我的手，还骂我。她真的想骂人的时候，骂得可难听了，每次要是有人冒犯她，她绝对是嘴下不饶人的。不过，我才不管她说了什么呢。我熟练地将便盆放到她身子下面，然后呢，就像人家说的，一路顺畅，通行无阻。她拉完之后，我们两个人大眼瞪小眼，什么话也没说。你们瞧，我和她太了解彼此了。

我的面部表情说："看吧！你这个糟老太婆，我又逮到你了，怎么样啊？"

"不怎么样，多洛雷丝。"她的表情是这么说的，"不过没关系，一次被逮到，并不表示永远被逮到。"

可我真的逮到她了，那次我真的做到了。之后她又犯了几次老毛病，但都不再像我刚刚说的那次那么严重了，那次她连窗帘都不放过呢！那次真的是她最后的胜利。之后她脑子清醒的次数就愈来愈少，维持的时间也愈来愈短了。因此我那发疼的背总算可以好好喘口气，不过我也觉得有点难过。她是个让人头痛的人物，可我已经习惯她了，这么说不晓得你们懂不懂。

弗兰克，我可不可以再喝一杯水？

谢谢你。话说多了，口好渴呢！还有啊，安迪，如果你想让抽屉里那瓶金宾威士忌酒出来透透气，我绝对不会说出去。

不想？我就知道你会这么说。

我刚刚说到哪儿啦？

哦，对，刚刚说到她的健康状况。她糟蹋人的第三种方式最糟糕。她真是可恶，一个悲惨的老太婆，没什么事可干，选择离开她熟悉的地方和亲友，大老远地来到这个小岛上，死在楼上的卧室里。这真是够糟糕的了，但是她这么做的时候，脑子已经不清醒了……一部分的她知道，另一部分的自己就像被侵蚀的河岸，随时准备滑入行进中的河流。

你们应该也看得出来，她很孤独，这一点我真的不明白。我一直都不理解，当初她为什么要抛弃一切，跑来这个小岛。至少在昨天之前还不理解。但是她也很害怕，这我可以理解。即便如此，她仍然有一种可怕又吓人的力量，像个垂死的女王，即使到了生命的尽头，也不想松开手中的皇冠，好像只有上帝出马才能一根一根地扳开她的手指头似的。

她的情况有时好，有时坏，这我已经说过了。她的老毛病通常在情况好和情况坏的过渡期发作，可能是在脑子清醒几天之后，要进入一两个星期的迷糊期时，或是在一两个星期的迷糊期之后，要进入脑子清醒期时。她在两个时期间转换时，好像不知自己身在何方，这一点她也知道。在这些时候，她会产生幻觉。

如果那真的全是幻觉的话。我现在不像以前那样确定这件事了。或许我会告诉你们这件事，或许不会。到了该说的时候，我看我的心情如何再决定说不说。

我猜她的幻觉并不全是发生在星期日午后或者半夜。我之所以清楚记得发生在这些时候的幻觉，是因为在星期日午后或者半夜时，房子里很安静，这时她要是开始尖叫，我真的会很害怕。那就像是有人在大热天朝你泼了一桶冰水。每一次她开始尖叫，我总觉得自己的心脏要被吓得停止跳动了。每一次我都觉得，只要我进她的房间，就会发现她快死了。不过，她怕的事情都很莫名其妙。我的意思是，我知道她害怕，也很清楚她在怕些什么，但我就是不懂原因何在。

　　"电线！"我走进她房间时，有时候她会这样尖叫。她整个人蜷缩在床上，双手紧握放在胸前，嘴巴紧绷，不住地颤抖，脸苍白得像鬼一样，眼泪沿着眼下的皱纹流了下来。"电线哪，多洛雷丝，快阻止那些电线哪！"她会一直指着同一个地方——远处角落里的护壁板。

　　那儿当然什么都没有，只有她想象的东西。她看见那些电线从墙里钻出来，刮擦刮擦地沿着地板伸到她的床上——至少我认为她看见的是这些幻象。这时我会跑下楼，从厨房的架子上拿下一把菜刀，然后带着菜刀上楼。我会跪在那个角落里，如果她表现出电线已经蔓延到她附近的样子，我就待在靠床近一点的地方，假装将这些电线砍断。我会拿着菜刀轻轻地砍着地板，这样才不会砍坏枫木地板。我会一直砍，直到她不哭了为止。

　　然后我会走到她身旁，用我的围裙或是她塞在枕头下的舒洁纸巾擦去她脸上的眼泪，亲她一两下，哄她说："宝贝，乖，它们都不见了，我已经将那些讨厌的电线都砍断了。你自己看看。"

　　她真的会看（虽然我已经告诉过你们，这时候她根本什么东西都看不见），看完后很可能再哭一会儿，然后抱着我说："多洛雷丝，谢谢你。我还以为这次我一定会被它们抓走呢。"

　　她谢我的时候，有时候会叫我布伦达，布伦达是多诺万家在巴尔的摩的住处的管家。有时候她又会叫我克拉丽斯，克拉丽斯是她妹妹，早在1958年就过世了。

有时候我上楼走进她房间，会看见她半坐在床上，尖叫着说她枕头里有蛇。有时候她会坐起身，用毛毯蒙着头，大喊着窗户正在放大太阳，准备把她烧焦。有时候她会发誓，说她觉得头发已经开始卷曲了。不管外面是在下大雨，还是在起大雾，她都会信誓旦旦地说，太阳正准备将她活活晒死。我只好将所有窗帘都放下来，然后抱着她，直到她不哭。有时候我会再多抱她一会儿，因为即使她不哭了，我还是可以感觉到她的身体在颤抖，像是一只被可恶的小朋友欺负的小狗。她会一次又一次地要我看看她的皮肤有没有哪个地方起了水泡，我会一次又一次地告诉她皮肤没有起水泡。过了一会儿，她就慢慢睡着了。不过有时候她并未睡着，而是进入一种恍惚状态，对着一些不在场的人喃喃低语。有时候她会说起法语，我说的可不是"妮好吗"那种洋泾浜法语。她和她丈夫都很喜欢巴黎，一有机会就会去那儿度假，有时候带着孩子们一块去，有时候他们自己去。她心情很好的时候就会说起巴黎的咖啡馆、夜总会、美术馆，还有航行于塞纳河上的船只，我很喜欢听她说巴黎的事呢！薇拉描述事情很有一套，真的，她话匣子一开，你简直可以看见她说的地方。

但是最糟的，也是她最害怕的，莫过于尘土怪了。你们知道我说的是什么吧？就是积在床底下、门后面和角落里的灰尘小球。这些小球看起来有点像乳草荚，真的蛮像的。有时候就算她说不出来，我也知道就是这些东西吓得她说不出话来，通常我有办法让她镇静下来，但至于她为什么这么怕那些鬼大便——她真的认为那是鬼大便——我就不清楚了。不过我后来想到了一个原因。说出来你们可别笑我，我是做梦梦见的。

还好这尘土怪作怪的次数不比烧焦她皮肤的太阳或是角落里的电线作怪的次数多。可它真的发生时，我就有的受了。即使半夜我已经熟睡，而且房门紧闭，可当她开始大叫时，我就知道又是尘土怪在作怪了。她对别的事情有异于常人的怪念头时——

怎么了，亲爱的？

哦，我的音量不够大吗？

没关系，你不必将那台可爱的小录音机移过来；如果你要我放大音量，我就大点声。我想我可能是你们见过的嗓门最大的女人吧！乔以前常常说，每当我在家的时候，他都希望在耳朵里塞上棉花。不过，薇拉怕尘土怪的程度可真会让我打寒战，如果我的声音变小了，那就证明这件事到现在还是会让我打寒战。即使她死了，这件事还是会让我打寒战。有时候我会骂她发神经。"薇拉，你为什么干出这样的蠢事呢？"我会这么说。但这并不是蠢事，至少对她自己来说不是。我不止一次地想过，我知道她会怎么死，她最后一定会因为那些该死的尘土怪将自己活活吓死。现在我仔细想想，这和事实也相差不远。

我刚刚要说的是，她对别的事情有异于常人的怪念头时，像枕头套里有蛇啦，太阳会烧焦她啦，电线要来抓她啦，这一类的事，她就会大叫。要是她觉得是尘土怪开始作怪，那么她会开始惊声尖叫。大部分时候，她的叫声并没有文字意义，只是不断地大声尖叫，像是冰块掉进了心脏，让人全身发冷。

我会赶紧冲上楼，看见她正在用力拉扯自己的头发，或是用指甲使劲抓自己的脸，看起来活像个巫婆。她的双眼瞪得非常大，大得几乎像是溏心蛋，而且总是瞪着某一个角落。

有时候她会清楚地说："多洛雷丝，有尘土怪！哦，我的天哪！尘土怪啊！"可是有时候她只能哭喊着。她会用双手捂住眼睛一两秒，然后将手放下，好像她受不了看见尘土怪，可是又不能忍住不看。接着她会开始用指甲抓脸。我尽量将她的指甲剪到最短，不过她还是常常抓破脸。尘土怪作怪的时候，我常常想知道，她这么老，又这么胖，心脏怎么受得了那么恐怖的事。

有一次她掉下床，躺在地上，一条腿还被扭曲地压在身体下面。我真是吓坏了。我跑进她的房间，她整个人躺在地上，双手握拳捶打着地板，像个发怒的孩子一样，还大声尖叫着，连屋顶都快被掀走了。那是我那么多年来唯一一次在半夜帮她把弗雷诺医生找来。弗雷诺医生从琼斯波特搭着科利·维奥莱特的快艇来到岛上。我打了电话请他过来，因为我认为她的腿扭成那样一定是断了，而且她震惊过度，不死恐怕也只剩半条命了。但是她的腿根本就没断，我不知道为什么没断。弗雷诺医生说，只是扭伤而已。第二天她又进入了清醒期，一点也不记得前一天发生了什么事。她比较清醒的时候，我问过她几次尘土怪的事，她看着我的样子好像我是个疯子，根本不知道我在说些什么。

这种事发生过几次之后，我就知道该怎么应付了。我一听到她那恐怖的尖叫声，就会马上跳下床，冲出房间——我的卧室和她的卧室只有两步之隔，中间放着一个衣柜。我将扫把搁在走廊上，在扫把的握把上挂个簸箕。我会大步冲进她的房间，挥动着扫把，好像在挥旗拦下邮政列车似的，然后放声大喊，这样她才听得见我的声音。

"薇拉，我会逮住它们的！"我会这么大喊，"我会逮住它们的！你只要握着该死的电话筒就好了！"

我会扫她盯着的那个角落，顺便再扫另一边的角落。有时候我扫完，她就平静多了，不过通常她会继续大喊，说床底下还有更多的尘土怪。于是我就双手撑在地上，双腿跪着，让她以为我也扫了床底。有一次，那个吓坏了的可怜的笨老太婆还探出头来，想自己瞧瞧，结果差一点就跌下床，压在我身上。要是她真的跌下床，可能会像压死一只苍蝇那样把我压扁。那可就好笑了！

我把让她害怕的每个角落都扫过之后，会让她看空无一物的簸箕，对她说："全在这儿啦，亲爱的，有没有看见呀？我已经将那些扎人的尘土怪都扫进来了。"

她会先看看簸箕，再看看我，整个身子还不住地颤抖着，眼里满是泪水，就像浸没在河里的石头一样，然后低声对我说："哦，多洛雷丝，它们的颜色好暗哪！好脏哪！快将它们拿走。拜托你将它们拿走！"

我就将扫把和空空的簸箕放回我的房门外，方便下次使用，再回去尽力安抚她，顺便安抚我自己。如果你们认为我不需要安抚，那你们自己试试在半夜，在一间像那样又大又旧的博物馆里独自醒来，外面有狂风呼呼吹，里面还有个疯女人在尖叫。我的心跳得就像火车头一样快，几乎喘不过气来。但是我不能让她看出来我和她一样害怕，否则她就会开始不信任我，那我们两个人又该怎么办呢？

这样一阵折腾之后，我通常会帮她梳头发。这似乎是最能让她迅速平静下来的好方法。刚开始她会哭哭啼啼的，有时候她会伸出双臂拥抱我，将她的脸贴到我的肚子上。我还记得，每次她发完尘土怪的疯之后，她的脸颊和额头总是热烘烘的，有时候她的眼泪还会湿透我的睡衣呢。可怜的老太婆！我想在座各位一定不知道，活到那把年纪，背后还有一群连自己都不知道的恶魔追着你，到底是什么滋味。

有时候我帮她梳头不到半小时，她就安静了。她会继续看着我后方的角落，常常会一边喘着气，一边啜泣着；或者对着黑暗的床底下挥手，然后再将手快速抽回，好像床底下有什么东西要咬她的手似的。有一两次，连我自己都以为我看到床底下有东西在动，我必须紧闭着嘴巴，不然我可能会尖叫。当然，我看到的只是她手的影子，这我知道，不过从这一点也看得出来，她真是搞得我心神不宁。哎呀！即使是我，也被她搞得疑神疑鬼的，哪怕我这个老太婆的头脑的冷静程度和我的嗓门一样大。

发生这些事情的时候，如果我没有别的工作要忙，我就陪她入睡。她会伸出胳膊抱着我，紧靠在我身旁，头枕在我左胸前，而我也会伸出胳膊抱着她，就这样等她睡着之后我再蹑手蹑脚地爬下床，真的又轻又慢，因为我不想吵醒她，然后回到我自己的房间。有几次我甚至根本没回我自己的房间。那几次她都是三更半夜大声哭号，将我吵醒，于是我就和她一起入睡。

就在这样的夜晚，我梦见了尘土怪。只不过在梦中，我并不是我，我是她，被困在那张病床上，肥得几乎没有办法自己翻身，阴道由于尿道感染总是火辣辣地疼，还闷得湿热（因为她老是尿裤子，所以这个毛病挥之不去），也没有什么抵抗力。你也许会说，那块写着"欢迎"字样的迎宾垫现在任凭虫子和细菌糟蹋，不过摆的方向倒是没错。

我朝着角落望去，看见一颗由尘土组成的怪头。那个尘土怪双眼上翻，嘴巴大张，露出长长的尘土尖牙。它开始朝着床这边滚过来，但动作缓慢，就在它滚到正脸这边时，它的眼睛正看着我，我发现那是薇拉的丈夫，迈克尔·多诺万的脸。不过，尘土怪第二次滚到正脸这边时，却变成我丈夫的脸。那是乔·圣乔治，他面目狰狞，龇牙咧嘴，露出好多紧闭着的尘土长牙。尘土怪第三次转到正脸这边时，我就不知道那是谁的脸了，可尘土怪是活的，还一脸饥饿相，而且摆明了要一路滚来我这里，把我吞了。

我猛地一跳，将自己从梦中唤醒，差点掉到床底下。当时还是清晨，太阳才刚出来呢，在地板上投下缕缕阳光。薇拉还在睡梦中。她流了口水，流得我整条胳膊都湿了，但是刚开始，我根本没有力气将她的口水擦干。我只是躺在床上颤抖着，冒了一身汗，试着让自己相信，我已经醒了，一切都没事了，就像你们从噩梦中醒过来时会有的反应。有那么一会儿，我甚至还看见那个有着大大的空洞眼睛和长长的尘土尖牙的尘土怪，就躺在床边的地板上。那个噩梦就是这么逼真，这么可怕。然后尘土怪不见了，地板和墙角干干净净，空无一物，就像平常一样。不过从那一天开始，我常常纳闷，会不会是她将那个梦传送给我的？我是不是目睹了她尖叫时看见的那些怪物？或许我分担了一点她的恐惧，将她的恐惧变成我的？你们觉得现实生活中，真的会有这种事吗？或者只是杂货店里卖的廉价小报胡诌的？我不知道，不过我知道那个梦真的吓坏我了。

唉，算了。反正她在星期日午后和半夜那种让人吓破胆的尖叫声，就是她糟蹋人的第三种方式。这一点也同样让人难过。事实上，她糟蹋人的这些方式都蛮让人替她难过的，可有的时候我还是想把她的头拿来转转，就像转纺锤上的线轴一样，我想只有该死的

圣女贞德才会有同样的感受吧！我猜，那天苏茜和肖娜听见我喊着
要杀了她，或者是其他人听见我这么说，或听见我们彼此破口大骂
时，他们一定以为，等她死了，我会提起裙摆，在她的坟上大跳踢
踏舞。安迪，我猜你昨天和今天也听过类似的说法吧？不必回答
我，你的表情已经说得够清楚了，就像是定期出现的告示板那么清
楚。而且我也知道大家有多喜欢嚼舌根，他们会聊我和薇拉的事，
我和乔的事也被加油添醋，谣言满天飞。他还没死之前，他们就开
始在背后乱说了；他死后，谣言更多。在这个鸟不生蛋的地方，
最有趣的事莫过于突然撒手西归了，不知道你们有没有注意到这
一点？

　　我们现在谈到乔了。

　　我一直担心这件事，我猜说谎也没有用。我已经说过，是我杀
了他，这样就够了吧！不过，难以说出口的却是我是怎么杀他的，
我为什么要杀他，还有，我什么时候杀了他。

　　安迪，我今天一直想到乔，想到他的时间比想到薇拉的时间
多，这倒是真的。我一直想记起来，自己当初为什么会嫁给他，只
要想起一个原因就行了。起初，我半个原因也想不出来。一会儿之
后，我开始有点慌了，就像薇拉以为枕头套里有蛇时那么慌。然后
我知道问题出在哪儿了，我想找出和爱情有关的部分，就像我是薇
拉在6月雇用的那些愚笨的小女生一样，她们通常在夏天还没过完
一半时就被解雇了，她们没办法遵守她的规矩。我想找出和爱情有关

的部分，但即使远在1945年的时候，我和乔之间也没有多少爱情的成分，当时我才18岁，他19岁，崭新的世界就在我们面前。

你们知道我今天坐在海边的阶梯上，冻得半死，想到的唯一原因是什么吗？他的额头很好看。我们两个都在上中学时，紧挨着坐在自习室后面，当时是第二次世界大战期间，我还记得他的额头看起来好光滑，上面一颗青春痘也没有。他脸颊和下巴上有几颗痘，而且鼻翼很容易长黑头，不过他的额头却非常光滑，像乳霜一样。我还记得自己当时真想摸摸他的额头，说老实话，我做梦都想摸摸他的额头；我想知道，他的额头摸起来是不是就像看起来那样光滑。后来他邀请我和他一起去参加初高中毕业舞会，我马上就答应了。这样我就有了机会摸他的额头，他整个额头真的就像看起来那样光滑，他的鬈发往后梳，形成好看又顺滑的波浪。我抚摸着他的头发和他光滑的额头，那时萨莫塞特小酒馆舞厅里的乐队正在演奏《月光鸡尾酒》。在那些摇摇晃晃的阶梯上冻了几个小时之后，我至少想到了这一点，所以你们可以看出来，过去毕竟还是有些回忆的。当然，接下来的很多个星期，我不只摸了他的额头，而这就是我铸下的大错。

我们先把事情讲清楚。我的意思是，我将生命中的黄金岁月浪费在那个酒鬼身上，不光是因为我喜欢七年级自习室里，灯光斜洒在他额头时那光滑的样子。才不是呢！我想说的是，今天我记得的有关爱情的部分只有这一点，这让我觉得很难过。我今天坐在东海角的阶梯上，想着往日时光，那可真是他妈的难受呢！那是我有生以来第一次觉得，我当初可能把自己贱卖了，或许我这么做是因为，我觉得像我这样的人也只能过这样的生活。我知道那也是我有生以来第一次敢想，我比其他任何人都更有资格拥有乔·圣乔治的爱，而他可能只爱他自己。你们或许会认为，像我这样说话不客气的老太婆，怎么可能相信爱情，但我可能只相信爱情这回事，这是实话。

不过，这和我后来决定嫁给他的原因没什么关系，这一点我必须先和你们说清楚。当我们互许终身时，我肚子里已经有个六星期大的女娃了，而这就是最精彩的部分，说来让人难过，但这是事实。其他的就是一堆愚蠢的理由了，我这辈子学到的一件事就是，愚蠢的理由造成愚蠢的婚姻。

我不想再和妈妈吵架了。

我不想再被爸爸骂了。

我所有的朋友都这么做，他们有自己的家，而我想和他们一样，变成大人，我不想再当愚蠢的小女生了。

他说他要我，我就信了他。

他说他爱我，我也信了他。他说完他爱我之后，问我是不是也爱他，我想不这么说的话可能不礼貌，所以我也说了我爱他。

如果不这么说的话，我很怕未来会发生的那些事——我要何去何从，我工作的时候谁来照顾我的宝宝。

　　南希，如果你将我的话全部写下来，整件事情会让人觉得很可笑。不过最可笑的是，我知道很多和我一起上高中的女孩同样也是为了这些理由结婚。她们中的大部分现在仍是已婚状态，但有很多只是强撑着，希望能活得比家里那个糟老头久，这样她们才能把他埋了，从此将他醉后放的屁从床单上甩走。

　　到了1952年左右，我已经将他的额头忘得一干二净了。到了1956年，他身体的其他部位对我也没有什么用处了。我猜我是从肯尼迪继任艾克①那一年开始恨他的，不过又过了好几年，我才有杀他的念头。我心里想，至少我的孩子们需要爸爸。就是为了这个理由，我才可以忍着和他一起生活。这真是可笑啊！可这是事实，我发誓我说的是真的。但是另外一件事，我也要发誓：如果上帝给我第二次机会，我还是会杀了他的。即使这样会让我被地狱之火折磨，永不得逃离，我也不在乎。或许我真的快下地狱了吧！

　　我猜，住在小高岛上的人，除了那些新来的，都知道我杀了他，大部分的人或许以为他们也知道我杀他的原因——他会揍我。不过，并不是因为他动粗我才送他上西天的，很简单的一个事实：不管岛上的人当时是怎么想的，在我们婚姻的最后三年，他再没动过我一根汗毛。在1960年底或是1961年初的时候，我治好了他手痒的毛病。

———————
① 艾森豪威尔。

可在那之前，他真的常常打我，这一点我不否认。而且我忍受了，这一点我也不否认。他第一次打我，是在我们结完婚的第二个晚上，我们去波士顿度周末，那是我们的蜜月之旅。我们住在帕克旅店，很少出门，就像一对乡下老鼠，很怕出门会迷路。乔说，要是将爸妈给的25美元浪费在出租车上，那可真是糟透了。天哪！那个男人真是个蠢蛋！当然，我也是。不过，乔有一种我没有的天性，那就是永远多疑。他认为全人类都想算计他，他就是那样。我想过很多次，或许他喜欢喝醉酒只是因为，这样的话，他睡觉时就不用睁着一只眼睛提防别人。

这不重要。我刚刚要说的是，那个星期六晚上，我们去旅店的餐厅吃饭，晚餐很丰盛，然后我们又回到房间。我还记得，乔走在走廊上时，身体一直往右倒。他下午已经喝了大概十瓶啤酒，晚餐时又喝了四五瓶。我们进房间之后，他就一直盯着我看，最后我问他是不是我的脸上长了什么怪东西。

"没有，"他说，"不过我在餐厅倒是看见一个男的一直盯着你的衣服，他的眼珠子都快凸出来了。你也知道他在看你，对不对？"

我差点就要告诉他，哪怕是加里·库珀和丽塔·海华丝坐在角落里，我也没注意到。然后我又想，算了，乔喝醉酒的时候，和他争执简直是对牛弹琴。我嫁给他，并不是完全没搞清楚状况，我也不想骗你们说我真的没搞清楚。

"乔，如果有人在打量我，你为什么不过去叫他闭上眼睛？"
我问他。那只是玩笑话，或许我只是想岔开话题吧！这我已经记不
清了，不过他却不认为那是玩笑话，这一点我记得很清楚。乔是开
不起玩笑的，其实啊，我应该说，他几乎一点幽默感也没有。我嫁
给他的时候，并不知道这件事。我以为幽默感就像鼻子或耳朵一
样，虽然有些人的鼻子或耳朵更灵一些，但每个人都有。

他抓住我，将我放在他的膝盖上，用他的鞋子打我。"多洛雷
丝，这辈子只有我可以知道你穿的内裤是什么颜色，"他说，"你
听清楚了没？只有我可以！"

我真的以为那是一种爱情游戏，他只是假装吃醋，要哄我开
心。我当时就是那么蠢。那确实是吃醋，没错，不过和爱情一点关
系也没有。吃醋更像是狗用爪子霸占着骨头，如果你靠近，就朝你
吼叫。当时我还不懂这个道理，所以我就忍下来了。之后他打我我
也忍了下来，那是因为，我以为男人偶尔打老婆，只是婚姻的一部
分罢了。当然不是什么美好的部分，不过话又说回来，打扫厕所也
不是什么美好的部分，但是许多女人脱下婚纱，摘掉头纱，将它们
收到阁楼之后，扫厕所却常常变成她们的工作。南希，我说的没
错吧？

我爸偶尔也会打我妈，我想正是因为这一点，我才会以为丈
夫打老婆没有关系吧！我以为遇到这种事，也只有认了。我很爱我
爸，他和我妈也彼此相爱，但是他为了一些鸡毛蒜皮的事，就能气

得七窍生烟，大打出手。

　　我记得有一次，我当时应该是，哦，我想我当时应该是9岁吧！那一天，我爸去乔治·理查德在岛西的田里帮他割草，回家后发现我妈没有帮他准备好晚餐。我不记得为什么她没有煮好晚餐，他走进屋子之后发生的事情我却记得很清楚。他在门廊上脱掉了工作靴和袜子，因为上面沾满了草屑。他的脸和肩都晒得红通通的，头发被汗浸湿了，紧贴在鬓角上，还有一根草正卡在他额头中央的皱纹里。他看起来又热又累，随时准备发飙。

　　他走进厨房，餐桌上什么都没有，只摆着一个玻璃瓶，里面插着花。他转身问我妈："你这个蠢货，我的晚餐呢？"她张开嘴，还来不及说话呢，他就一巴掌朝她的脸打了过来，然后将她推倒在墙角。当时我站在厨房门口，看见了这一切。他朝着我走过来，头低着，头发垂在眼睛上，我有点害怕。以后我每次看到男人这个样子走回家，因为一整天的工作而疲惫不堪，肚子还饿得要命，我总会想起我爸。我想闪开，因为我觉得他也会将我推倒，但是我的腿像灌了铅一样，动不了。不过，他并没有那么做。他只是用他温暖粗糙的大手抱起我，将我放到旁边，就又走出去了。他坐在砧板上，双手放在大腿上，头低垂着，好像在看双手。刚开始，鸡都被他吓跑了，一会儿之后，它们又回来了，开始在他工作靴周围啄着。我以为他会踢它们，踢得它们羽毛满天飞，但是他也没有那么做。

过了一会儿，我转过头去看我妈。她还坐在墙角，用擦碗布遮着脸，正在哭，双臂还交叉在胸前。这是我记得最清楚的部分，不过我不知道为什么她的双臂能像那样交叉在胸前。我走过去抱她，她感觉到我的胳膊抱着她的腰，于是也回抱着我。她把那块擦碗布从脸上拿开，用它来擦眼泪。她要我出去问爸爸，想喝一杯冰柠檬水还是一瓶啤酒。

"一定要告诉他，冰箱里只剩两瓶啤酒，"她说，"如果他想多喝几瓶，最好先去店里买，否则就别喝了。"

我出去告诉了他，他说他不想喝啤酒，柠檬水正好可以解渴。我跑进屋里帮他拿柠檬水，我妈正在帮他煮晚餐。她的脸因为哭过有点肿，不过她正哼着歌。那一晚，他们的弹簧床就像大部分的夜晚一样，嘎吱嘎吱地叫着。这件事就这样结束了。以前这种事被叫作家庭行为纠正，这是男人的工作。如果我后来想起过这件事的话，我也只会认为我妈一定是欠打，否则我爸当时是绝对不会出手的。

我还看见他"纠正"过她几次，但是这一次我记得最清楚。我从来没见过他用拳头揍她，像乔有时候揍我那样，可是有一次，他用一片湿帆布刮她的腿，那一定很痛。我记得当时她腿上还留下了红印记，整个下午都没有消去。

现在没有人称这种事为家庭行为纠正了，就我所知，大家说话时不会再用到这个词，消失得好！在我的成长过程中，我一直以为，如果女人和小孩的行为有偏差，偏离了那条窄窄的直道时，男人就必须负责将他们导回正途。可我要说的是，虽然我在成长过程中受到了这种教育，但并不表示我就认为这种行为是对的。我知道男人用拳头揍女人这件事无关"纠正"，但长久以来，我还是容忍了乔一直殴打我。我得做家务，夏天得帮人家打扫房子，得抚养孩子，还得清理乔和邻居造成的脏乱，这些事让我累得没有力气和他争执。

嫁给乔，唉，妈的！其他人的婚姻到底是什么样的？我猜所有的婚姻都不一样，不过所有的婚姻都不像表面看起来那样，这我可以给你们打包票。大家看到的一对已婚夫妻的生活，与这对夫妻真正的生活，通常会有所出入。有时候这种生活很糟，有时候又很有趣，不过通常这就像生命中的其他事情一样，都是苦乐参半的。

大家认为乔是个酒鬼，喝醉酒的时候常常会揍我，或许我的孩子们也这么想。他们认为他后来太得寸进尺，打我的次数太多，因此我终于反击了。没错，乔喜欢喝酒，有时候也会去琼斯波特参加嗜酒者互诫协会的聚会，不过他和我一样，并不是酒鬼。每隔四五个月，他会去狂饮一次，通常和里克·蒂博多或史蒂维·布鲁克斯那些废物一起去，那些人才是真正的酒鬼。后来，他就不去了，只是晚上回家喜欢喝一两杯，就这样而已，因为他手上有酒瓶的时候，喜欢分几次慢慢喝完。我这辈子知道的那些真正的酒鬼，才不会想分几次慢慢喝完酒瓶里的酒呢，管他是金宾、老公爵，还是经过棉絮过滤的防冻液。真正的酒鬼只对两件事有兴趣：想办法付清手中那瓶酒的钱，以及想着下一瓶酒的着落。

不，乔不是酒鬼，可如果大家要这么想，他也不介意。这反而让他找到差事做，尤其是在夏天的时候。我想这几年来，大家对嗜酒者互诚协会的看法有所改变，我知道大家现在比以前更常提到这个协会，不过有一点并没有改变，那就是大家想要帮助那些宣称已经戒了酒、想要自力更生的人。乔有一整年都没有喝酒——不管他到底有没有喝酒，至少他都没提起过喝酒这件事。一年之后，大家在琼斯波特帮他举行庆祝会，请他吃蛋糕，还送他一枚大奖章。后来去应聘夏天来岛上度假的人提供的工作时，他告诉他们的第一件事就是，他是个正在戒酒的酒鬼。"如果你们因为这个原因而不想雇用我，我也不会怪你们，"他说，"但我一定要实话实说。我去嗜酒者互诚协会一年多了，那些人告诉我们，如果不诚实，我们就没办法戒酒，没办法保持清醒。"

然后他会拿出那枚金奖章给他们看，露出自己除了便宜馅饼，已经很久没有吃过别的东西的表情。根据他的说法，每十五分钟他的酒瘾会发作一次，但他会克制住自己，一切由上帝做主。我猜有一两个人听完后都要感动得一把鼻涕一把泪了。他们一般会非常想雇用他，而且常常将时薪提高50美分或是1美元。你们可能以为这个把戏在劳动节之后就不管用了，可即使是在这个岛上，在这个大家每天都能看见他，而且应该比较清楚内情的地方，他的把戏照样行得通。

事实其实是这样的，乔打我的时候，脑子通常很清醒。他喝醉酒的时候根本就不会来烦我。在1960年或是1961年的时候，有一天他去帮查利·迪斯彭齐里把船拉上岸，晚上回的家，他弯腰开冰箱，准备拿可乐喝时，我看见他的短裤从后面唰的一下裂开了。我大笑起来，没办法，我忍不住。他没说话。我还记得那天晚上我正在煮热腾腾的晚餐，我记得很清楚，就像是昨天才发生过的事。就在我转身去看炉子上的卷心菜时，他从木柴箱里拿起一块枫木，重重地打在我的腰背上。那可真是痛啊！如果有人重击过你的肾脏，你就会理解我的意思了。重击之后，肾脏好像变小了，而且觉得很热、很重，就像它们快要脱离原来的地方，像装着铅块的篮子似的不断往下沉。

我一瘸一拐地走到餐桌旁，坐在椅子上。要是那把椅子摆得再远点，我走不了那么远，就得倒在地上了。我就坐在那儿，等着看痛楚会不会慢慢消失。事实上，我没有哭号，因为我不想吓坏孩子们，不过眼泪却一直流下来。我没有办法止住眼泪，那是因疼痛而流下的，是没办法止住的。

"你这个臭婊子，看你以后还敢不敢再笑我。"乔说。他将刚才重击我的枫木丢回木柴箱，然后坐下来看《美国人》报。"现在你应该比十年前更乖才对。"

我在椅子上坐了二十分钟，才能再站起来。我必须叫塞莱娜帮我把火调小些，免得那锅菜给烧焦了。即使火炉离我坐的地方只有四步远，我也没有办法自己来。

"妈妈，你为什么不自己去将火调小？"她问我，"人家正在和乔伊看动画片呢！"

"我在休息。"我告诉她。

"没错，"乔在报纸后面说，"她话太多，说累了，现在正歇着呢！"说完他哈哈大笑。这就够了，那个笑声就够了。我当下决定，绝对不让他再打我，除非他想付出高昂的代价。

我们就像往常一样吃晚餐，也像往常一样，吃完晚餐后看电视。我和两个比较大的孩子坐在沙发上，小皮特则窝在他爸爸的腿上，他们一起坐在宽大的摇椅上。皮特就像平时一样，7点30分左右在他爸爸的大腿上睡着了，然后乔抱他上床睡觉。一小时之后，我送小乔上床睡觉，塞莱娜则在9点上床睡觉。我通常10点左右上床睡觉，而乔可能会一直坐到半夜，他打会儿盹，看会儿电视，再看会儿刚刚漏看的报纸，还挖着鼻孔。所以弗兰克啊，其实你还不算糟的呢！有些人到老也改不掉那些坏习惯。

那天晚上，我并没有照往常的时间去睡觉，我和乔一起坐在那里。我的背已经好多了，起码可以进行我的计划了。或许我有点紧张，不过，如果我当时真的紧张过，我现在也不记得了。我打算等他开始打盹了再动手，他终于开始打盹了。

我站起身，走进厨房，拿走餐桌上的奶油罐。我并没有专门去找这个罐，它会摆在桌上是因为那天轮到小乔清理餐桌，结果他忘了将它放回冰箱。小乔总是忘东忘西的，像是忘记将奶油罐放回冰箱，忘记盖上黄油碟的玻璃盖，忘记将面包纸袋往下折，这样隔夜面包的第一片才不会变硬。现在，我看见他在电视上发表演说或是接受采访时，总会想到这些事。我有时候想，如果那些民主党人士知道，缅因州参议院多数党领袖11岁的时候根本不能将餐桌清理干净，会做何感想。不过，我还是很为他感到骄傲，你们绝对不要以为我心里不这么想。即使他是个该死的民主党人，我还是很为他感到骄傲。

反正啊，他那天晚上确实忘对东西了。那个罐虽然不大，却很有分量，拿在手上刚好。我走到木柴箱那儿，从箱子上面的架子上拿了我们放在那儿的短柄斧头，然后走回客厅，这会儿他正在打盹呢！我将奶油罐握在右手，朝下一挥，正中他的侧脸，罐被砸得粉碎。

安迪，我这么做之后，他突然坐起了身。唉，你真该听听他的叫声！很大声？我的老天爷哟！他的叫声活像是那玩意被花园里的门夹住的公牛发出的。他双眼睁得大大的，用手捂着正在流血的耳朵，还有一些凝固了的奶油块粘在他脸颊和腮边的连鬓胡上。

"乔，你猜怎么着？"我说，"我再也感觉不到累了。"

我听见塞莱娜跳下床，但是我不敢回头看。如果我回头，他可能就将我丢到沸水里了。要是他真的想那么做，他的动作可是快得吓人呢！我左手一直拿着那把斧头，垂在身旁，斧头几乎被围裙盖住了。当乔想从椅子上站起身时，我亮出斧头给他看。"乔，如果你不希望我将这家伙往你头上劈，你最好还是乖乖坐好。"我说。

有那么一秒，我以为他还是决定要站起来。如果他真的这么做了，那么他当时就完蛋了，因为我可不是在和他开玩笑。他也看出了这一点，屁股就这样僵在离椅子大概5英寸①的地方，一动也不动。

"妈妈？"塞莱娜在她房门口叫道。

"乖女儿，回去睡觉，"我说，一秒钟也没有将视线从乔身上移开，"你爸爸和我要聊点事情。"

"没事吧？"

"当然没事喽！"我说，"乔，是不是啊？"

"嗯哼，"他说，"对极了。"

我听见她后退了几步，却没听见她关上房门，我知道她正站在那儿看着我们。乔保持着原来的动作，一只手放在椅子扶手上，屁股离椅子5英寸左右。大约过了十秒，或者十五秒，我们才听见她关上房门。这时乔才发现，他刚刚的动作有多愚蠢，半坐着，半站着，另一只手捂着耳朵，脸颊上还有小块奶油缓缓往下滑落。

———————

① 1英寸合2.54厘米。

他坐了下来，手也放下了。他的手和耳朵上都是血，不过手不像耳朵那样是肿的。"你这个可恶的臭婊子，这笔账我会好好和你算清楚的。"他说。

"哦，是吗？"我说，"既然这样，乔·圣乔治，你最好给我记住：不管你怎么和我算账，我都会加倍还给你的。"

他对我龇牙咧嘴地狂笑，好像他无法相信我刚说的话。"看来我只能杀了你了，是不是？"

他还来不及把话说完，我就将手边的斧头递给他。我根本没有打算这么做，不过我一看见他拿着斧头，我就知道那是我当时唯一能做的事。

"动手吧，"我说，"一次就将事情解决，省得我在这里痛苦。"

他看看我，又看看斧头，然后又看看我。要是事情没有那么严重，他脸上的惊讶表情其实很好笑。

"你杀了我之后，最好自己将菜热了，再多吃点，"我告诉他，"吃到你的肚子爆开为止，因为你会被关进监狱，我可没听说过监狱里会像家里一样伺候你吃香的喝辣的。我猜他们会先将你送去贝尔法斯特监狱，我敢打赌，他们一定有合你尺寸的橘色囚服。"

"臭婊子，给我闭嘴。"他说。

但我还是继续说。"之后他们很可能会将你转去肖申克监狱，我知道他们不会将热腾腾的饭菜放在你的餐桌上，也不会让你星期五晚上出去和你那些酒鬼朋友打牌。我只求你下手快、准、狠，别让孩子们看到血肉模糊的景象就好了。"

说完后我闭上了眼睛。我很确定他不会下手，不过，当你的生命危在旦夕时，确不确定倒也没什么用。这是那晚我弄清楚的一个道理。我站在那儿，双眼紧闭，眼前一片黑暗，什么也看不见，心里想着，要是他真的用斧头劈开我的鼻子、嘴唇和牙齿，那会是什么滋味。我记得当时我想的是，我可能会在死前尝到斧刃上木屑的味道。我也记得，当时我还觉得蛮开心的，因为两三天前我才磨过斧头。如果他要杀我，我可不希望斧头是钝的。

我觉得我好像在那儿站了十年那么久，然后他粗暴又恼火地说："你是准备上床睡觉，还是像海伦·凯勒做梦那样一直站在那儿？"

我睁开眼睛，看到他已经将斧头放在了椅子下面，斧柄尾端从荷叶边布饰下露了出来。他的报纸落在脚上，像帐篷一样。他弯腰捡起报纸，抖了几下，努力装作一切都没有发生过的样子。但他的耳朵继续流着血，双手不住地颤抖，报纸在沙沙作响，前后几页上还留下了他红色的指印。我当下就决定，在他上床睡觉之前，一定要先点火烧了那些沾到血的报纸，这样孩子们才不会看见，在心里头乱想到底发生了什么事。

"乔，我待会儿就去换上睡衣，不过我们得先达成协议。"

他抬起头，咬牙切齿地说："多洛雷丝，你不要得意过头了，否则你会后悔的。别把我惹毛了。"

"我没有惹你，"我说，"你打我的日子已经结束了，我想说的就是这件事。如果你再犯，我们其中一个人就得进医院或者太平间了。"

安迪，他看了我好久好久，我也看着他。那把斧头不在他手上，而是放在椅子下面，那也没有关系；我知道，如果我比他先低头，他对我拳打脚踢的日子就永远不会结束。经过长久的对视，他终于再次低头看他的报纸，喃喃念着："女人，你做点有用的事行不行？至少可以拿条毛巾给我擦脸吧——如果你干不了别的事！血流得整件衬衫都是。"

那是他最后一次打我。你们看，其实他本质上是个懦夫，不过我从来没有对他这么说过，当时没有，之后也没有。我想，叫人家懦夫是最危险的事，因为懦夫最怕人家发现他是懦夫，比死还怕呢！

我当然知道他生性怯懦，如果我当初没有把握可以成功，是绝对不敢贸然用那个奶油罐打他的头的。而且，就在他打了我之后，我坐在椅子上等着肾不再发痛时，想通了一件事情：如果当时我不起身对抗他，我可能永远都不会那么做。所以我就反击了。

其实啊，拿起奶油罐打乔还不算难。这么做之前，我必须先忘却脑海里我爸推倒我妈，以及他用湿帆布刮她腿的那些记忆。

要摆脱这些记忆的束缚反而比较难，因为我很爱我的父母。不过最后，我还是做到了，可能是因为我非这么做不可吧！我很高兴我做到了，即使只为了让塞莱娜以后不必记得她的妈妈曾坐在墙角，脸上掩着擦碗布在大声哭泣。我爸出手，我妈照单全收，我不想评判他们谁是谁非。或许她非得忍下不可，或许他不得不出手，不然就会被每天一起生活、一起工作的男人们看不起。当初那个时代和现在可不同，但大多数人都不知道有多么不同。我当初笨得嫁给他，并不表示我就得忍受他对我拳打脚踢。男人用拳头或是木柴箱里的大木块打女人，并不是什么家庭行为纠正。最后我下定决心，绝不再让乔·圣乔治那种人或是任何男人伤害我。

有几次他抬起手想打我，想了想又作罢了。有时候他的手举得高高的，很想打，可是又不敢打，我从他的眼中可以看出，他一直都记得上次的奶油罐，或许还记得那把斧头。然后他会假装他抬起手只是想挠挠头或是擦擦额头而已。那是他得到的第一个教训，或许也是唯一一个。

他用大木块打我，我用奶油罐回敬他的那个晚上，还发生了别的事。我不想提起那件事，我是想法比较老派的人，相信在卧室里发生的事，出了卧室门就不该说。不过，我想我最好还是说出来，因为事情会发展到这个局面，可能和那件事有关。

接下来两年，我们仍然保持着婚姻关系，并且住在同一个屋檐下，也有可能接近三年，我记不得了，不过之后他只试着行使了几次丈夫的权利。他——

安迪，你说什么？

我的意思当然是他阳痿！不然我说的是什么？他冲动的时候穿我内衣的权利吗？我从来没有拒绝过他，但他后来就是"不行"。他不是你们说的那种"夜夜春宵"式的男人，甚至一开始都没那样，他也不是那种时间很长的，通常只是"轰""砰""谢谢你，女士"。说是这么说，他一个星期还是会有一两天想爬到我身上，当然，这是在我用那个奶油罐打他之前。

部分原因可能是饮酒过量，最后几年他喝得很凶，可我不认为那就是全部的原因。我记得有天晚上，他忙碌了二十分钟左右，他的那个小东西还是一点都不争气。我不记得我们后来到底在床上折腾了多久，不过我知道我们的确做了。因为我记得我躺在那儿，肾脏一阵阵地痛，我心里想，待会儿要起来拿片阿司匹林止痛。

"怎么样？"他说，几乎要哭了，"多洛雷丝，我希望你满足了。你觉得怎么样？"

我什么都没说。有时候，女人不论对男人说什么都是错的。

"觉得怎么样？"他说，"多洛雷丝，你有没有满足？"

我还是什么话都没说，只是躺在那儿，看着天花板，听着外面的风声。那晚吹的是东风，我可以听到风中夹杂着海洋的声音。我一直很喜爱那个声音，那个声音安抚了我。

　　他转过身来，我可以闻到他喷到我脸上的啤酒味，又臭又酸。"以前关灯就好办多了，"他说，"但是这招现在不管用了。即使是在黑暗中，我还是能看见你那张丑脸，"他伸出手，抓住我的乳房摇晃着，"还有这个，"他说，"又垂又平，像块煎饼似的。下面就更糟了。老天哟！你还不到35岁，可是和你上床，简直就像在钻泥坑。"

　　我本来想说："乔，如果我下面像泥坑，那就会很软，你大可以进来，那不是正好让你省事了吗？"不过，我什么话都没说。我刚刚就告诉过你们，帕特里夏·克莱本养的女儿可不是笨蛋。

　　然后是一阵沉默。我猜他丑话已经说得够多了，终于睡着了，我正想溜下床去拿我的阿司匹林，他又开口说话了。那次我很确定我听见他在哭。

　　"我真希望从来没见过你的脸。"他说。然后他又说："你为什么不干脆用那把他妈的斧头，把自己的脸砍了算了？反正结果都一样。"

　　所以你们看嘛，不只我认为我用奶油罐打他——还告诉他我以后不会再任凭他对我拳打脚踢——可能和他的问题有关系，他也这么认为。不过，我还是半句话都没说，只等着看他是想睡觉，还是想再对我不客气。他赤裸裸地躺在那儿，我知道要是他有任何举动，我第一个要攻击的是哪个地方。

　　不久，我听见他开始打呼。我不知道那是不是他最后一次想在我面前当个男人，如果不是，也不远了。

　　当然，他的朋友们绝对没有这么精彩的遭遇，他也不会笨到去告诉他们，他的太太用奶油罐砸他的脸吧！那他这只黄鼠狼就抬不起头来了，对吧？他才不会这么做呢！所以，要是有人开始吹嘘，他们如何将老婆管教得服服帖帖，他也会和他们一起说大话，告诉人家要是我说话太过放肆，或事先没有问过他，就擅自拿饼干罐里的钱去琼斯波特买衣服，他一定会好好修理我。

　　我怎么会知道这些事呢？这个嘛，因为有些时候我可以闭上嘴巴，注意听别人说话。我知道今晚你们在这儿听我唠叨，可能很难相信我可以不说话，不过这是真的。

　　我记得有一次我去马歇尔家当兼职帮佣。安迪，你还记得约翰·马歇尔吗？他常说他要搭一座桥，一直连到大陆那边。这时候，门铃响了，只有我一个人在房子里，我急着要去应门，结果在一小块地毯上滑了一跤，重重地撞在壁炉角上。我的手臂因此起了一大块淤青，就在手肘上方的位置。

　　大约过了三天，就在淤青的颜色从暗棕色转为黄绿色的时候，我在村子里撞见了伊薇特·安德森。她正要从杂货店出来，而我正要走进去。她看了看我手臂上的淤青，和我说话的时候，声音中充满了同情。女人唯有看到比猪在屎堆里打滚还乐的事，才用那种同情的语气和你说话。"多洛雷丝，男人可真糟糕，你说是不是？"

她说。

"这个嘛，男人有时候很糟糕，有时候不糟糕！"我回答。我根本不知道她在说些什么，我心里只想着要快点买到一些特价出售的猪排，免得被人家买光了。

她轻轻地拍着我没有淤青的那只手臂，然后说："你要坚强点！事情总会好转的。我是过来人，所以我很清楚。多洛雷丝，我会为你祈祷的。"她说最后这句话时，语气就像她刚刚告诉我，她要送我100万美元似的，说完她就到街上去了。我走进杂货店，还是一头雾水，不知道她刚刚到底在说些什么。我可能会以为她脑子不清醒，不过认识伊薇特的人都知道，她清醒的地方已经不多了。

我采买到一半才突然想通了。我站在那儿，看着史基皮·波特称我的猪排，购物篮挎在我手臂上，我头往后仰，从内心深处发出一阵大笑，当你知道你什么都不能做，只能随心而动时，你就会笑成这样。史基皮转头看着我说："圣乔治太太，你还好吧？"

"我很好，"我说，"只不过是想到一件好笑的事情罢了。"然后我又开始大笑。

"我想也是。"史基皮说，又转身去称肉了。安迪，愿上帝保佑波特一家人。只要他们这一家还在，岛上就至少有一户人家知道，管好自己的家务事就好。我继续笑着。有些人看着我，好像我疯了一样，但是我根本不在乎。有时候生活就是这么该死的有趣，让人不得不开怀大笑。

伊薇特嫁的人是汤米·安德森。在20世纪50年代末到60年代初，汤米是乔喝酒打牌的哥们。我的手臂起淤青一两天之后，他们一堆人来到我们家，想看看乔的最新斩获——一台旧的福特皮卡。那天我休假，我帮他们端上一壶冰茶，这么做主要是希望他们别在家里喝啤酒，至少在太阳下山之前别喝。

我倒茶的时候，汤米一定看见了那块淤青。我走之后，他可能问乔发生了什么事，或者他只是说了一些什么。不管是哪一种情形，乔·圣乔治可是个不会让大好机会就这样溜走的人，至少这样的好机会，他是不会轻易放过的。从杂货店走回家的路上，我将整件事情仔细想了一遍。我唯一想知道的就是，乔到底告诉汤米和其他人我做错了什么，可能是忘记将他的拖鞋放在炉火下，好让他穿上拖鞋的时候双脚暖暖的，或者是星期六晚上的豆子煮得太烂了之类的。不管他说了什么，汤米回家以后就告诉伊薇特我做错了事情，所以身为丈夫的乔·圣乔治"纠正"了我。而我做的不过就是急着去应门，却撞上马歇尔家的壁炉台罢了！

这就是我刚刚说的婚姻有两面——一面是外人看见的样子，一面是里面真正的样子。岛上的人看我和乔，就像他们看其他和我们同年纪的夫妻一样：不是太快乐，也不是太难过。通常像是一起拉着马车前进的两匹马，它们可能不会像以前一样注意到彼此，注意到彼此时，它们的感情可能也不会像以前一样融洽，不过它们被套上马具，并排绑在一起，只得沿着同一条路迈步前进，不能互咬，或是浪费时间，或是做一些讨打的事情。

但人不是马，婚姻也不像拉马车。我知道，从表面上看，这两者有时候倒是蛮像的。岛上的人不知道上次的奶油罐事件，也不知道乔在黑夜里哭号着说，他希望他从来没见过我的这张丑脸。不过那也不是最糟的，最糟的事发生在我们不再履行夫妻义务之后一年左右。这可真是好笑，对吧！人们怎么可以瞪眼看着一件事发生，却对事件起因得出完全错误的结论呢？不过，这也是很自然的事，只要你们记住婚姻的表面和内在情形通常是有差距的。我现在要告诉你们的是我们婚姻的内在情形，而在今天之前，我一直以为我不会说出这件事。

回想过去，我想问题真正出现是在1962年，塞莱娜刚开始在大陆那边上高中的时候。她真是越来越好看，长得亭亭玉立。我还记得高一结束的那个夏天，她和她爸爸相处得比之前几年好多了。我本来还担心她会有青少年的叛逆，我以为她长大后，他们两个人会有许多争吵，她会开始质疑他的想法，而且愈来愈质疑他所谓的父亲的权威。

然而，他们两个人却相安无事，而且感情好得很。她会到房子后面看他修理那堆年久失修的旧机器，或者晚上在全家看电视的时候，坐在他旁边（我可以告诉你们，小皮特倒是觉得这没有什么），然后在播电视广告的空当，问他那天过得好不好。他会以一种罕见的沉着冷静又深思熟虑的口吻回答她,我还记得,他以前也那么对过我。我记得在高中的时候,在我刚开始认识他,而他决定要追求我的时候,他说话就是那种口吻。

发生这些事情的时候,她开始疏远我。她还是会做好我分配的家务活,有时候也会聊起学校里的事情,不过得要我开口问她的时候。我们之间变得冷淡,这在以前从未有过。到了后来,我才开始明白整件事的来龙去脉,明白事情是从那一天她走出卧室,看见我们在客厅,她爸爸的手捂着耳朵,血不断从他指间流下来,而她妈妈站在他面前,手里拿着一把斧头开始的。

我刚刚已经说过,他那种人是不会让机会白白溜走的,这次也一样。他对汤米·安德森胡诌了一个故事,他对他女儿说的故事虽然内容不同,本质却如出一辙。我猜他刚开始只是对我心存怨恨。他知道我有多爱塞莱娜,也一定想过告诉她我的心地有多坏,脾气有多糟——甚至还可能告诉她,我有多危险——是个报复我的好方法。他试过让她和我反目成仇,但从来没有成功过,不过他确实在想办法和她拉近距离,比以前她还小的时候亲近许多。为什么不呢?塞莱娜本来就是个心软的孩子,她是的,而且我从来没见过像乔那么会装可怜的男人。

他终于成功进入了她的生活,在成为她生活的一部分之后,他一定注意到她变得有多漂亮,于是决定要从她身上得到更多,不只要她专心听他说话,或是在他躺在破烂卡车下修理发动机的时候递工具给他。就在事情发生变化的这段时间，我四处奔走，做四份工作，想办法付清账单，每个星期还要再帮孩子们存点上大学的钱。我什么都没发现，直到事情差点变得不可挽回，我才发现真相。

我的塞莱娜是个生性活泼又喜欢说话的孩子，而且总是想取悦别人。如果你要她去帮你拿点东西，她不会用走的，她会用冲的。她长大一点之后，我工作不在家时，她就负责煮晚餐，而且都是主动的，不必我再叮咛。刚开始，她会烧焦菜，乔会吹毛求疵或是取笑她，他不止一次让她哭着跑进卧室。但是，出现我刚刚说的那些变化之后，他就不再那么做了。那是1962年的春天和夏天，他的样子好像她做的每个派都是天上美味似的，即使派的皮硬得像水泥；而且他极力夸奖她做的肉块，仿佛那是法国大餐。他这么称赞她，她很开心。她当然开心，每个人都会有这种反应吧！可她并不因此膨胀，她才不是那种孩子。我告诉你们一件事好了：塞莱娜最后离开家的时候厨艺已经精进，煮得最差的时候，也比我煮得最好的时候更美味。

说到帮忙做家务，她真是个不可多得的好女儿，尤其是这个妈妈大部分时候得去清理别人的脏房子。塞莱娜从来不会忘记在小乔和小皮特早上出门去上学时，给他们带上午饭，而且每学年年初，她都会帮弟弟们的新书包上书皮。至少小乔可以自己完成这件小事，但她从不让他做。

她高一的时候就是班上的优等生，可她还是对家里的事情很感兴趣，有些聪明的小孩可不是这样的。大部分十三四岁的孩子觉得超过30岁的人就是老顽固了，老顽固前脚刚踏进门，他们就想闪人。塞莱娜可不会这样。她会帮大人端咖啡，或者帮忙洗碗之类的，然后坐在炉子边的椅子上，听大人说话。不管是我和一两个朋友聊天，还是乔和三四个哥们讲话，她都会坐在一旁听着。要是乔允许，他和朋友们打牌时，她也会在一旁看着。不过我不让她看他们打牌，因为他们会说一些不入流的粗话。那个孩子会一点一点地吸收大人说的话，就像老鼠一点一点咬掉奶酪皮一样，她吸收不了的内容，就先囤起来。

后来她变了。我不知道变化是什么时候开始的，不过她刚上二年级不久，我就发现她不对劲。我想那应该是9月底吧！

我注意到的第一件不对劲的事情就是，她不像前一年那样在放学后搭早班的渡轮回家，尽管对她来说，这样的时间安排更好一些。之前她会在弟弟们回家之前，在房间写完功课，然后打扫屋子或做晚餐。但那时，她不再搭下午2点的渡轮，而是搭下午4点45分从大陆那边开的渡轮。

我问她这是怎么一回事，她说她只是喜欢放学后在自习室写完功课而已，然后给了我一个奇怪的眼神，表示她不想再谈这件事。我想我在那个眼神中看见了羞耻，或许还有谎言的影子。这让我很担心，不过我决定不再继续追问，除非我确定事情真的不对劲。你们瞧，我和她连说话都难。我已经感觉到我和她之间的距离，我也很清楚这都要追溯到当年那件事上——那天乔半坐在椅子上，流着血，而我拿着斧头站在他面前。这是我第一次意识到他可能和她说过那件事，以及其他的一些事情。

我心里想，如果我一直追问塞莱娜在学校待到那么晚的原因，我和她的距离可能会越来越远。不管我想问她哪些问题，我的口气听起来永远像"塞莱娜，你到底干什么去了"。如果连我这个35岁的人都觉得我问问题是这种口气，一个还不到15岁的孩子又会觉得我是什么口气呢？孩子到了那种年纪，和他们说话可真难哟！你必须小心翼翼，就像处理一瓶放在地上的硝化甘油一样。

学校开始上课不久就召开了家长会，我还特意抽空去参加了。我对塞莱娜班主任的态度，可不像我对塞莱娜那么小心翼翼。我单刀直入，直接问她知不知道为什么塞莱娜今年要在学校写功课，搭晚班渡轮回家。班主任说她不清楚，不过她猜塞莱娜只是想写完功课。是吗？我心里想：她去年在房间里的小桌子上，还不是把功课写得好好的，为什么今年要待在学校写？到底是什么改变了她呢？如果我觉得那个班主任对我有所隐瞒，我可能会直接这么说，可我看得出来，她真的不知情。去他的，搞不好学校的下课铃一响，她就滚回家了，哪知道发生了什么事情。

其他的老师也都帮不上忙。我听着他们将塞莱娜夸上天，对我来说，那是很正常的，然后我就打道回府了，觉得此行毫无收获。

我坐在渡轮船舱里面靠窗的位置，看着外面栏杆旁和塞莱娜年纪相仿的一男一女。他们手牵着手，欣赏着月亮从海面上升起。他转过头去对她说了一些话，她开心地对着他大笑。我心里想，要是错过这个好机会，你就是个大笨蛋了，小鬼。不过他没有错失良机，他向她靠了过去，握着她的另一只手，轻柔地吻了她。我看到这一幕的时候，马上就想通了。天哪，你真是个笨蛋。如果不是笨蛋，就是年纪大了，根本忘了15岁是什么样的。整日整夜，你身体内的每条神经都停不下来，好像罗马焰火筒似的喷发着。塞莱娜交男朋友了，就是这么一回事。她交了男朋友，他们可能下课后就一起留在自习室做功课，不过更可能专心地看着对方，而不是书本。我告诉你们，这么想了以后，我真是松了一大口气呢！

接下来几天，我又不断想起这件事。洗床单、熨衬衫、用吸尘器清理地毯，光是做这些事就有一大堆的时间可以想了。我愈想，愈觉得事情没那么简单。首先，她根本就没提过什么男孩子，塞莱娜要是遇上什么新鲜事，一定会说出来的。没错，那时她对我已经不像以前那样不加保留，那样亲密无间，不过我们两个人之间也不像隔了一堵墙，不和彼此说话。而且我总是觉得，如果塞莱娜恋爱了，她很有可能会在报纸上登广告，想要昭告全世界呢！

重要的事——让人害怕的事——是她看我的眼神不对劲。我注意过，女孩子要是喜欢上哪个男孩子，眼里总是闪耀着光芒，就像有人在眼睛后面开了手电筒。但是我在塞莱娜的眼中找不到那种喜悦的光芒。这还不算糟。更糟的是，她眼中本来的光芒这会儿已经消失了。看她的眼睛就像看一栋房子的窗户，而这房子的主人临走前忘了拉下窗帘。

就是看见这个情形，才让我真正发现事情不对劲，也让我开始注意所有那些我早该注意到的事情。我想，要是我没有那么辛勤地工作，要是我没有自作聪明，以为塞莱娜为了上次我伤害她爸爸的事情而生我的气，我应该可以早一点发现的。

我发现的第一件事情就是，她不只疏远了我，也疏远了乔。乔在修理那堆破铜烂铁或是别人的舷外发动机时，她不再出去和他聊天；晚上看电视时，她也不再坐在他身边。如果她待在客厅，就自己坐在炉火边的摇椅上，腿上还放着编织用的毛线。不过，通常她都不待在客厅，她会回自己房间，然后关上房门。乔似乎也不介意，甚至根本就没有注意到。他又坐回他的摇椅上，让小皮特坐在他的大腿上，直到小皮特该上床睡觉为止。

她的头发也不对劲，她不像以前那样每天都洗头发了。有时候头发油腻腻的，都可以煎鸡蛋了，那真的不是塞莱娜的作风。她的肤色本来很漂亮，那桃花般细致粉嫩的肌肤，可能是乔他们家族的遗传。那年10月，她的脸上却长满了青春痘，就像阵亡将士纪念日之后，镇公有地上盛开的蒲公英。她变得好憔悴，食欲也没了。

她偶尔还是会去找她那两个最好的朋友塔尼娅·卡伦和劳丽·兰吉尔聊天，但是她们不像初中时那么常来往了。这也让我注意到，开学后，塔尼娅和劳丽就没来过我们家，可能从暑假的最后一个月开始，就没来过了。安迪，这件事让我慌了，于是我更加密切地观察我的好女儿。我发现的事实让我更加不知所措。

譬如说呢，她穿衣服的风格也改变了。不是不穿这件毛衣，改穿别件毛衣，或不穿半身裙，改穿连衣裙而已；她整个穿衣服的风格都变了，而且所有的变化都很糟糕。她将身体整个罩住，你根本看不出来她的身材。她不穿半身裙或是连衣裙去上学，而是改穿太过宽松的A字裙，让她看起来肥肥肿肿的，但是她根本不肥。

她在家里只穿超大尺寸的宽松毛衣，长到都盖住膝盖了，而且一直穿着牛仔裤和工作靴。她每次出门都会在头上包块难看的头巾，头巾大得垂在她眉毛上，使她的两只眼睛看起来好像从山洞往外看的动物。

她看起来像个男生，但是我以为她过了12岁，就不想再像个男生了。有天晚上，我忘了敲门就走进了她的房间。她那时刚刚要从衣柜里拿出睡袍，发现我进去后，她紧张得差点摔断腿，可她明明穿着连身衬裙呀，又不是没穿衣服。

　　最糟糕的就是，她愈来愈沉默。考虑到我们当时的关系，我可以理解她为什么不想和我说话，可她对其他人也一样，几乎不和任何人说话。她就这样坐在餐桌前，头低垂着，长长的刘海已经遮住了眼睛。我要是试着和她聊天，问她当天在学校过得怎么样之类的，她就只回答"马马虎虎"或"大概吧"，而不是像以前一样连珠炮似的说一堆。小乔也试着要和她搭话，但是也和我一样碰壁。有一两次他看着我，脸上满是疑惑，我只能耸耸肩。然后等饭一吃完，或是碗一洗完，她马上就走出餐厅或是走回房间。

　　哎呀，愿主保佑我！我确定她并不是爱上了哪个男生之后，首先想到的是大麻的问题。安迪，你别那样看我，好像我根本不懂自己在说什么似的。那玩意以前叫作大麻烟，不过呢，都是一样的东西。如果龙虾的价格下跌，岛上会有许多人开始走私大麻。其实即使龙虾的价格没跌，一样有人走私。那个时候啊，有许多大麻通过沿岸岛屿走私到岛上来，就像现在一样，而有些大麻就留在岛上贩售，不再运到别的地方。还好当时没有可卡因，可如果你想吸大麻，总有办法拿到货。就在那年夏天，海岸警卫队因在马克·贝努瓦的"快乐玛吉号"上发现了四大包那玩意而将他逮捕。或许是因为发生了这件事，才让我有这样的联想。但是即使到了现在，过了这么多年，我还是搞不懂自己当时怎么会将这么简单的事情想得那么复杂。问题的真正症结就出在每天晚上坐在餐桌对面的那个男人，那个需要洗澡、刮胡子的男人身上。于是我开始观察乔·圣乔治，小高岛上那个什么都会做一点，却什么都不擅长的家伙。我开始怀疑，我的好女儿下午是不是就在高中的木工房后面，吸着那种快乐烟卷。我老是喜欢说，我老妈养的可不是笨蛋哟！

我开始想着要进她房间，搜她衣柜和梳妆台的抽屉，但当下我又不齿自己有这种想法。安迪，或许我有许多缺点，可我从来不希望自己是个偷偷摸摸的人。虽然我觉得我在事情的核心之外浪费了太多时间，但是我仍然希望问题会自己解决，或者塞莱娜自己来找我。

然后有一天，离万圣节前夕还有几天，因为当时小皮特在门口摆了个纸巫婆，所以我记得那件事发生在万圣节之前，那天我本来要在吃过午餐后去斯特雷霍恩家打扫。我和莉萨·麦坎德利斯要去将他们楼下那名贵的波斯地毯翻过来，这每六个月就得做一次，地毯才不会褪色，或者褪色才会褪得均匀，诸如此类。我穿上大衣，扣上扣子，快走到门口的时候突然想到，你这个笨蛋，穿这件厚重的大衣做什么？外面至少有18摄氏度，真的是小阳春天气呢！而我心里的另一个声音说，海滩那边的温度不会有18摄氏度，可能只有10摄氏度，而且很潮湿。于是我想到，下午我根本不该去斯特雷霍恩家，我应该搭渡轮到琼斯波特，和我女儿好好谈一谈才对。我打电话给莉萨，告诉她我们改天再去处理地毯的事，然后就前往渡轮站。我刚好搭到下午2点15分的那班渡轮。如果错过那班渡轮，我可能也会错过她了。要是那样，谁又知道后来会有什么不同的结局？

　　我是第一个走下渡轮的人，踏上码头的时候，他们还在忙着将最后一根系船的绳子绑在柱子上，我直接去了学校。走在去往学校的路上，我心里想，不管她和她班主任怎么说，我是绝对不会在自习室找到她的。她一定在木工房后面，和一些混混在一起，他们所有人大笑着，到处摸女孩子的屁股，或许还互传着一瓶用纸袋包着的便宜红酒。如果你们从来没有经历过那种场面，你们是不会了解那是怎么一回事的，我也没有办法描绘给你们听。我只能说，我发现不管怎么样，人总是无法做好万全的准备，可以让自己不伤心。你只能继续迈步向前，然后拼命希望这一切都没有发生。

　　我打开自习室的门，探头往里面瞧时，却发现她在那儿，坐在窗边的书桌前，头低垂在代数课本上。刚开始她没有看见我，我就站在那儿看着她。她并没有像我担心的那样，和一些不良少年鬼混。但是安迪啊，我还是有点伤心，因为她好像完全没有朋友，那是不是比交上坏朋友还糟呢？或许她的班主任并不觉得放学后，女孩子一个人在空荡荡的大自习室学习有什么不对劲，或许还觉得这个女孩子很了不起。可我并不觉得那有什么了不起的，而且也不健康。她甚至没有留堂的孩子陪着，因为琼斯波特比尔斯中学将行为不端的学生留在图书馆里。

　　她本应该和女同学在一起，可能一起听听音乐，或是痴痴地想着哪个男生。但是她没有那样。她坐在那儿，午后灰蒙蒙的阳光照了进来，教室里充满了粉笔和地板漆的味道，还有他们在所有孩子回家之后锯木头留下的红木屑。她坐在那儿，头垂得低低的，都快贴到书页上了，好像生与死的所有秘密，都藏在那本书里面似的。

　　"嘿，塞莱娜。"我说。她像只受惊的兔子一样缩了一下，想转头看说话的人是谁，却把桌上一半的书都弄到地上了。她的眼睛瞪得大大的，几乎占了半张脸，她的脸颊和额头好苍白，像白杯子里的白脱牛奶一样，当然除了新长出来的那几颗青春痘。那些青春痘红得发亮，就像烧伤的印记。

　　她看见说话的人是我，脸色不再惊慌，但也没有露出笑容。她的脸上好像拉起了一扇百叶窗，或者像她待在城堡里，刚刚将吊桥收起来那样。没错，就像那样。你们知道我的意思吗？

　　"妈妈！"她说，"你来这里做什么？"

　　我本来想说的是："我的小宝贝，我是来接你搭渡轮一起回家的，顺便问你一些问题。"但是我知道在那间教室里这么说不太恰当，在那间空荡荡的大教室里，我清楚地察觉到她不对劲，就像我闻到粉笔和红木屑的味道一样清楚。于是我决定查个水落石出。从她的表情来看，我知道我已经等太久了。我不再认为是吸毒的问题，可不管问题是什么，它都饥饿得很，已经快把她活活吞噬掉了。

我告诉她，我决定放下手边的工作，出来逛逛街，但是找不到我喜欢的东西。"所以我想，或许你和我可以一起搭渡轮回家，"我说，"塞莱娜，你介意吗？"

她终于笑了。我告诉你们哪，我愿意付1000美元来换她那个笑容，只为我展露的笑容。"哦，妈妈，我怎么会介意呢？"她说，"有个伴很好啊！"

于是我们就一起走下山坡，前往渡轮站。我问她课堂上的情形，她对我说的话，比过去几个星期加起来的还多。她刚才看见我时受惊的眼神，就像一只被雄猫逼得走投无路的兔子的眼神，这时总算比较像她本来活泼的样子了。我开始有了希望。

我猜南希可能不清楚，下午那班4点45分开往小高岛和其他海岛的渡轮，几乎没有什么人搭，不过安迪啊，我想你和弗兰克可能清楚。大部分住在岛上的人会搭5点30分那班渡轮回家，4点45分那班通常就载一些包裹啦，快递邮件啦，商品啦，还有运到市场上的食物杂货之类的。所以，即使那是个美好的秋日午后，天气不像我预期中那么湿冷，船尾的甲板上却几乎只有我们两个人。

我们在那儿站了一会儿，看着船的尾流冲向大陆那边。那个时候，太阳已经在西边了，水面上映着日光，船行过时打散日光的影子，化作了片片金子。我记得小时候，我爸爸常常告诉我那是金子，还说有时候美人鱼会出现，拿走那些金子。他说，她们用傍晚阳光的碎金片当海底魔法城堡的屋瓦。当我看见海面上那些碎金水痕时，我总会注意附近是否有美人鱼的踪迹，哪怕到了塞莱娜这个年纪，我也从未质疑过这些事情，因为我爸爸告诉我这些事情真的存在。

那天的海水是深蓝色的，只有在10月海面平静的时候，海水才是这种颜色，渡轮上柴油机的声音让人觉得宽慰。塞莱娜将绑在头上的头巾拿了下来，高举手臂大笑着。"妈，这景色好美呀！你说是不是？"她问我。

"是啊，"我说，"真的好美呢！塞莱娜，你以前也很美的，为什么最近变了？"

她看着我，仿佛有两张脸似的。表面那张脸有点迷惑，而且还在笑着，但是隐藏在表面之下的那张脸却露出谨慎、不信任的表情。我在表面之下那张脸上所看到的，全是乔那年春夏搬弄是非的结果，那是在她也开始疏远他之前发生的事。那张脸对我说的是，我一个朋友也没有，你当然不会是我的朋友，他也不是。我们看着彼此愈久，表面之下的那张脸就愈往上浮。

她不笑了，也不看我，转过头去望着海面。安迪，她这么做真让我难过，但是，不管这些事情有多令人难过，我再也不能任事情这样发展下去，就像之后我不让薇拉继续糟蹋我一样。

事实是，有时候我们为了当好人，必须先狠下心，就像医生帮小孩子打针一样，即使他知道小孩子会哭，会不理解，他还是得这么做。我自问能不能做到这一点，我知道，如果必须这样做，我是可以做到的。当时我也被自己的这种想法吓到了，现在还是有一点点。知道你必须狠下心，真的可以狠下心，而且事前不犹豫，事后不后悔，不质疑自己做得对不对，那种决心真是让人害怕。

"妈，我不知道你在说些什么。"她说，她看着我的眼神却极为谨慎。

"你变了，"我说，"你的外表，你穿衣服的方式，你的行为。从这些事情上我就知道，你遇上麻烦了。"

"什么麻烦也没有。"她说，但是她边说话边往后退。我在她退得远到够不着之前，抓住了她的手，握在我的手中。

"一定有，"我说，"我们两个人谁也别想走出这艘渡轮，除非你老实告诉我到底是怎么回事。"

"真的没事！"她大叫。她想要抽回她的手，但是我不肯松手。"什么事也没有！放开我，放开我！"

"还不是时候，"我说，"塞莱娜，不管你遇上什么麻烦，我对你的爱永远不会改变，可如果你不告诉我到底发生了什么事，我怎么帮你解决呢？"

她不再试着挣脱，只是看着我。我在刚刚那两张脸之外，又看见了第三张脸，那是一张我不怎么喜欢的痛苦又悲哀的脸。除了肤色，塞莱娜的其他方面都遗传了我家族的特性，但是那个时候，她看起来却像乔。

"你先回答我一个问题。"她说。

"如果我知道答案，我一定回答你。"我说。

"你为什么打他？"她问我，"那次你为什么打他？"

我开口问她"哪次"，主要是想利用这几秒的时间来思考，不过，我马上就知道了。安迪，你别问我是怎么想到的，可能是第六感，或者是人家说的女人的直觉，或者其实我看出了我女儿的心思，反正我就是想到了。我知道要是我迟疑，即使只迟疑一秒，我就会失去她。或许只有那一天，不过更有可能会永远失去她。我就是知道，我也毫不迟疑。

"因为那天晚上早些时候，他用大木块打我的背，"我说，"差点把我的肾都打碎了。我只是决定我再也不要被揍了，我绝对不会再让那种事情发生。"

她惊愕地看着我，就像有人猛然打了你的脸时你会有的反应。她很惊讶，嘴巴张成一个大大的O形。

"他不是这样说的，对不对？"

她摇摇头。

"那他是怎么说的？是因为喝酒？"

"他说是因为他喝酒和打牌，"她低声说着，声音低得我几乎都听不清，"他说你不想让他或其他任何人玩得开心，所以你才不想让他去打牌，所以你去年才不让我去塔尼娅家过夜。他说你希望大家都和你一样，一星期工作八天。当他挺身而出，和你讲道理的时候，你用那个奶油罐砸他，然后还告诉他，如果他敢有任何举动，你就会砍下他的头。你会趁他睡觉的时候这么做。"

安迪，要是事情没有那么严重的话，我当时真想大笑。

"你相信他的话？"

"我不知道，"她说，"一想到那把斧头，我就好害怕，怕得不知道该相信谁。"

听她这么说，我的心真是有如刀割，但是我并没有让她看出这一点。"塞莱娜，"我说，"他说的都是谎话。"

"你别管我行不行！"她说，试着抽回她的手。她脸上又露出受惊小兔的表情，我知道她不只是隐瞒了一些她觉得羞耻或是担心的事情，她快吓死了。"我会自己解决的！不用你帮忙！你别管我！"

"塞莱娜，你没有办法自己解决的。"我说。我说话的语气低沉轻柔，就像你对被带刺铁丝网钩到的马或小羊说话时的那种声音。"如果你可以自己解决，你早就解决了。现在听我说，我很抱歉让你看见我拿着那把斧头，我很抱歉你那天晚上看见和听见了所有那些事情。要是我知道你会因此变得这么害怕、这么不快乐，不管他当初怎么惹我，我都绝对不会还手的。"

"你别再说了，行不行？"她问道，终于抽回了她的手，用手捂住耳朵，"我不想再听了！我不要再听了！"

"我不能不说，因为那件事已经过去了，回不来了，"我说，"但是这件事还没有。所以让我帮你，小宝贝。求求你。"我伸出手想抱她，将她拉回我身边。

"不要！不要打我！你别碰我，你这个臭女人！"她一边尖叫，一边往后退。她在栏杆边绊了一跤，我很确定她会往后翻过栏杆，掉到海里。我的心脏都停止跳动了，但是感谢上帝，我的手并没有停下来。我急忙伸出手，抓住她外套前面，将她拉向我。我在湿滑的地上滑了一跤，差点跌倒在地。不过，我又稳住了身子，就在我往上看的时候，她抬起手，打了我一巴掌。

可我根本不介意，只忙着再次抓住她，再次抱着她。要是我在那个节骨眼上，放弃和塞莱娜那种年纪的孩子澄清误会的机会，我想我和那个孩子的感情就永远结束了。而且，那个巴掌根本一点也不痛。我只怕我会失去她，在内心深处，我也不觉得痛。就在那一秒，我很确定她会越过栏杆，头朝下、脚朝上地掉到海里。我真的很确定，几乎可以想见那个画面。当时我的头发竟然没有变白，可真是奇迹呢！

她一边哭，一边告诉我她很抱歉，她说她不是有意要打我，她从来都没想过要出手打我，我说我知道。"别哭了。"我说。她接下来说的话简直让我愣住了。"妈妈，你应该让我掉下去的，"她说，"你应该放手的。"

我放开她，离她一臂之遥，那时候我们两个人都在哭，然后我说："小宝贝，我绝对不会那么做的，绝对不会。"

她一直摇着头。"妈妈，我再也受不了了，我受不了了。我觉得好肮脏、好混乱，不管我多么努力地尝试，我还是快乐不起来。"

"到底怎么啦？"我说，我整个人再次感到了害怕，"塞莱娜，到底怎么啦？"

"如果我告诉你，"她说，"你可能会亲自将我推到海里吧。"

"我会不会这么做，你比我清楚，"我说，"我的心肝宝贝，我再告诉你另一件事好了：除非你一五一十告诉我，否则我是不会让你踏上陆地的。如果我们今年必须在这艘渡轮上待着，那我们就在这儿待着。不过啊，我想，就算我们没被渡轮上那个快餐店里提供的烂食物给毒死，不到11月底，我们也会被冻僵的。"

我以为这会让她发笑，但是并没有。相反，她头垂了下来，眼睛盯着甲板，低声说了些什么，声音真的很低。当时风呼呼吹着，还有发动机的声音，我根本听不见她说了什么。

"宝贝，你说什么？"

她又说了一次，这一次我听见了，虽然她并没有提高音量。我马上就了解了整件事情，从那一刻起，乔·圣乔治喘气的日子就所剩不多了。

"我根本不想那么做，都是他逼我的。"她这样说。

听完后我愣住了，只能站在那儿，后来我向她伸出手去，她退缩了。她的脸好苍白，像纸一样。然后那艘渡轮，就是那艘老旧的"海岛公主号"，突然倾斜了一下。整个世界都倾斜了起来，当时要是塞莱娜没抓住我的腰，我猜我那骨瘦如柴的老屁股可能已经跌坐在甲板上了。我马上又抱着她，而她就伏在我的肩膀上哭泣。

"来，"我说，"上我这儿，陪妈妈到那边坐着。我们在这艘船上已经折腾得够多了吧？"

我们肩搭着肩，像两个伤兵一样，拖着脚走到船尾甲板梯边的长板凳上。我不知道塞莱娜是否觉得我们像伤兵，但我真的这么觉得。我只是流泪，塞莱娜却是痛哭流涕，再不停止的话，内脏似乎都要哭出来了。不过，我很高兴能听到她那么用力地哭。听着她哭泣，看着她的泪水滑下脸庞，我才明白，她的感觉曾经变得多么麻木，就像她的眼睛失去光彩，衣服之下的身材被掩盖住一样。我当然喜欢听她笑胜过听她哭，可即使只能听到她哭，我也愿意。

我们在长板凳上坐下，我让她继续哭着。等她的情绪终于平缓一些之后，我从包里拿出手帕给她。她并没有立刻用那块手帕，只是看着我，脸颊都湿了，眼窝发黑，深陷进去。"妈妈，你不会恨我吧？你真的不会恨我？"

"不会，"我说，"现在不会，永远都不会。我保证。但是我要弄清楚这件事，我要你将整件事情从头到尾、一五一十地告诉我。你的表情告诉我你觉得自己做不到，可我知道你做得到。还有，记住这一点——你以后不需要再提起这件事，甚至也不必告诉你的丈夫，如果你不想这么做的话。你明白吗？"

"妈妈，我明白，但是他说，如果我说出去……他说，有时候你会变得很疯狂，就像你用奶油罐打他的那个晚上……他说，如果我想要说出去，我最好别忘了那把斧头，还有……"

"不，不会的，"我说，"你现在必须从头说起，一直说完。不过听你说之前，我想先弄清楚一件事。你爸爸对你乱来，对不对？"

她头垂得低低的，一句话都没说。我知道我已经得到了答案，但是我觉得，她必须将这件事大声说出来。

我把手放到她下巴上，托起她的头，直到我们互相直视对方的眼睛。"对不对？"

"对。"她说，然后又哭了起来，这次她并没有像刚才那样，哭得那么激动，时间也没有那么长。我让她继续哭着，因为我也需要一点时间，想想接下来该怎么做。我不能直接问"他对你做了什么"，因为我想她很有可能也不太清楚到底是怎么一回事。那会儿，我能想到的只有一件事：他是不是已经侵犯了她？但是我觉得，即使我说得很露骨，她可能也不太明白，而且那些话让我觉得很难听。

最后我说："塞莱娜，他有没有进入你的身体？有没有碰你的私处？"

她摇摇头。"我不让他那么做，"她咽下了一次抽噎，"至少现在还没有。"

她说了那句话后，我们两个人都松了一口气，至少不那么拘谨了。我的心里只有怒气，好像里面长了一只眼睛，在那天之前，我从来都不知道这只眼睛的存在，我的这只眼睛看见的是乔的那张长长的马脸，他的嘴唇永远是皲裂的，他的整排牙齿老是泛黄，他的脸颊总有裂痕，而且颧骨泛红。之后我总能看见他那张脸离我很近，即使我已经睡着了，两只眼睛都合上了，那只眼睛也还是睁着。于是我开始明白，除非他死，否则那只眼睛是绝对不会合上的。那就像坠入爱河一样，只是情形刚好相反。

与此同时，塞莱娜开始讲起整件事情的经过。我静静听着，一次都没有打断她，事情当然就是从那个晚上开始的。那一晚，我用奶油罐打乔，塞莱娜正好在门口看到他用手捂着血流不止的耳朵，也看见我拿着那把斧头站在他面前，好像真的要砍下他的头。安迪，我这么做只是想让他停止这一切，而且我是冒着生命危险这么做的，但是这些她都没有看见。她只看见了对他有利的一幕。人家说啊，通往地狱的道路是用善意铺成的，我知道此言不假，那些苦痛的经验让我明白了这个道理。可我不明白的是为什么——为什么想做善的事情，总会导致恶的结果？我想这个问题还是让比我更聪明的人去伤脑筋吧!

　　我不想在这里说出整件事情,不是出于对塞莱娜的尊重,而是这件事真是说来话长。此外,即使到了现在,我还是一想到这件事就心痛。不过我会告诉你们她说的第一件事,我永远不会忘记这件事,因为这件事又让我深深地受到了打击。为什么事情的表面和真相会有这么大的差距?为什么会这么表里不一?

　　"他看起来好难过,"她说,"血一直从他指间流下来,他眼眶里充满了泪水,他看起来好难过呀!妈妈,看着他难过的表情,我好恨你,比我看着他的血和泪还恨你。当时我就决定,一定要补偿他。我上床睡觉之前,跪着向上帝祈祷。'上帝啊,'我说,'如果你让她别再打他,我会好好补偿他的。我发誓我会的。看在耶稣的分上,阿门。'"

　　我以为那时我的女儿已经关上门,没看见那一幕,结果却在一年多之后听到她这么说,你们知道我心里做何感想吗?安迪,你可以体会我的感受吗?弗兰克,你呢?那你呢,来自肯纳邦克的南希·班尼斯特?不,我看得出来你们都不能体会。我向上帝祈祷,你们永远不必经历这种事。

　　她开始对他好——他在后面的车库修理别人的雪地车或是舷外发动机时,她会去给他解闷;我们一家人晚上看电视时,她就坐在他身边;他在门廊台阶上削木头时,她也坐在他身边,听着他一贯的乔·圣乔治式政治屁话,像肯尼迪怎样让犹太人和天主教徒控制一切啦，共产党人怎样努力让南方黑人可以上学，可以和白人在餐厅里平起平坐啦，美国再过不久就要灭亡啦，诸如此类的狗屁。她专心听他说话，他说的每个笑话她都捧场，他的手一开裂，她就马上给他涂上护手霜。他也不笨，知道这可是大好的机会。他不再说一些评论政治的话，反而改说我的坏话，说我被激怒的时候有多疯狂，说我们的婚姻中出现的所有问题。根据他的说法，错都在我。

1962年春末，他开始越过父亲的界线，以不太合适的方式摸她。不过，刚开始就只是这样——他们一同坐在沙发上，而我又不在屋里的时候，他会趁机摸摸她的腿；或是她把啤酒拿去后面的车库给他时，他会拍拍她的屁股。事情就是这么开始的，后来他变本加厉。到了7月中旬，可怜的塞莱娜怕他就像怕我一样。到我终于决定要去大陆那边，问她个水落石出时，他已经对她做了一个男人能对一个女人做的所有事，只差没侵犯她而已，而且还威胁她必须满足他。

我猜，要不是因为小乔和小皮特放学回家，常常在旁边碍手碍脚的，他早就下手了。小皮特年纪还小，不懂事，但是我想小乔或多或少知道发生了什么事，于是决定以自己的方式挡他的路。如果真是这样，我只能说，愿上帝保佑他。那个时候啊，我一天要工作十二个小时，有时候甚至是十四个小时，根本一点忙也帮不上。我不在家的时候，乔就对她纠缠不休，摸她，要她吻他，要她摸他

"特别的地方"（他的称呼），还告诉她，他没有办法克制自己，他必须求她帮忙，她对他很好，而我不是，以及男人有生理需求之类的屁话。可她绝对不能告诉我这件事。他说，要是她这么做，我可能会将他们两个人都杀了。他不断提醒她，别忘了那个奶油罐和那把斧头。他不断告诉她，我是个多么冷血又性情暴戾的臭女人，还说这种事他自己也没辙，因为男人有生理需求。安迪，他向她灌输这些观念，逼得她快发疯了。他——

弗兰克，你说什么？

是的，他有工作，没错，但是他那种工作却不会让他慢下追在自己女儿后面的速度。我说他是个半吊子，他真的就是那样，什么专长也没有。他帮夏天来岛上度假的人打一些零工，还看管两栋房子。我希望雇用他做事的那些人有清楚的财产目录，别丢了什么东西还不知道呢！有四五个渔夫会在忙的时候让他上船帮忙，乔没喝醉酒的时候，搬起东西来可不输任何人。当然啦，他还有修理小型发动机的副业。也就是说，他的工作就像岛上其他男人一样，这边做一点，那边做一点，不过他并不像大部分的人那么辛勤。像这样的人，可以灵活运用自己的时间。那年夏天和初秋，他就趁我出门工作的时候，尽量让自己待在家里，纠缠塞莱娜。

我不知道你们到底懂不懂我想说些什么。你们看出来没？他不仅想努力得到她的心，也想努力得到她的身体。我想，她会变得那么无助、那么恐慌，是因为她看见我拿着那把该死的斧头，而他也充分利用了这一点。当他发现自己不能再利用这一点得到她的同情时，就拿它来吓她。他一而再，再而三地告诉她，要是我发现他们做的事情，我一定会将她逐出家门。

"他们"做的事情！天哪！

她说，她不想做那件事。他说，那可真糟，不过要停下来已经来不及了。他告诉她，她已经成功挑逗了他，让他快疯了，还说那种挑逗通常正是造成强奸的原因，而且好女人（我猜指的是像我这种性格暴戾、手持斧头的臭女人吧）都知道这一点。乔不断告诉她，他会保持沉默，只要她保持沉默。"但是啊，"他告诉她，"宝贝，你可得明白，如果走漏一点风声，那可就全部泄露了。"

她不知道他说的"全部泄露"是什么意思，她也不明白，为什么只是下午端杯冰茶给他，告诉他劳丽·兰吉尔养了一只新的小狗，就会让他产生可以随时伸手到她的两腿之间摸她私处的想法。但她相信，一定是她做了什么，才会让他做这么糟糕的事，所以她觉得很羞耻。我想这才是最糟的，不是恐惧，而是羞耻感。

她说，有一天她曾想过要将整件事告诉学校的辅导员希茨女士。她连面谈时间都约好了，可因为之前进去的女生面谈的时间超时，所以她在办公室外面又勇气全无。那是不到一个月之前的事，就在开学后不久。

"我开始想，别人听了会怎么看待这整件事。"我和她坐在船尾甲板梯边的长板凳上时，她这么告诉我。当时，我们已经航行了一半的路程，可以看见东海角了，那整个地方都笼罩在夕阳的余晖中。塞莱娜终于不哭了。她不时发出很大的吸鼻声，我的手帕已经湿透了，不过这时她的心情已经平静下来了，我真为她感到骄傲。她一直没有放开我的手，我们说话的时候，她一直死死地握着我的手。第二天我的手还有淤青呢！"我一直想着，要是我坐下来说：'希茨女士，我爸爸想对我做那个，您知道的！'她很笨，又很老，很可能会说：'不，塞莱娜，我不知道，你在说些什么？'只不过她会像她站起来时那样，用那种高高在上的口气说：'你说啥？'然后我就得告诉她，我的亲生父亲想要侵犯我。她绝对不会相信我说的，因为她家乡的人可不会做那种事。"

"我想那种事全世界都有，"我说，"听来伤感，不过是真的。而且我觉得，学校的辅导员应该也知道这一点，除非她是个彻头彻尾的蠢蛋。塞莱娜，希茨女士是不是个彻头彻尾的蠢蛋？"

"不是，"塞莱娜说，"妈妈，我觉得她不是，不过——"

"小宝贝，你以为全世界只有你遇到了这种事吗？"我问她，然后她说了一句话，因为音量太低，我又没听清楚，所以我要她再说一次。

"我不知道全世界是不是只有我遇到了这种事，"她说，然后抱着我，我也抱着她，"反正啊，"她终于又继续说了下去，"我发现自己要是坐在那儿，根本就说不出口。如果我当时直接踏进去，可能就说出口了，但是我不止一次地站起来又坐下，反复想着爸爸这样做到底对不对，你会不会因此以为我是个坏孩子——"

"我绝对不会这么想的。"我说，然后再次拥抱她。

她对着我笑了，那个笑容温暖了我的心。"我现在知道了，"她说，"可那时候我不确定。就在我坐在那儿，透过玻璃看进去，看到希茨女士和先前进去的那个女生谈完的时候，我想到了一个不进去面谈的好理由。"

"哦？"我问她，"是什么理由？"

"这个嘛，"她说，"这不关学校的事啊。"

我觉得很有趣，于是开始咯咯地笑。不久之后，塞莱娜也和我一起咯咯地笑。我们愈笑愈大声，两个人就坐在长板凳上，手拉着手，咯咯地笑个不停，像一对求偶期的潜鸟一样。我们实在笑得太大声了，连在下层舱房卖小吃和香烟的小贩都抬起头望了我们一两秒，确定我们没事。

在回家的路上，她又说了另外两件事——一件是她的嘴巴告诉我的，另一件则是她的眼神告诉我的。她大声说出口的那件事是，她一直想收拾行李离家出走；那似乎是条出路。但如果被伤得太重，离家出走也解决不了问题，哪怕跑到天涯海角，人还是丢不开记忆与情绪的包袱。而她的眼神告诉我的那件事是，她不止一次有自杀的念头。

只要想着那件事情，只要想着我女儿的眼神里露出自杀的念头，我心里的那只眼睛就更清楚地看见乔的脸。我可以看见他的嘴脸，看见他一再纠缠她，想要伸手在她裙子下乱摸，直到她为了自卫而不得不穿上牛仔裤，看见她因为好运而没有让他得逞，他却一直纠缠。我想过，要是小乔没有早点结束和威利·布拉姆霍尔的玩耍时间，早点回家，或是我没有及时睁大眼睛，看出她的问题，悲剧可能已经造成了。最重要的是，我还想到他是怎么在后面驱赶她的，就像一个坏心肠的人，拿着皮鞭或是木棍赶马，而且从不停止，没有爱心，也没有同情心，直到那匹马倒在他脚下死去，而他可能只是手持木棍看着那匹马，不明白马为什么死了。我当初想摸他的额头，想看看他的额头是不是真的那么光滑，结果却得到这种下场，事情竟然演变成这种局面。我真的看清一切了，我发现我竟然在和一个没有爱心，也没有同情心的人一起生活，他相信任何他触手可及的东西，都能任他占有和糟蹋，哪怕是他的亲生女儿也一样。

想到这里时，我第一次有了杀他的念头。那时我还没有下定决心要杀他，上帝做证，真的没有，不过如果我说，那个念头只是想想而已，那我就是在说谎。那可远不止想想而已。

塞莱娜一定在我的眼神中看出了我的想法，因为她抓着我的手臂说："妈妈，会不会发生什么事情？快告诉我，不会发生什么。他一定会发现我告诉你了，他一定会气疯的！"

　　我想说一些她想听的话，让她安心，但是我说不出口。一定
会发生什么，只是会发生什么，以及事情会不会很严重，就得看乔
了。那晚我用奶油罐打他的时候，他让步了，可那并不表示他会再
让步一次。

　　"我不知道会发生什么事情，"我说，"但是塞莱娜啊，妈妈
告诉你两件事情：第一，这整件事情都不是你的错；第二，他不会
有机会再纠缠你了。你明白吗？"

　　她的眼睛里再次充满泪水，有滴眼泪溢出眼眶，滑下她的脸
庞。"我只是不希望发生什么不愉快的事情。"她说。她停了一
会儿，嘴巴动着，然后突然说："哦，我真讨厌这样！当初你为
什么要打他？他为什么要找上我呢？为什么事情就不能像以前一
样呢？"

　　我握着她的手。"小宝贝，事情都会变的，有时候事情会出
错，那我们就要想办法更正这些错误。这一点你应该知道吧？"

　　她点点头。我在她的脸上看见了痛苦，但是没有怀疑。"是
的，"她说，"我想我知道。"

　　这时我们已经到了码头，没有时间继续谈了。我很高兴我们
的谈话到此结束，因为我不想看见她泪眼汪汪地看着我，像每个孩
子一样，想要一切回归正常，却不要造成任何苦痛，不让任何人受
伤；或者想要我做一些不可能的保证，因为我不知道自己能不能做
到那些保证。我不知道我内心的那只眼睛愿不愿意让我遵守诺言。

我们走下渡轮，两个人都没说话，我觉得这样反而更好。

那天乔在卡斯泰尔斯家帮忙建后廊，他晚上回家之后，我让三个孩子去了杂货店。我看见塞莱娜沿着车道一路往前走的时候不时回头看看我，脸苍白得像牛奶一样。安迪啊，她每次一回头，我就在她眼中看见了那把天杀的斧头。不过我也在她眼中看见了别的想法，而且我相信这个别的想法让我松了一口气。她一定在想着，至少事情不会像以前一样一再重复，永不停止了。她是那么害怕，我想她心里一定这么想。

乔坐在火炉旁看《美国人》，这是他每天晚上的习惯。我站在木柴箱旁看着他，内心的那只眼睛似乎睁得更大了。我心里想，看看他，坐在那儿活像个老爷；坐在那儿，好像他不必像我们其他人一样，穿裤子得一条腿一条腿地来；坐在那儿，以为用他的魔掌侵犯他唯一的女儿是天底下最自然不过的事，而且做完之后还能问心无愧地睡他的大头觉。我想知道，我们是怎么从萨莫塞特小酒馆的初高中毕业舞会走到现在这个地步的——他坐在火炉旁看报纸，穿着打了补丁的蓝色旧牛仔裤和脏保暖背心，我则站在木柴箱边，心里想着要杀死他，但是又下不了手。那种感觉就像是走入了一片魔幻森林，当你往回看的时候，却发现来时路已经不复存在。

与此同时，我心里的那只眼睛看得越来越多。它看见我用奶油罐打他，在他耳朵上留下的十字疤痕；它看见他鼻子上弯弯曲曲的小血管；它看见他的下嘴唇往外翘，看起来好像在生气的样子；它看见他眉毛上的头皮屑，还有他扯着长到鼻子外的鼻毛，或是偶尔在胯下抓个两下的死样子。

那只眼睛看到的都是不好的事情，于是我发现，嫁给他不只是我生命中最大的错误，还是唯一严重的错误，因为我不是唯一付出代价的人。当时他一心忙着纠缠塞莱娜，但是她后面还有两个弟弟，如果他一直想要侵犯他们的姐姐，又会对他们做出什么事？

我转过头，那只眼睛看见了那把斧头，就像往常一样，还是摆在木柴箱上面的架子上。我伸手去拿斧头，紧紧握住手柄，心里想着，乔，这次我可不会将斧头交到你的手上了。然后我想起刚刚三个孩子离开时，塞莱娜一直回头看着我的场景，于是我决定，不管发生什么事，我都不用那把该死的斧头。我弯下腰，拿起木柴箱里的一块大木头。

不管是斧头还是木头，都不重要，乔的死期已经不远了。我愈看他穿着脏背心，抓着鼻毛，看着可笑的报纸，就愈想起他对塞莱娜做的好事；我愈想愈生气，我愈生气，就愈想直接走过去，用那块木头将他的头颅劈成两半。我甚至可以看见我第一击落下的地方。当时他的头发掉得差不多了，尤其是后脑勺，已经没剩几根毛了。他椅子旁边的灯照过来的光线，让他的头看起来像个灯泡。你可以在剩下的几绺毛发之间，看见他头皮上的斑点。就那儿好了，我心想，就选那个地方好了。到时候血会喷得整个灯罩都是，可我不在乎，反正灯罩本来就丑得很，也旧了。我愈这么想，就愈想亲眼看见血飞溅到灯罩上的场景，我知道血一定会这么喷的。我又想到，血也会飞溅到灯泡上，发出咝咝的声音。我脑中闪过这些影像，我愈这么想，我的手就愈牢牢地抓着木头，调整到最好拿的位置。那真是疯狂，没错，但是我似乎没办法转身走开，而且我知道，即使我真的走开了，我心里的那只眼睛还是会继续盯着他。

　　我告诉自己，假如我真的下手，塞莱娜会做何感想——她最害怕的事情竟然成真了。但是这么想也没有用，即使我那么爱她，那么想获得她的好感，也无法阻止我的那个念头。那只眼睛对爱的态度太过强硬。即使想着他真的死了，而我因为谋杀罪被关进南温德姆监狱，三个小孩该怎么办这件事，也没办法让那只眼睛闭上。它一直睁得大大的，而且不断在乔的脸上看见丑恶的东西。他刮胡子时从脸颊上刮去白色皮屑的样子，吃晚餐时沾在他下巴上的几滴芥末酱慢慢干掉的样子。还有那一排假牙，又大又旧，活像马齿一样，那是他邮购的，戴起来不太合适。每一次那只眼睛又看见了什么东西时，我握着木头的手就更紧一些。

　　到了最后一刻，我想到一件事。我心想，如果此时此刻你这么做了，那么这件事就不是为塞莱娜做的，也不是为另外两个孩子做的，而是因为他已经在你眼皮子底下胡来了三个多月，你却那么迟钝，完全没有发觉。如果你打算杀了他，然后进监狱，只能在星期六下午看孩子，你最好想清楚，为什么你要这么做——不是因为他纠缠塞莱娜，而是因为他把你当呆子耍。那样的话，你就和薇拉一样——最恨的就是别人耍你。

这么一想以后，我终于改变主意了。内心的那只眼睛并没有闭上，但是目光黯淡了下来，没有那么强烈了。我试着松开手，让那块木头掉下去，可我刚刚握得那么紧，一时之间似乎无法放开。我必须用另一只手来掰开两根手指，才能让木块掉回木柴箱，而另外三根手指还是弯曲的，好像还握着东西似的。我活动了三四次才开始觉得手又恢复正常了。

手恢复正常之后，我走到乔身边，拍了拍他的肩膀。"我要和你谈谈。"我说。

"那就谈啊，"他在报纸后面说，"我又没有阻止你。"

"我说话的时候，要你看着我，"我说，"将报纸放下。"

他将报纸放在大腿上，然后看着我。"最近你那张嘴可真忙啊！"他说。

"我的嘴我自己会管，"我说，"你管好你的手就好了。如果你做不到，我就让你吃不了兜着走。"

他挑起眉毛，问我那话是什么意思。

"意思就是，我让你别再骚扰塞莱娜了。"我说。

他惊讶地看着我，好像我刚刚抬起膝盖顶了他那传宗接代的宝贝似的。安迪，在这件令人遗憾的事件当中，这可是最棒的部分了——看见乔的脸上露出他发现自己被捉到了的表情。他的脸色变得苍白，嘴巴大张，整个身体在那把旧摇椅上抽搐了一下，就像有时候人刚刚睡着，突然想到可怕的事情时那样。

他试着混过去，假装刚刚只是背部肌肉疼痛罢了，可他骗不了自己，也骗不了我。其实他看起来有点为自己感到羞耻，但我根本不会因此而对他心软。即使是一只在鸡舍里偷鸡蛋被抓个正着的笨猎犬，也会露出羞耻的表情。

"我不知道你在说什么。"他说。

"那你怎么一副睾丸被魔鬼抓到的样子？"我问他。

他眉毛微动，开始露出怒意。"如果该死的小乔造我的谣，我就——"他开始说话。

"小乔什么都没说，"我说，"乔，你就别再装了，是塞莱娜告诉我的。她已经将一切都告诉我了，包括我拿奶油罐打你那晚之后，她开始对你很好，还有你是如何回报她的，你还威胁她，如果她将这件事情说出去，我会对她怎么样。她全部都告诉我了。"

"她根本就是在说谎！"他说，同时将报纸丢在地上，好像这么做能证明这一点似的，"她说谎，该死的她还挑逗我！我要拿我的皮带来，她再出现的时候，要是她敢再出现——"

他要站起身，我用一只手将他推了回去。一个人想从摇椅上站起来时，要将他推回去简直轻而易举；我有点惊讶，怎么能这么容易呢。当然啦，不到三分钟之前，我还差点用木块砸了他的头，这可能也是我能轻易地将他推回去的原因吧！

他的眼睛眯成一条直线，还说我最好别和他耍花招。"你以前干过一次，"他说，"但是那并不代表你每次都可以称心如意。"

我自己也一直在想这件事，就在不久前，不过现在可不是告诉他的时候。"你要说大话的话，就留着去和你那些朋友说，"我说，"现在你闭嘴，只能听。你给我听清楚了，因为我不是在和你开玩笑。如果你再纠缠塞莱娜，我就以猥亵儿童或是强奸的罪名，送你进州监狱。不管是哪一项罪名，都可以让你在牢里蹲个够。"

我这么一说，让他有点手足无措。他又张大了嘴，整个人坐在那儿盯着我。

"你绝不会这么做。"他刚开口说话，又停了下来。因为他看得出来，我真的会这么做。所以他装出讨好的样子，下嘴唇往外噘得厉害。"你听信她的片面之词，对不对？"他说，"多洛雷丝，你根本没有听听我的说法。"

"你还有话要说吗？"我反问他，"一个36岁的男人要他14岁的女儿脱下内裤，好让他看看她那儿长了多少毛，这种男人还有话要说吗？"

"下个月她就满15岁了。"他说，仿佛那会让一切变得不同似的。他这个人可真是了不起啊！

"你有没有听见自己说了什么禽兽不如的话？"我问他，"你有没有听见自己的嘴巴说了什么下流话？"

他又盯着我看了一会儿，然后弯腰捡起地上的报纸。"多洛雷丝，别烦我，"他用那种闷闷不乐又可怜兮兮的语气说，"我想看完这篇文章。"

我真想将他手中的那份该死的报纸撕成碎片，丢到他脸上。但是假如我真的那么做的话，一定免不了血腥的场面，我不想让孩子们，尤其是塞莱娜，回家时看到那种场面。所以我只是伸出手，用大拇指拉下了一截报纸，轻轻地。

"你得先向我保证，你不会再去骚扰塞莱娜，"我说，"这样我们就可以忘记这件令人不快的狗屁事。我要你保证，从此不再对她动手动脚。"

"多洛雷丝，你不要——"他开口说道。

"乔，我要你保证，否则我会让你生不如死。"

"你以为这样可以吓着我吗？"他大吼，"你这个臭婆娘，过去15年，你已经让我生不如死了，你那张丑脸和你的臭脾气相比，可差得远了！如果你不喜欢我这个样子，怪你自己吧！"

"你还没见识到真正的生不如死是怎么一回事呢，"我说，"如果你不保证你会放过她，我就让你瞧瞧，什么是真正的生不如死。"

"算你狠！"他大吼，"算你狠，我保证！可以了吧！就这样！你满意了吗？"

"满意。"我说，不过我并不满意。他永远不会让我满意了。他这种暂时的软化并没有什么意义。我已经打定主意，在年底之前，要不就带着孩子们离开，要不就杀了他。对我来说，选择哪一种方式没有什么差别，但是我不想让他知道即将发生大事。我要让他措手不及。

"好，"他说，"多洛雷丝，那我们的谈话算是结束了吧？"他继续看着我，眼里闪着可笑的光芒，"你以为自己很聪明，对吧？"

"我不知道，"我说，"我本来还以为自己脑子不错，但是你看看我到头来嫁了个什么人。"

"拜托，"他说，继续用那种自以为是的可笑眼神看着我，"你以为自己是坨热屎，擦屁股之前可能还得先转头看看屁股开始冒烟了没。不过你什么都不知道。"

"你这么说是什么意思？"

"你自己想，"他说，然后晃了晃报纸，就像那些有钱人看报纸，想确定一下当天的股票炒得还不错的模样，"像你这么聪明的人，要想出来也不难嘛！"

我不喜欢他的口气，但是也不想和他计较。这有两个原因：第一，除非必要，否则我不想再浪费时间拿棍子捅马蜂窝；第二，我当时的确以为自己很聪明，至少比他聪明。我觉得如果他想扳回一城的话，只要他开始行动五分钟左右，我就知道他在搞什么鬼了。换句话说，就是骄傲，非常骄傲，而我从来没想过他已经开始了。

孩子们从杂货店回来之后，我将儿子们带到屋里，然后又回去陪塞莱娜。屋外有一大片黑莓灌木，那个季节，黑莓几乎已经掉光了。这时吹起了一阵微风，树丛沙沙作响。那个声音听起来好萧瑟，也有点毛骨悚然。有块白色的大石头立在地上，我们就坐在石头上。东海角那边升起了一轮弦月，塞莱娜牵起我的手，她的手就像凄冷的弦月一样冷冰冰的。

"妈妈，我不敢进去，"她说着，声音颤抖，"我去塔尼娅家，好不好？你让我去，求求你。"

"小宝贝，你什么都别怕，"我说，"我已经将事情处理好了。"

"我不相信你。"她轻声说。但是她的表情却告诉我，她想相信我，她的表情告诉我，她最想相信我说的话。

"我说的是真的，"我说，"他已经向我保证，不会再骚扰你。他不一定总是说话算话，但是这一次他会的，因为他知道我会监视他，也知道你会告诉我。还有啊，他快吓死了。"

"吓死——为什么呢？"

"因为我告诉他，如果他再敢侵犯你，我就送他去肖申克监狱。"

她倒抽了一口气，再次握着我的手。"妈妈，你不会的！"

"我会，而且我是认真的，"我说，"塞莱娜，我想你最好也知道这一点。但是我不会太担心，接下来四年，乔可能至少得离你10英尺远，到时候你都已经上大学了。如果在这个地球上他还在意什么事的话，那就是他自己了。"

她轻轻放开我的手，态度很坚定。我看见她的脸上露出希望，除了希望，还有别的，就像她的活力和朝气又回来了一样。我一直没发现，那年秋天她看起来有多苍老，直到和她一起坐在月光下的黑莓丛边时，我才注意到这一点。

"他不会用皮带抽我或者干点别的事吧？"她问我。

"不会，"我说，"已经结束了。"

她终于相信了，然后将头靠在我的肩膀上，哭了起来。那纯粹是痛苦解除之后的泪水。她这么哭让我更恨乔了。

我想啊，接下来的几个夜晚，我的宝贝女儿应该可以脱离三个多月来的噩梦，睡得安稳些了吧。不过我却没有睡着。我听着乔在我旁边的打呼声，用心里的那只眼睛看着他，很想翻个身，将他的喉咙咬断。但是我已经没那么疯狂了，至少不像我拿着木块差点宰了他时那样激动。想到自己要是真的因为谋杀罪被关进牢里，孩子们该怎么办也无法让那只眼睛安静下来。但后来，在我告诉塞莱娜她已经安全了，我自己也有机会放松一下心情之后，那只眼睛安静了。不过，我知道塞莱娜最希望的事不可能成真，那就是让生活继续，假装她爸爸对她做过的事从来没发生过。即使他真的信守诺言，不再对她毛手毛脚，她的希望也不可能成真。而且，尽管我对塞莱娜那么说，但是我并不能完全确定他会说话算话。因为乔那种人迟早会说服自己，下次一定可以侥幸得手；说服自己，如果小心一点的话，就可以予取予求。

我躺在黑暗中终于平静下来时，发现答案其实很简单——我必须带着孩子们搬到大陆那边，而且动作要快。当时我非常冷静，但是我知道，我不可能永远那么冷静，那只眼睛不会同意的。下次我又激动时，那只眼睛会看得更清楚，看见更多乔丑陋的地方，到时候可能就没有什么事情能阻止我动手了。那是一种新的疯狂，至少对我来说是这样的，我还不笨，知道如果我想那么做的话，那种疯狂会造成多大的破坏。我必须在那种疯狂爆发之前，和孩子们搬离小高岛。就在我开始往那个方向走的时候，我终于了解了他那个自以为是的可笑眼神是什么意思。要是我早点知道就好了！

我等待事情渐渐平息，然后在一个星期五的早上，搭11点的渡轮到大陆去。孩子们都在学校，乔则和迈克·斯塔吉尔以及他的弟弟戈登出海捕龙虾去了。不到夕阳西下，他是不会回家的。

我带着孩子们的储蓄存折。从他们出生以后，我们就开始帮他们存上大学的钱，至少我是这么做的，乔才不在乎他们上不上大学。每次我们谈到那个话题——当然，每次都是我提起的，他都是坐在他那把该死的摇椅上，脸藏在报纸后面，使劲探出头来说："多洛雷丝，你到底是哪根筋不对，非得送他们上大学不可？我没读大学，可是我也混得不错啊！"

是啦，有些事情就是沟通不来的，你们说是不是？如果乔认为看看报纸，挖挖鼻屎，然后将鼻屎擦在他那把摇椅的把手上就叫作混得不错的话，那什么都不必谈了，两个人根本就搭不上话。不过如果他碰巧撞上好运，找到了好差事，像是上次加入镇道路工程队，那我根本不在乎他是不是以为全美国的大学都是共产党办的。那年冬天，他去大陆当修路工人，我要他给孩子们的银行账户存500美元，然后他就呼天抢地，像只狗一样，还说我将他的利息都抢走了。不过，安迪呀，他骗不过我的。那年冬天，如果那个混账没有赚个2000美元，也可能是2500美元，我愿意笑着去亲一头猪。

"多洛雷丝，你为什么老是要唠唠叨叨地念个不停呢？"他会这样问我。

"如果你自己像个男人，知道该为孩子们着想的话，我就不必唠叨了。"我会这样告诉他，然后继续一遍又一遍地重复。安迪，有时候我都说得想吐了，不过我就是有办法让他把小孩的教育基金拿出来。为了他们，我再怎么想吐也无妨，因为孩子们只能靠我来为他们铺好未来的路了。

按照现在的标准，那三个账户的存款都不算多——塞莱娜的账户大概有2000美元，小乔的账户大概有800美元，小皮特的账户有四五百美元，不过这是1962年的事了，在当时，那些钱算不小的数目。要离开小岛过日子，那些钱肯定也够了。我打算将小皮特的存款取出来，其他两个账户的钱则开银行本票。我已经决定要结束这里的一切，搬得远远的，到波特兰去——先找个地方住，再找份像样的工作。我们四个人都不习惯住在大城市里，但是如果逼不得已，再怎么不习惯，我们也得渐渐习惯。而且，当时波特兰其实只是一个和大一点的镇差不多的地方罢了，不像现在这样繁华。

一旦我们安顿好之后，我就可以开始赚钱，将支出的钱再存回去，我想我做得到。即使我做不到，他们也都是聪明的孩子，我知道学校有奖学金这样的东西。如果他们拿不到奖学金，我想我的自尊心还不至于强到不好意思去申请贷款。主要是让他们远离这个地方，当时，这件事似乎比上大学还重要，就像乔那台富农型旧拖拉机保险杆上的贴纸写的：凡事皆有轻重缓急。

我刚刚花了近四十分钟，说了一大堆塞莱娜的事，可受他折磨的人不只有塞莱娜。她是受折磨最厉害的，小乔的日子也不好过。1962年，他12岁，应该是个活蹦乱跳的年纪，但是你从他的脸上却一点都看不出来。他几乎不笑，不管是微笑还是大笑，我并不觉得奇怪。每次他一走进房间，他爸爸就开始挑他毛病，像一只黄鼠狼追在鸡后面一样，要他将衬衫扎进裤子里，要他梳头发，要他抬头挺胸，要他像个大人，别再像个该死的娘娘腔，鼻子都埋到书堆里了，要他当个男子汉。在我发现塞莱娜不对劲之前的那年夏天，小乔没被选上少年棒球联盟球队，听他爸爸训他，你还以为他是参加奥运会田径比赛，因为服用禁药而被取消资格哩！再加上他看见自己的爸爸对姐姐所做的下流事，你们就可以了解他对自己的爸爸有什么观感了。我有时候会观察小乔看他爸爸的表情，我在那个男孩的脸上看到真正的恨意，十足的恨意。在我带着那些存折到大陆之前的一两个星期，我就明白小乔也有一只心里的眼睛在看着他的爸爸。

再说说小皮特。他4岁时就常常跟在乔后面，大摇大摆地走着。他将裤带拉得高高的，跟乔穿裤子的习惯一样，而且他也会拔鼻毛，拔耳毛，就像乔一样。当然，那时候小皮特还没有鼻毛或是耳毛可以拔，所以只是做做样子而已。他上小学一年级的第一天，回到家时哭哭啼啼的，裤子后面沾满了泥土，脸上还有一道抓痕。我和他坐在门廊的阶梯上，我用手臂搂着他的肩膀，问他到底发生了什么事。他说那个该死的犹太鬼迪基·奥哈拉将他推倒在了地上。我告诉他"该死的"是骂人的话，他不应该说，然后我问他知不知道什么是"犹太鬼"。老实说，我很好奇他会怎么回答我。

"我当然知道，"他说，"犹太鬼就是像迪基·奥哈拉那种愚蠢的笨蛋。"我跟他说不对，他说错了。他问我"犹太鬼"到底是什么意思。我告诉他别管了，反正是个不好的字眼，而且我不希望他再这么说。他只是坐在那儿瞪着我，嘴巴往外噘得老高。他看起来和他爸爸没什么两样。塞莱娜怕她爸爸，小乔恨他爸爸，但是从某方面来说，小皮特最让我担心，因为小皮特长大后想要像他爸爸一样。

于是我从我珠宝盒底层的抽屉里拿出他们的存折，我将存折放在那儿，是因为当时那是我唯一可以上锁的地方；我将钥匙穿在链子上，然后将链子挂在脖子上。我在中午12点30分左右走进琼斯波特的北岸银行。轮到我的时候，我将存折推给银行柜员，我告诉她我想结清那三个账户，并且向她解释我急需那些钱。

"圣乔治太太，请您稍等。"她说，走到柜员区后面去拿账户资料。当然，那个时候电脑还不普及，他们需要人工处理许多文件。

她拿到了资料，我看见她抽出三份账户的资料，打开资料看了看。这时她的眉毛皱了起来，拧成了一条线，她对另一个女柜员说了一些话。然后她们两个人又一起研究了一下那三份资料，我则站在柜台另一边等着。我一边看着她们，一边告诉自己，绝对没有必要紧张，但我还是紧张得不得了。

接着，那位柜员没有走回柜台前，而是走到当时刚刚开始流行，被称为办公室的那种小隔间里。小隔间以玻璃隔开，我可以看见她在和一个穿着灰色西装，打着黑色领带，个子不高的秃头男人说话。她回到柜台之后，手上已经没有账户资料了，她将那些资料留在那个秃头家伙的办公桌上。

"圣乔治太太，我想您最好和皮斯先生讨论一下您孩子的存款账户。"她说，将存折推还给我。她用手掌边缘将存折推给我，好像那些存折有细菌，如果碰太久或接触太多会被传染似的。

"为什么？"我问她，"这些存折有什么问题吗？"到了那时，我才放弃了没有必要紧张的念头，开始紧张了起来。我的心脏跳得好快，嘴巴好干。

　　"我真的没法说，但是我相信，如果真的有什么误会，皮斯先生一定会向您解释清楚的。"她说。她没有直视我的眼睛，而且我感觉得到，她根本不认为有必要这么做。

　　我脚步沉重地走向那间办公室，好像脚底绑着千斤重的水泥。我已经猜到可能发生了什么事，但我就是不明白怎么可能发生那种事。天哪，我手上不是拿着存折吗？乔也没有从我的珠宝盒里拿走那些存折，然后再将它们放回原处啊。如果他这么做的话，那一定得弄坏那把锁，可锁明明没坏啊！即使他真的动过手脚（这根本不太可能，那个男人笨得要命，连从盘子里挖豆子吃，都会把一半的豆子掉到腿上），那存折上也会有提款记录，不然银行也会在存折上盖上"账户已结清"的红印章啊！可存折上根本什么记录都没有。

　　事情和我猜的一样，我知道皮斯先生即将告诉我，我的丈夫已经动过手脚了。我一走进他的办公室，果不其然，他说的正是这件事。他说小乔和小皮特的账户已经在两个月前就结清了，塞莱娜的账户则是在不到两个星期前结清的。乔之所以会选这个时机是因为他知道，我从不会在劳动节之后去银行存钱，除非我觉得我已经在厨房顶层架子上的大汤壶里存了足够多的钱，可以支付圣诞节的账单。

　　皮斯拿那些会计使用的绿色表格给我看。我发现，那天我告诉乔我知道他侵犯塞莱娜的事，而他坐在他那把摇椅上告诉我还有一些事情是我不知道的之后，第二天他就挖走了最后一大笔钱——塞莱娜账户上的500美元。他说的果然没错，有些事情的确是我不知道的。

　　我又仔细看了几次那些数字，抬起头来时，发现皮斯先生坐在我的正对面，搓着双手，看起来很不安的样子。我看见他那颗光头上冒着汗珠。他和我一样清楚，到底发生了什么事。

　　"圣乔治太太，您也看见了，您的丈夫已经结清了这些账户，而且——"

　　"这怎么可能？"我问他。我将那三本存折丢到他桌上，存折发出砰的一声巨响，他的眼睛眨了几下，猛地往后缩了缩。"我手上明明有这些如假包换的存折，怎么会发生这种事？"

　　"这个嘛，"他说，舔了舔嘴唇又眨了眨眼，活像一只在热石头上晒太阳的蜥蜴，"圣乔治太太，您自己看嘛，这些是——本来是——我们所谓的'监护人储蓄账户'。也就是说，孩子名下的账户，孩子可以在您或是您的丈夫签名同意之下，提取账户里的钱。同时呢，身为父母，您或是您的丈夫都有权随时提取这三个账户里的存款。就像您今天打算做的一样，呃……我是说如果钱还在账户里的话。"

　　"但是存折上明明没有什么该死的提款记录啊！"我说，我一定是用吼的，因为银行里的人都转过头来看我们。我可以透过玻璃墙看见他们，可是我根本不在乎。"他没有这些该死的存折，到底是怎么将钱提走的？"

他的双手搓得愈来愈快，发出砂纸一样的声音。如果他的双手之间有根干木棒，我相信他都可以点燃他烟灰缸里的口香糖包装纸了。"圣乔治太太，请您放低音量——"

"老兄，我会管好我自己的音量，"我说得更大声了，"你给我管好这间烂银行的办事方式就行了！就我目前看到的情况来说，你要管的可多了。"

他从桌子上拿起一张纸看了看。"根据这份文件，您的丈夫宣称存折丢了，"他这么说，"他要求本银行给他办一张新存折。这种事常有啊——"

"常有个屁！"我大吼，"你根本没有打电话通知我！你们银行没有一个人打电话告诉过我！这些账户是我们两个人共同保管的，1951年，我们帮塞莱娜和小乔开户时，银行是这么向我们解释的。1954年，我们帮皮特开户时，也是这样的。你现在要告诉我，银行的规定有了变更吗？"

"圣乔治太太——"他说道，不过我根本不想听他放屁，我要把话说完。

"他随便编个故事，你就信了；他要你办新存折，你就给了。我的老天爷！你以为钱是谁存进去的？如果你以为是乔存的钱，那你简直比我想的还要蠢！"

那时候银行里的人也不再假装在忙自己的事了。他们干脆就站在原地，看着我们。从他们的表情判断，有些人还觉得这是一场好戏，但我心里想，如果今天是他们小孩要上大学的钱就这样像煮熟的鸭子飞走了，他们是否还会觉得这场戏好看。皮斯先生满脸通红，连他那冒着汗的秃头也泛红了。

"圣乔治太太，请您别这样大吼。"他说。那个时候，他看起来好像快要崩溃痛哭一样。"我向您保证，我们的做法不但完全合法，而且也是标准的银行手续。"

我降低了音量。我可以感觉到，自己整个人都泄气了。乔骗过我了，没错，骗得我好惨，这一次我甚至没机会等到被骗第二次才说"愚我两次，其错在我"。

"或许这是合法的，或许这是不合法的，"我说，"我想我可能得拉你上法庭，才想得出解决办法吧，你说是不是？但是我没时间，也没钱和你耗。而且，让我生气的并不是这是否合法，而是你根本没想过，另一个人可能也想知道这笔钱到底去了哪里。难道'银行手续'规定了不让你们给我打一通该死的电话吗？明明电话号码就在这些表格上，根本没有更改过。"

"圣乔治太太，我很抱歉，但是——"

"假如这种情形反过来，"我说，"假如是我编故事，说存折不见了，要求补办新的存折，假如是我来提取存了十一二年的钱，难道你不会打电话通知乔吗？如果今天钱还在账户里，而我想来提钱，就像我今天打算做的一样，难道我一踏出银行门口之后，你不会立即打电话通知他——只是出于礼貌，不是吗？——他的太太做了什么好事吗？"

安迪啊，因为我早就猜中会是这样的，所以我特别挑他和斯塔吉尔兄弟出海那天进行这件事。我本来打算回到岛上，带着孩子们，在乔一只手拿着六罐装啤酒，另一只手拿着他的饭盒回家之前，离他远远的。

皮斯看着我，张了张嘴，不过，他又把嘴闭上了，一句话也没说。他什么都不必说，答案已经写在他脸上了。他——或是银行里的随便一个人——当然会打电话给乔，一次找不到人，他们会继续打第二次，第三次，直到联络上他为止。原因何在？因为乔是一家之主。而没有人想过要打电话通知我的原因是，我只不过是他的太太而已。我哪儿需要知道钱到哪里去了，我只需要知道怎样跪下来擦地板、刷护墙板、洗抽水马桶才能挣钱就好了。如果一家之主决定将孩子们上大学的钱全部取走，那他这么做一定有他见鬼的好理由，即使没有理由，也没关系，因为他是一家之主，是掌管一切的人。他的太太只是个小女人罢了，她只要负责刷护墙板、洗抽水马桶、在星期日下午煮好鸡肉大餐就行了。

"圣乔治太太，如果有任何问题的话，"皮斯说，"我很抱歉，但是——"

"如果你再说一次'抱歉'，我就将你当皮球，踢得高高的，让你看起来像驼了背一样。"我说，但是我根本不可能对他做出什么有威胁性的事。就在那一刻，我觉得我连踢啤酒罐过街的力气都没有了。"你只要告诉我一件事，我就走人：他将钱花光了吗？"

"我怎么知道！"他用那种谨慎又惊讶的声音说道。

"乔这一辈子只会和你们这家银行有往来，"我说，"他大可以多走几步路，到附近的马柴厄斯，或哥伦比亚福尔斯的银行开户，将钱存进去，但是他不会这么做，他太笨、太懒，也太不知变通了。他要么就将钱塞到几个梅森罐里埋起来，要么就直接将钱存在你们这里。这就是我想知道的——过去这几个月来，我的丈夫有没有在这里开新的账户。"安迪啊，我真的必须知道。发现他狠狠耍了我之后，我气得快吐了，那真是糟糕，但如果不查清楚他是不是把钱花光了，那根本就是要了我的命。

"他是不是……那是银行机密！"他说，那时我已经告诉过他如果他和我过不去，我也会和他过不去了。

"哎哟，"我说，"我早猜到那是银行机密了。我现在请你破例一次。光看你的样子，我也知道你不常破例，我知道那违背了你的原则。但是皮斯先生啊，那是我孩子们的钱，而他却说谎，将钱占为己有。你很清楚他说谎了，证据就在你桌子上的记事簿里。要是当初贵银行有最基本的礼貌，给我打一通电话，他说的这个谎就不会成功。"

他清了清喉咙，说："我们没有必要——"

"我知道你们没有。"我说。我真想抓着他摇他，但是我知道那于事无补，至少对他那种人没用。而且，我妈常说啊，用蜂蜜来抓苍蝇，可比用醋抓得多呢！我发现她说的话果然没错。"这我知道，可你想想，如果你当初打电话给我，现在我就不会这么难过，这么心痛了。如果你想弥补的话——我知道你不必这么做，但是如果你愿意这么做的话，请你告诉我，他有没有在这里开了个新账户，又或者我该回家掘地三尺。拜托你啦，我绝对不会说出去的。我以上帝之名发誓，我绝对不会说出去的。"

他坐在那儿看着我，手指在那些绿色表格上敲着。他的指甲都很干净，看起来像有专业修甲师修剪的样子，不过这倒是不太可能，毕竟我们现在说的是1962年的琼斯波特。我猜可能是他太太帮他修的吧。那些干净整齐的指甲每次一敲，就在纸张上发出沉闷的响声。我心里想，他那种人一定不会为我破例的。他哪儿在乎岛上的人？哪儿在乎他们的问题？他只在乎自己的日子过得好不好。

所以当他真的开口说话时，我为自己对男人的普遍看法，尤其是对他的负面看法，感到可耻。

"圣乔治太太，您坐在这儿，我什么也不能查，"他说，"我建议您先到附近的查蒂·贝咖啡馆坐坐，喝杯热咖啡，吃个甜甜圈再回来吧！我十五分钟后会过去和您碰面，不，我想还是三十分钟好了。"

"谢谢你，"我说，"真是太谢谢你了。"

他叹了口气，开始整理那些表格。"我一定是疯了。"他说，然后紧张地笑了起来。

"不，"我告诉他，"你只是在帮助一个不知如何是好的妇女而已。"

"我这个人就是没有办法拒绝陷入困境中的女士的要求，"他说，"给我半小时，或许再多一点的时间。"

"但是你会来吧？"

"会的，"他说，"我会去的。"

他真的来了，不过不是在半小时之后，而是在快到四十五分钟的时候。在他来到咖啡馆之前，我已经非常确定，他会弃我不顾。就在他终于出现的时候，我以为他有坏消息要告诉我。我以为他的表情已经告诉了我是坏消息。

他在门口站了一会儿，向四周仔细看了一遍，想确定我在大闹银行之后，咖啡馆里不会有人认出我们两个，找他麻烦。然后他走到我坐的那个角落，坐在我对面，说："钱还在银行，至少大部分的钱都还在，不到3000美元，少了300美元。"

"感谢上帝！"我说。

"这是好消息，"他说，"坏消息是，新账户只有他一个人的名字。"

"想也知道，"我说，"他也不会让我在新存折上签名吧！这样一来，我就识破他的诡计了，是不是？"

"反正许多女人都不知道家里的钱哪儿去了。"他说。他清了清喉咙，猛地扯了一下领带，然后在门铃响的时候，迅速回头，看了看是谁进来了。"大部分的女人是丈夫拿什么给她们签，她们就签什么。"

"我可不是'大部分的女人'。"我说。

"我也注意到了，"他冷冷地回我这么一句，"反正我已经照您的吩咐做了，现在我真的得回银行了。真希望我有时间陪您喝一杯咖啡。"

"你知道的，这一点我不太相信。"我说。

"其实我也不相信。"他说。不过，他伸出手要和我握手，仿佛我是个男人一样，我将他的那个举动视为对我的赞美。他离开之后，我仍然坐在原来的位置上，当女服务员过来问我，要不要再来一杯咖啡时，我告诉她，不，谢了。喝第一杯时我就已经感觉胃酸过多了。我真的有胃酸，不过并不是咖啡造成的。

人总是可以从某些事情中找到值得庆幸的部分，即使事情非常糟糕。我搭渡轮回去的时候，心里就觉得庆幸，至少我还没有打包东西，这样一来，我就不必急着回去将东西再放回原位。我也很庆幸我没有告诉塞莱娜。我本来已经打算告诉她了，但后来，我怕这个秘密对她来说太过沉重，她可能会告诉朋友，这么一传十、十传百，最后可能会传到乔那里。我甚至还想过，她可能会很固执，根本不想离开。不过从乔一走近她，她就往后缩的情形来看，我不认为她会拒绝离开。可她还是个青少年，你根本猜不到她会怎么想，完全猜不到。

　　所以我还是有点值得庆幸的事，但是还没想到该怎么做。即使将我和乔联合储蓄账户里的钱都提出来，也无济于事，因为账户里大概只剩46美元。我们活期存款户头的钱就更可笑了，如果还没透支的话，也结清了。不过，我不会直接拉着孩子们就走人，想都别想。如果我那么做，乔一定会为了报复，将钱全部花光。这一点我非常清楚，就跟我清楚知道自己的名字一样。根据皮斯先生的说法，乔已经花了300美元，剩下不到3000美元，我自己至少要拿走2500美元，那可是我整个夏天去帮人家擦地板、洗窗户、帮薇拉·多诺万那个该死的臭女人晾床单——一定要用六个衣夹，四个不行——辛辛苦苦赚来的血汗钱。虽然夏天做这些工作比冬天好多了，不过还是一点也不轻松，不像在公园里游玩，绝不。

　　不管怎样，我已经下定决心要带孩子们离开，但是假如我们一毛钱也没有，那可就糟了。我一定要让孩子们拿回他们的钱。在回岛上的路上，我站在"公主号"的前甲板上，清凉的海风迎面吹来，将我的头发往后吹。我知道我要让他将钱吐出来，但不知道的是，我要怎么做。

　　日子还是一天天地过着。如果只看事情的表面，你会以为什么事情都没有改变。岛上似乎真的没什么变化，我的意思是，如果只看表面。但是生命中有很多事情并不能从表面上看出来，至少就我而言，那年秋天，隐藏在表面下的事情似乎已经完全变了。

我看事情的方式变了，我想这应该是最重要的部分。我现在说的不只是那第三只眼，当小皮特的纸巫婆被取下，他的火鸡和清教徒照片也被烧了的时候，我用我那两只天然的眼睛看见了我所需要的一切。

我看见他贪婪地看着穿睡袍的塞莱娜，或者她弯腰从水槽里拿出抹布时，他色眯眯地看着她的臀部；我看见她从客厅回房间时，如果他正坐在他的摇椅上，她一定会躲着他，离他远远的；我看见她在餐桌上递给他盘子时，如何尽量不碰到他的手。这种画面真是让我因羞耻与怜悯而心痛不已，也让我非常生气，气得几乎天天想吐。我的天啊，他是她的父亲哪！她的血管里流着他的血液，她遗传了他那爱尔兰人的黑发和双关节的小指，但是一看见她内衣的带子滑下手臂，他的色眼就睁得又圆又大。

我也看见小乔躲着他，而且如果可以不回答他的问题，小乔就尽量不回答，如果不得不回答，他就支吾其词。我还记得有一次，小乔放学后给我看从老师那里拿回来的论文，论文写的是罗斯福总统。老师给他A+的成绩，还在论文的第一页上写着，这是她教历史20年来，第一次给学生的历史论文打A+的成绩。她还认为，这篇论文很好，可以拿去报社投稿。我问小乔想不想试试埃尔斯沃思的《美国人》或巴港的《时报》，还告诉他，我很乐意为他付邮费。他只是摇摇头大笑着。我不太喜欢他那样笑，那个笑声充满愤世嫉俗和冷酷无情的味道，就像他爸爸的笑声一样。"然后让他在接下来的六个月里挑我毛病？"他问我，"不，谢了。难道你没听过爸爸是怎么称呼罗斯福总统的吗？富兰克林·D.犹太鬼斯福。"

安迪，我现在还记得小乔当时的样子，那时候他才12岁，但是已经快6英尺高了。他站在后门廊上，双手插在口袋里，低头看着我，而我则拿着他那篇得了A+的论文。我还记得他嘴边的那抹微微的笑容。那抹笑容不带任何善意、幽默或是快乐。那是他爸爸的笑容，可我从来没告诉过他。

"所有的总统当中，爸爸最讨厌罗斯福，"他告诉我，"所以我才选了他来写这篇论文。现在拜托你把论文还给我，我要将它放到炉子里烧了。"

"不，想都别想，"我说，"如果你想知道被自己的妈妈推出门廊栏杆，掉到院子里的滋味，那你就过来拿好了。"

他耸耸肩。那个样子也很像乔，不过他笑得更灿烂了，比他爸爸这一生有过的笑容还要灿烂。"好吧，"他说，"只要不让他看见就好了，好吗？"

我说我不会让乔看见的，然后他就一溜烟地跑去和兰迪·吉杰投篮了。我看着他的背影，手上拿着他的论文，心里想着刚才的事情。我想的是，他怎样获得了老师二十年来第一次给出的A+，以及他怎样选了自己的爸爸最讨厌的总统当论文主题。

再说说小皮特，他老是扭着屁股，趾高气扬地走着，下嘴唇往外噘得高高的，到处骂人是犹太鬼，每个星期上五天的学，就有三天因为惹麻烦而在放学后被老师留下来，不得准时放学。有一次我不得不到学校去接他，因为他和人打架，重重地打在一个小男生的头上，把那孩子的耳朵都打流血了。那天晚上，他爸爸对这件事是这么说的：“皮特啊，我想下次那家伙再看到你，就知道自动闪人了吧！你说是不是啊？”乔这么说之后，我看见小皮特的眼神一亮，我还看见大概一小时后，乔温柔地抱他上床睡觉。那年秋天，我似乎看清所有事情了，不过我最想看清的是怎样永远离开他。

你们知道最后是谁告诉的我该怎么做吗？是薇拉。没错，正是薇拉·多诺万本人。她是唯一一个知道内情的人，至少到目前为止是这样的，她也是唯一一个给我建议的人。

整个50年代，多诺万一家人——至少薇拉和她的孩子们——是真正在岛上度过夏天的人。他们在阵亡将士纪念日那个周末就到岛上来，整个夏天都待在岛上，直到劳动节那个周末才回巴尔的摩。我不知道他们每天的行程是怎样的，不过我知道他们每年夏天的行程一定是这样的，绝对不变。他们回去之后，我就会在星期三带一组清洁人员到她家，从外到里、彻彻底底地打扫干净，撤下被褥，盖上家具，捡起孩子们的玩具，再将拼图玩具放到地下室。我相信到了1960年，她丈夫死的时候，地下室至少已经堆了300套拼图。拼图堆在纸箱之间，满满地，而且发霉了。我可以彻彻底底地打扫房子，因为我知道他们全家人不到第二年阵亡将士纪念日的那个周末，是不太可能会踏进那栋房子的。当然，凡事皆有例外。小皮特出生的那一年，他们全家人就来岛上过感恩节。那时，岛上已经非常冷了，我们都觉得很奇怪，不过来岛上过夏天的人本来就很奇怪。几年之后，他们来岛上过圣诞节。我还记得，多诺万家的小孩在圣诞节那天下午带着塞莱娜和小乔一起玩雪橇，也记得塞莱娜玩了三个小时，从日出山回家的时候，脸红通通的像苹果一样，眼里则闪着光芒，像钻石。她当时只有八九岁，但是我很确定，她迷上唐纳德·多诺万了，而且是深深地。

所以他们在岛上过了一次感恩节、一次圣诞节，就这两次例外。他们是来岛上过夏天的，至少迈克尔·多诺万和孩子们是这样的。薇拉是从很远的地方来的，但是最后，她却变成像我一样的岛上女人。或许比我更像。

尽管她丈夫在1960年因车祸身亡，不过第二年，一切还是和往常差不多——她和孩子们在阵亡将士纪念日抵达，薇拉开始织毛衣、玩拼图、捡贝壳、抽烟、享受她薇拉·多诺万独有的鸡尾酒时光，大约是从下午5点开始，9点30分左右结束。但还是有和往常不太一样的地方，连我都发现了，我还只是个帮佣呢！孩子们很安静，我猜他们还在为他们的爸爸哀悼。7月4日国庆日不久之后，他们三个人在港湾饭店吃饭时，起了一场争执。我还记得当时为他们服务的吉米·德威特告诉我，他觉得他们的争执和车子有关。

不管他们争执的是什么，孩子们第二天就离开了。那个欧洲人开着他们家的大汽艇,送他们回了大陆,我猜还有另一个帮佣也搭顺路船过去了。从此以后,我再也没见过那两个孩子,薇拉则继续留在岛上。我看得出来,她并不开心,不过她还是留下来了。那年夏天,她很难伺候。劳动节之前,她就解雇了六个临时来帮佣的女孩子。后来她搭着"公主号"离开码头时,我心想,我敢打赌她明年夏天一定不会来了,至少不会住这么久。她要和孩子们重修旧好,她一定得这么做,因为他们是她仅剩的亲人了。如果他们已经厌倦了小高岛,她会顺他们的意,到别的地方去度假。毕竟,现在换他们当家了,她必须认清这一点。

我会这么想,表明我当时根本就不怎么了解薇拉·多诺万的脾气。她那个人我行我素,只要她不愿意,谁也别想命令她该怎么做。1962年阵亡将士纪念日的那天下午,她自己一个人搭着渡轮出现了,一直待到劳动节。她自己一个人到岛上来,不管是对我还是对其他人都很不客气,酒喝得也比以前多,大部分时间看起来像个女魔头。但她还是像往常一样来了,也像往常一样待了下来、玩拼图、去海滩捡贝壳,不过现在,就只有她一个人了。有一次她告诉我,她相信唐纳德和黑尔佳8月会来"松林小筑"(他们家就是这样叫那栋房子的,安迪,这你可能知道,不过我猜南希应该不知道吧),但是他们根本就没有来。

从1962年起,她在劳动节过后也常常来岛上了。10月中旬,她打电话给我,要我帮她打开那栋房子,我当然照做了。那次她待了三天——那个欧洲人和她一起过来，待在车库正上方的房间里——然后又离开了。她离开之前打电话给我，让我请杜吉耶·塔珀特来检查一下暖气炉，还告诉我要给家具盖上防尘布。"多洛雷丝，既然我丈夫的事情已经料理完了，那么今后你会经常在这儿看到我，"她说，"或许比你期待的更经常呢！我也希望你能经常看到孩子们。"不过，我从她的声音听得出来，她知道那是她一厢情愿的想法，即使早在那个时候。

下一次她再来岛上，是11月底左右的事，大约在感恩节之后一个星期。她抵达之后立即打电话给我，要我将房子打扫干净，再帮她将床全部铺好。当然，孩子们没有和她一起来，那时候学校还在上课。不过她说，他们可能要在最后一分钟才会决定不待在寄宿学校，而是来岛上和她共度周末。薇拉心里应该很清楚他们会不会来，但她本质上仍然是个女童子军，相信先做好准备，绝对不会错，她真的这样。

当时我马上就过去帮忙了。那个时节，我这样的工作在岛上没有什么要忙的，空闲时间很多。我在冰冷的大雨中，低着头步履艰难地走到她家。自从知道了孩子们的钱被乔拿走这件事，我就一直很愤怒，走在路上都还在想它。我去银行差不多是一个月之前的事了，从那天开始，这件事一直吞噬着我，就像你碰到蓄电池里的酸液，衣服或皮肤被腐蚀一样。

我吃不下饭，睡不了三个小时就会被噩梦吓醒，甚至不太记得要更换自己的内衣裤。我的脑子里一直盘旋着乔骚扰塞莱娜的事，还有他从银行"偷"走的钱。我一直想着，到底要怎么做，才能将钱拿回来。我知道我必须暂时不想这些事情才能理出头绪，才能想出解决的办法。如果我能暂时不去想的话，说不定办法就自己出现了，但我就是做不到。即使我的脑子真的能暂时去想别的事情，一点很小的事也会把我送回到那个老问题上。我完全没有头绪，它快把我逼疯了。我想应该是这个原因，才会让我告诉薇拉整件事情的经过。

　　我真的没打算要告诉她；她丈夫死后的那年5月，她一回来就像爪子被刺扎到的母狮子一样凶。当时她表现得像全世界都在找她麻烦，所以我根本就没有兴趣对她倾吐衷肠。不过，就在我走进那栋房子的那一天，她的心情终于好转了。

　　她在厨房里，正忙着将《波士顿环球报》头版新闻的剪报钉到食品储藏室门边墙上的软木公告板上。她说："多洛雷丝，你过来看看这篇文章。如果我们运气好，天气又肯赏脸，明年夏天我们就可以一起欣赏这个奇景了。"

　　即使过了这么多年，我还是牢牢记得那篇文章的标题，因为我看到那个标题的时候，觉得心里一阵翻腾。标题是这样写的——《明年夏天，新英格兰北部将因日全食而陷入一片漆黑》。

　　报纸上还附带一张地图，告诉读者缅因州的哪些地区处于日全食的路径上，薇拉用红笔标记出了小高岛。

"多洛雷丝啊，下一次日全食可要等到下个世纪末了，"她说，"我们的曾孙可能有机会看到，不过那时候我们早就已经不在啦，所以我们应该好好珍惜这次机会！"

"那一天很可能会下大雨吧。"我几乎想都没想就脱口而出。薇拉的丈夫过世之后，她的脾气就一直不好，我还以为她会对我生气。然而，她却笑着走上楼了，还一边走一边哼歌哩。我还记得当时我心里想，她的脾气可真是变了。她不只哼歌，而且看起来完全没有生气的样子。

大约两个小时之后，我上楼到她房间帮她换床上用品。后来那些年，她常常无助地躺在那张床上。当时，她正坐在窗边的椅子上，一边织着阿富汗方形毯，一边继续哼着歌。暖气炉已经点燃了，不过房间里还不暖——那些大房子啊，想要让整个房间暖和起来，简直要等上几百年，有没有取暖设备都一样，她肩上围着粉红色的披肩。那时候已经开始吹起西风，风力强劲，雨水打在窗户上沙沙作响。我从窗户往外看的时候，可以看见车库那边透着的微弱亮光，看来那个欧洲人还没睡，正舒服地窝在毯子里呢！

我正忙着掖最底层床单的四个角（薇拉·多诺万绝对不用尺寸刚好的床单，这一点我可以和你们打赌——尺寸刚好的床单会让用人偷懒），暂时不去想乔或是孩子们的事，可我的下嘴唇开始颤抖。我告诉自己，别再抖了，现在就给我停止。但是我的下嘴唇不听使唤，上嘴唇也开始微微抖着。然后我的眼睛突然就充满了泪水，我双腿发软，坐在床上，开始哭了起来。

不。不。

反正我是来告诉你们实情的，所以我干脆将这件事情的全部经过告诉你们好了。事实就是，我不只是哭了而已，我还用围裙蒙着脸，号啕大哭。我又疲惫又困惑，实在是想不出办法了。那几个星期我根本就睡不安稳，也不知道生活该怎么继续走下去。我脑子里一直响起的是，多洛雷丝，你错了，毕竟你还在想着乔和孩子们的事。我怎么能不去想那些事情？我根本就没办法思考别的事情，这正是我突然放声大哭的原因。

我不知道我哭了多久，不过我知道，当我终于不哭的时候，我整个脸上都是鼻涕，鼻子也不通，几乎喘不过气来，就像刚参加了一场赛跑一样。我很怕拿下围裙，因为我觉得，只要我一拿下围裙，薇拉一定会说："多洛雷丝，你这场表演真是精彩。星期五过来领你的最后一份薪水，克诺彭斯基"——安迪，这就是那个欧洲人的名字，我终于想到了——"到时候会将钱拿给你。"她很可能会这么做。只不过我永远摸不清她的想法。即使在她的脑子变糊涂之前，我也没办法预测薇拉下一步会怎么做。

当我终于把蒙着脸的围裙拿下来时，薇拉坐在窗边，编织物放在腿上，看着我的表情就好像我是一只有趣的新品种虫子。我到现在还记得雨水流过窗户时落在她脸颊和前额上那弯弯曲曲的影子。

"多洛雷丝，"她说，"你可别告诉我，你又不小心让那个和你住在同一个屋檐下的臭男人把你搞得精疲力竭了吧。"

听完她的话，我一时还反应不过来，当她说"把你搞得精疲力竭"时，我回想起乔用木块打我，而我用奶油罐回敬他的那个晚上。然后咔嗒一声，我突然明白她指的是怀孕这件事，于是我咯咯地笑了起来。过不了几秒钟，我开始放声大笑，就像刚刚大哭时一样用力，而且笑得根本停不下来，就像刚刚哭得停不下来一样。我知道那简直是噩梦——再怀乔的孩子是我觉得最惨的事，虽然当时他和我已经不做会生小孩的那档事，但是一想到怀孕，还是让我觉得很不舒服——即使知道了自己大笑的原因，也还是没有办法停下来。

薇拉又看了我一两秒，然后拿起放在腿上的编织物，好像什么事都没有发生过一样，继续冷静地织着毯子，甚至又开始哼歌哩！好像管家坐在她那张还没铺好的床上，像头小牛一样在月光下又哭又笑，对她来说是天底下最自然不过的事情。如果真是这样的话，多诺万家以前在巴尔的摩住处的管家，一定是个很怪异的家伙。

我大笑了一会儿之后，又开始大哭，就像冬天起风暴的时候，如果风向转对了，大雨会转成大雪那样。最后我终于不哭了，就这样坐在她床上，觉得又累又可耻，不过也觉得舒坦多了。

"多诺万夫人，对不起，"我说，"我真的很抱歉。"

"叫我薇拉。"她说。

"您说什么？"我问她。

"叫我薇拉，"她又重复了一次，"我坚持认为：在我床上大哭大笑、歇斯底里的女人，都要直呼我的教名。"

"我真的不知道自己着了什么魔。"我说。

"哦，"她马上回我一句，"我想你一定知道。多洛雷丝，去把脸洗干净，你的脸简直像是在菠菜泥里泡过。你可以用我的浴室！"

我走进浴室洗脸，在里面待了好久，其实是我不太敢出来。在她坚持要我称呼她薇拉而不是多诺万夫人之后，我就知道她不会辞退我，对即将辞退的用人，她不需要多此一举。但是我不知道她接下来会怎么做。她有办法对人很残忍；如果我说到这里，你们还不明白这一点，那么我刚刚简直是白费唇舌了。如果她想整你，不论何时何地，她都有办法整到你，而且不会手下留情。

"多洛雷丝，你是不是淹死在浴室了？"她喊我，我知道我不能再躲了。我关上水龙头，擦干脸，然后走回她的卧室。我立即又开始道歉，但是她挥了挥手，要我别再说了。她仍然像刚才那样盯着我瞧，仿佛我是她从没见过的某种甲虫似的。

"你这个女人真是让我大吃一惊啊，"她说，"这些年来，我一直不确定你会不会哭，我还以为你是石头做的呢！"

我含糊地解释了几句，说自己最近老睡不安稳，才会情绪失控。

"看得出来你睡得不好，"她说，"你的黑眼圈都可以和熊猫媲美了，而且你的手还会微微颤抖。"

"和什么媲美？"我问她。

"没什么，"她说，"告诉我到底怎么回事。我唯一能想到的让你这样突然大哭的原因是，烤箱里的小圆面包烤坏了。我必须承认，现在我也只能想到这个原因。所以还是由你来告诉我吧，多洛雷丝。"

"我做不到。"我说。我觉得又要来一次了，就像我爸那台福特A型车的曲柄一样，如果没抓住诀窍，就得重新发动车子。如果我不小心一点的话，待会儿又要在她床上，蒙着围裙，哭得一把眼泪一把鼻涕了。

"你当然做得到，而且你会这么做的，"薇拉说，"你整天这样号啕大哭可不是办法。这会让我头疼，我一头疼就得吃阿司匹林。我很不喜欢吃阿司匹林，阿司匹林伤胃壁。"

我坐在床边看着她，张开嘴巴要说话，但是我根本不知道自己会说出些什么。我说的是："我的丈夫想玷污自己的亲生女儿，我去银行取供他们上大学的存款，好让自己带着女儿和两个儿子离开时才发现他已经把所有的钱都取走了。不，我不是石头做的，一点也不是。"

我又开始哭了起来，而且哭了好一阵子，不过这次不像刚才那么用力，也不觉得需要用围裙将自己的脸蒙住了。当我哭完，开始呼哧呼哧吸鼻涕的时候，她要我告诉她整件事情的经过，从头到尾，一个细节都不能省。

于是我将一切都告诉了她。我本来根本不敢相信自己能向别人提这件事，更不会想到要告诉薇拉·多诺万。她有钱，在巴尔的摩又有房子，还有个对她忠心耿耿的欧洲人，她留下他可不只是为了让他给车子上蜡而已。不过，我真的告诉她了，而且我感觉得到，说出来之后，我心头的重担渐渐变轻了。我像她说的那样，将整件事情的经过全部告诉了她。

"所以我真的不知道该怎么办了，"我说，"我不知道该怎么对付那个混账东西。我想如果我打定主意带着孩子们去大陆，我还是有办法过日子的，我从不怕工作辛苦，不过这不是重点。"

"那重点是什么？"她问我。她正在织的那块阿富汗方形毯快完成了，她的编织速度真是我见过的最快的了。

"他对自己的亲生女儿什么下流事都做过了，只差还没强奸她而已，"我说，"他把她吓坏了，她可能永远都走不出这个阴影。他做了这么过分的事情之后，竟然还帮自己捞了近3000美元的奖赏。我不会让他称心如意的，这就是那该死的重点。"

"是吗？"她温柔地说。她的棒针咔嗒咔嗒咔嗒地织着，外面下着大雨，雨水打在窗户上，影子在她脸颊和额头上晃动，很像黑色的血管。看着她的样子，我想起我祖母以前常常说的一个故事。她说有三个姊妹住在星星上面，她们编织着人类的生命，一个纺织，一个拿着纺锤，一个则随自己高兴，看心情决定什么时候将线剪断。我想最小的那个妹妹的名字应该是阿特洛波斯，即使不是，我一想起那个名字也会全身发抖。

"没错，"我对她说，"但我就是没办法让他遭到应得的报应。"

咔嗒——咔嗒——咔嗒。她旁边摆着一杯茶，她慢条斯理地啜了一口茶。她后来不大喜欢喝茶，因为茶会流进她的右耳，顺便给她洗洗头发，用的还是泰特莱牌"洗发水"，不过在1962年的秋季，她的眼神还锐利得很，就像我爸的剃刀一样锋利。她看着我的时候，那两只眼睛好像可以钻出一个洞，穿透你的内心。

"多洛雷丝，最糟的情形是什么？"她说，同时将杯子放下，拿起那块方形毯继续织，"你认为最糟的情形是什么？不要考虑塞莱娜或是那两个男孩，就你自己而言，什么样的情形最糟糕？"

我连想都不用想就知道答案。"那个混账东西在背后取笑我，"我说，"我觉得那是最糟的情形。有时候我可以在他脸上看出他在取笑我。我从来没有告诉过他我去银行的事，不过他知道，他全都知道，他也知道我发现钱不见了。"

"那只是你的想象罢了。"她说。

"我才不管那是不是我的想象，"我马上回她一句，"那就是我感觉到的。"

"说得好，"她说，"你自己的感觉才是最重要的，我赞同你。多洛雷丝，继续说下去。"

　　继续说下去？我本来想问她，要继续说什么？我要说的都说完了啊！不过我想了想，其实我并没有说完，因为我马上又想到另一件事，就像兔子突然从箱子里跳出来一样。"要是他知道我有几次差点要了他的狗命，"我说，"看他还笑不笑得出来。"

　　她就坐在那儿看着我，细长的黑影在她脸上追逐着彼此，盖住她的眼睛，我无法读出她的想法。然后我又想到在星星上纺织的那三姊妹，尤其是拿着大剪刀的那一个。

　　"我好怕，"我说，"不是怕他，是怕我自己。如果我不快点将孩子们从他身边带走，一定会出事的。我知道一定会的。我的心里有个东西，它变得愈来愈厉害了。"

　　"是一只眼睛吗？"她冷静地问，当时我真的觉得全身发凉！那种感觉就像她在我的头颅上发现了一扇窗，然后透过那扇窗偷窥我的想法似的。"是一种像眼睛的东西吗？"

　　"你怎么知道？"我低声说。我坐在那儿，整条胳膊都起了鸡皮疙瘩，我开始颤抖。

　　"我知道，"她说，然后开始织一排新的，"多洛雷丝，我都知道。"

　　"反正啊，如果我不控制着点自己，我一定会宰了他。我就是怕这一点。这样一来，我就可以忘掉钱的事，忘掉所有这一切。"

　　"胡说，"她说，棒针在她大腿上咔嗒——咔嗒——咔嗒地响着，"多洛雷丝啊，每天都有丈夫死掉。哎呀，或许我们坐在这儿聊天的时候，就有一个丈夫死了呢！他们死了，钱就留给妻子了。"她织完那排之后，抬起头看着我，但是因为雨水在她脸上投下了阴影，我还是看不清她的眼睛。那些影子在她脸上蠕动爬行，像蛇一样。"我应该很清楚，不是吗？"她说，"毕竟，看看我丈夫的遭遇就知道了。"

我一句话也说不出来。我的舌头卡在上腭，就像小虫被粘在捕蝇纸上。

"意外，"她用清晰如学校老师的声音说，"有时真是不幸女人的良伴呢！"

"你的意思是？"我问道，但声音很小。我自己也有点惊讶，这个问题竟然就这样脱口而出了。

"你自己要怎么想，就怎么想吧。"她说。然后她咧着嘴笑了——不是微笑，而是咧嘴笑。安迪啊，我老实告诉你，她那种笑可真是吓死我了。"你只要记住，你的就是他的，他的就是你的，这样就行了。举个例子，如果他遭遇不测，他银行账户里的钱就是你的。这就是我们这个伟大国家的法律。"

她直视着我的眼睛，有那么一会儿，她脸上的影子消失了，我可以清楚看进她的双眼，但我在里面看到的让我立即将目光移开。从外表看，薇拉就和坐在冰块上的宝宝一样冷冰冰的，但是她内心的温度看起来要高多了，我猜大概就像森林大火的中心那么高。那种温度对我这种人来说太高，所以我不能直视太久，这一点我可以肯定。

"多洛雷丝，法律这个东西很不错，"她说，"坏男人发生严重的意外，有时也是件不错的事。"

"你是说——"我说，这时候，我的音量大一点了，不过还不是很大声。

"我什么都没说。"她说。那个时候，要是薇拉认为自己话已经说完，她就会立刻结束话题，就像合上书本一样。她将手上的方形毯放进篮子里，然后站起身。"不过我要告诉你，如果你继续坐在这张床上，床永远都铺不好了。我要下楼煮水泡茶，你这边忙完之后，也许愿意到楼下尝尝我从大陆那边带过来的苹果派。如果你运气好的话，你的苹果派上可能还有一勺香草冰激凌呢！"

"好啊。"我说。我的思绪乱成一团，我唯一可以确定的是，来一块琼斯波特面包店烘焙的苹果派准没错。那是我四个多星期以来，第一次有饥饿感——不管怎样，将内心的烦恼都说出来让我觉得舒坦多了。

薇拉走到门口时转过头来看着我。"多洛雷丝，我一点也不同情你，"她说，"你并没有告诉我你嫁给他的时候就已经有孕在身了。当然，你也不必告诉我，不过即使像我这种数学蠢材也会做加减运算。当时你怀孕多久了？三个月？"

"六个星期，"我说，我的声音又变小了，"塞莱娜提早来这个世界报到了。"

她点点头。"一个保守的岛上女孩发现生米已经煮成熟饭时会怎么做呢？答案当然很明显。不过，我想你自己也发现了，匆促结婚通常会让人后悔。你那去了天堂的母亲教会了你每个人都有心跳，以及要用大脑思考，却忘了教你这件事，这真是糟糕。让我告诉你一件事，多洛雷丝。如果那个恶臭的老色鬼真的想夺去你女儿的童贞，或是真的想花光你孩子们的钱，你这样用围裙将头蒙住，哭得死去活来的，也阻止不了他。不过有时候男人哪，尤其是喝酒的男人，的确会发生意外呢！他们可能会摔下楼梯，可能会在浴缸里滑倒，有时候从位于阿灵顿海茨他们那情妇的公寓赶回家时，宝马的刹车也可能会因失灵而撞到橡树上呢。"

说完她走出卧室，关上了房门。我开始铺床，一边铺着，一边想着她刚刚说的话，想着她说坏男人发生严重的意外，有时也是件不错的事。我发现了自己酝酿已久的想法——要是我的脑子没有像一只被困在阁楼的麻雀一样四处乱飞，惊慌失措，我早就发现自己内心的想法了。

我们吃完苹果派，她上楼睡午觉之后，我就已经清楚了自己能做的事情。我不想再和乔有任何瓜葛，我要拿回孩子们的钱，最重要的是，我要他为自己的所作所为，尤其是对塞莱娜所做的一切，付出代价。如果那个浑球发生了意外——自然的意外，所有这一切就能成功。他活着的时候我拿不到的那些钱，等他死了，就是我的了。他能够偷偷地将那些钱占为己有，但是他没有偷偷地在遗嘱的受益人名单上排除我的名字。这不是聪明与否的问题——他得到了那笔钱，让我看清他比我想象中还要狡猾，而是他的思考方式。我非常肯定，乔·圣乔治根本没料到他会死。

而我既然是他的太太，他死了之后，所有的财产自然归我名下。

那天下午我离开松林小筑时，雨已经停了，我走回家，走得非常慢。还没走完一半的路程，我就开始想着柴房后面的那口古井。

我到家的时候，家里没人。两个男孩出去玩了，塞莱娜则留了张字条告诉我，她去德弗罗太太家的洗衣店帮忙了。那时，港湾饭店的床单都是她帮忙洗的。我不知道乔去了哪里，也不想知道。重点是他开了卡车出去，从门外用细绳挂着的消声器来看，如果他回来的话，我一定会听见的。

我站了一分钟，看着塞莱娜的字条。真是好笑，一些小事才终于让人下定决心，让人从"能做"到"可能会做"，再到"就决定这么做"。即使到了现在，我仍然不确定当天从薇拉·多诺万那儿回到家里时，我是不是真的打算要杀死乔。没错，我打算去看看那口古井，那也可能只是个游戏罢了，就像孩子们玩过家家一样。假如塞莱娜没有留下那张字条，我可能不会做出那件事。不过安迪啊，不管那件事是由什么引起的，塞莱娜永远都不会知道的。

她的字条大概是这样的："妈妈，我和辛迪·巴布科克去德弗罗太太的洗衣店帮忙洗饭店的床单了。这个周末，饭店里的客人比他们预计的要多得多，你也知道德弗罗太太的关节炎有多严重。可怜的德弗罗太太打电话给我的时候，已经完全不知所措了。我会回来帮忙煮晚餐。爱你的塞莱娜。"

我知道塞莱娜回家的时候，顶多只赚5美元或7美元，但是她会开心得像只百灵鸟。如果德弗罗太太或是辛迪再打电话来，她也会很乐意再回去帮忙；如果第二年夏天，饭店雇用她当兼职服务员，她很可能会说服我让她接下那份工作。因为钱毕竟是钱，而且那个时候，岛上的人彼此交易是生活中很常见的事，一般都是当日结算。德弗罗太太也会再打电话来，如果塞莱娜要她帮忙写一封给饭店的推荐信，她一定愿意帮忙，因为塞莱娜工作认真，不怕弯腰或是弄脏手。

也就是说，她就像我年轻的时候一样。可是现在你们看看，我落了个什么下场，只不过是个会打扫的怪老太婆，走路永远驼着背，药箱里永远有一瓶止背痛的药。塞莱娜并不觉得当清洁工有什么不好，她才刚满15岁而已，15岁的孩子即使眼睛是睁开的，也看不清事实。我一遍又一遍地看着那张字条，心里想着，去他的，绝对不能让她步我的后尘，35岁的时候就已经老成这个样子，整个身体都毛病百出。我宁可死，也不能让她变成那样。不过，安迪啊，你知道吗？当时我并不认为事情必须走到那个地步。我以为乔会愿意做出任何事情，以求相安无事。

　　我将她的字条放回桌上，再次扣上雨衣的扣子，穿上雨鞋。我绕到房子后面，站在那块白色大石头旁边。那天晚上，塞莱娜和我就是坐在那块石头上，我告诉她不必再怕乔了，还告诉她乔已经保证不再骚扰她。这时雨已经停了，但是我依然能听见雨水滴落在屋后黑莓灌木丛里的声音，能看见光秃秃的树枝上挂着的雨滴。那些雨滴看起来就像薇拉·多诺万的水滴状钻石耳环，只不过没有那么大。

　　那一小块地有半英亩多，我穿进灌木丛后，真庆幸自己穿了雨衣和雨靴。湿倒是问题不大，那些刺才是最要命的。在40年代末，那块地长满了花花草草，井水的源头就在车库那个方向。不过，我和乔结婚大概六年之后搬进了那栋房子——那是他叔叔弗雷迪死后留给他的遗产——当时那口井已经干涸了。乔请彼得·杜瓦永过来帮我们探了一口新井，就在房子的西边，从此我们就不用担心水源供应的问题。

　　原来的那口井废弃不用之后，车库后面的那块半英亩的地就慢慢长出齐胸高的黑莓灌木丛，十分杂乱。我四处走动，想找出原本那口井的木板盖时，灌木丛的刺不断刮扯着我的雨衣。我的手被划伤三四处之后，我才放下袖子盖住手臂。

　　最后，我是差点掉到那口井里才找到它的。我踏上了一块松软又有点弹性的东西，脚下发出啪的一声，就在我踩着的木板要断开时，我撤回我的脚。假如我倒霉的话，我会向前跌去，而整个木板盖很可能会被我压垮。叮叮咚，女人落井了。我跪下来，一只手遮在脸的前面，免得黑莓刺刮伤我的脸，或是把我的一只眼睛给戳出来，然后仔细看着那口井。

那个盖子大概有5英尺长、4英尺宽，木板全都已经发白、扭曲变形、腐烂不堪了。我用手推了一块木板，就像推一根甘草枝一样。我刚刚踩过的那块木板已经弯曲了，还能看见上面的一些碎片。我刚刚差点就掉进去了，那时候我大概120磅重，乔至少比我重50磅。

我的口袋里有块手帕。我将手帕绑在靠近车库那个方向的灌木顶上，这样的话，下次我就可以立即找到水井的位置。然后我走回房子里。那天晚上，我睡得很好，那也是我发现塞莱娜的白马王子爸爸对她伸出魔掌之后，第一次睡觉没做噩梦的夜晚。

那是在11月末的时候，之后很长一段时间，我并没有打算进行别的计划。我不知道我需不需要告诉你们原因，不过，我还是会告诉你们的。如果我和塞莱娜在渡轮上将事情谈开之后过了不久，乔就发生意外，塞莱娜可能会怀疑是我动了手脚。我不希望她这么想，因为她心中仍留了一块地方爱她的父亲，而且这份爱可能永远不会改变。还因为我担心要是她怀疑是我杀了他，她会怎么想，我指的当然是她对我的看法。不过，我更担心的是，她会怎么看待自己。至于后来她的反应如何……现在先别提这件事吧！待会儿再说好了。

　　虽然我已经做好了计划，可还得静候时机，这真是让我如坐针毡，但我还是耐心地一天一天等着。反正时间就是这样，一天又一天，一个星期又一个星期。我偶尔会问塞莱娜她爸爸最近如何。我问的是："你爸爸最近有没有守规矩？"我们两个人都知道我指的是哪件事。她总是说有，这真是让我如释重负，因为如果乔又开始胡来，我就得不顾一切危险与后果，立即除掉他。

　　圣诞节过后，迈入了1963年，那时我还得烦心别的事情。一是钱的事——每天我一觉醒来，想到的第一件事就是，今天他可能会动用那笔钱。我的担心可不是没来由的。他已经轻轻松松地花掉了300美元，而我却得等待时机，才能利用时机，就像他们在嗜酒者互诫协会里说的那样。我根本没有办法阻止他花光剩下的钱。当初他开了新账户，将那笔钱存进去时，他们一定给了他新的存折，我不知道找过多少次，却找不到那本该死的存折。所以我只能等着，看他回家时是不是拿了一把新的链锯，或者是不是手腕上戴了新表，同时希望他还没将一部分的钱或是所有的钱输在牌桌上。他说过，每周末在埃尔斯沃思和班戈都有那种高筹码的扑克牌赌局。我这辈子从来没有过那么无助的感觉。

　　然后就是我什么时候下手，以及如何下手的问题了，如果我最后有勇气下手的话。利用那口古井当陷阱的计划本身没有问题，麻烦的是，离家太近。如果他一命呜呼，就像电视上演的一样，那就没事。不过，即使是在三十年前，我也已经见识过生命中的不少风浪了，知道现实生活和电视上的剧情有很大的差异。

譬如说，要是他落井之后开始大叫，那不就完了吗？那时候，岛上还不像现在这样有这么多房子，但东大道上还是有三户邻居，分别是卡伦家、兰吉尔家，还有乔兰德家。他们可能不会听见从我们家房子后面黑莓灌木丛里传出的呼喊声，也可能会听见，尤其是刮大风，且风的方向正确的时候。这还不是唯一的问题呢！东大道是从村子通往海角的主要道路，交通非常繁忙。路上一直会有车子经过我们家，那时候当然没有这么多车子，不过也够我这个图谋不轨的人担心的了。

当时我几乎已经决定不用那口井来摆平他，因为那实在太危险了。突然，问题的解决办法出现了。那次也是薇拉告诉我的，不过我认为她不知道。

她真的对日全食很着迷。那年冬天，她大部分的时间都待在岛上，冬天快结束时，她每个星期都会在厨房的公告板上钉上一张新的日全食剪报。春天来了，和往常一样吹起强风，下起冷冰冰的雨，她待在岛上的时间就更多了，而且每隔一天，她就会在公告板上钉上新的剪报。有些剪报是从当地的小报上剪下来的，有些则是从其他地方的报纸，像《环球报》《纽约时报》上剪下来的，还有一些是从《科学美国人》之类的杂志上剪下来的。

她这么兴奋的原因是，她很肯定日全食一定能吸引唐纳德和黑尔佳回到松林小筑——她一次又一次地向我提起这件事。不过，她自己也很高兴能看到日全食。到了5月中旬，天气终于开始转暖的时候，她已经完全在岛上定居了，巴尔的摩连提都不提。她整天只提那该死的日全食。她门边的衣柜里摆了四台相机，其中三台已经架好了三脚架。她有八九副专用的太阳眼镜、特制的观赏日全食的箱子（她将这些箱子叫作"日全食观测器"）、内镶特殊有色镜片的潜望镜，还有好多我不知道的东西。

快到5月底的时候，我来到她家，走进厨房，看见公告板上钉的文章是从我们当地的小报《潮汐周报》上剪下来的。文章的标题是《港湾饭店将成为本区居民和夏季游客的"日全食观测中心"》，剪报上还有吉米·加尼翁和哈利·福克斯在饭店屋顶上做木工的照片，当时饭店的屋顶又宽又平，就和现在一样。你知道吗？当时我又觉得心里一阵翻腾，就像我第一次在这个地方看到那篇日全食的文章一样。

文章的内容是，港湾饭店的老板计划将饭店的屋顶搭建成开放式的日全食观测站，供大家观赏日全食，不过我觉得那只是做生意的花招，旧瓶装新酒罢了。报纸上还写着，目前屋顶正在重新整修（要是仔细想想的话，吉米·加尼翁和哈利·福克斯哪会整修出什么东西），专为观测日全食，饭店预计可售出350张"日全食票"。夏天来度假的游客可以先选位置，再轮到常年住在岛上的居民。票价其实还算合理，看一次2美元，当然啦，他们打算提供餐点，同时设个吧台。这就是饭店敲人竹杠的地方，尤其是吧台。

薇拉进来的时候，我还在看那篇文章。我没有听见她的脚步声，她开口说话时，我惊得差点跳了起来！

"我说多洛雷丝啊，"她说，"我们该选哪一个呢？港湾饭店的屋顶还是'公主号'？"

"这和'公主号'有什么关系？"我问她。

"我已经包下了日全食那天下午的'公主号'。"她说。

"少来！"我说，不过我话一说出口，就知道她说的是真的。薇拉不需要说废话，也不需要吹牛。但是听到她包下"公主号"那么大的一艘渡轮，仍然让我惊讶不已。

"多洛雷丝，我真的没骗你，"她说，"那可花了我一大笔钱，大部分的钱花在了包下另一艘渡轮在日全食那天跑'公主号'的常规路径，但是我真的这么做了。你可以免费搭我的船，船上的酒也都由我请客。"她用眼角偷瞄了我一下，"最后一部分应该很吸引你丈夫吧，你说是不是？"

"我的天啊，"我说，"薇拉，你为什么要包下那艘该死的渡轮呢？"每次我一直呼她的名字，听起来总觉得怪怪的。可那时候，她已经说得很清楚了，她真的不是在开玩笑，即使我想继续称呼她为多诺万夫人（有时候我真的这么称呼她），她也坚持让我直呼她的名字。"我是说，我知道你对即将发生的日全食感到很兴奋，不过你大可选一艘和韦纳尔黑文一样大的游艇，来一趟船游，可能只花一半的钱呢！"

她耸了耸肩，同时将她的长发甩到后面。照我看来，那是她听到奉承话后的习惯动作。"我会包下那艘又笨重又破旧的烂船是因为我喜欢它，"她说，"多洛雷丝，你知道全世界我最喜欢的地方就是小高岛吗？"

事实上我真的知道，所以我点点头。

"你当然知道，而且我几乎每次都是搭'公主号'过来的——那艘笨重蹒跚的旧船'公主号'。他们说'公主号'可以搭载400个人，可以比饭店的屋顶多容纳50人，而且又舒服又安全。我欢迎所有人来搭我的船，和我以及孩子们一起看日全食。"然后她笑了，那个笑容很单纯，就像一个只是因为自己还活着而开心的女孩的笑容，"多洛雷丝，你知道吗？"

"知道什么？"我说，"我有点糊涂。"

"你不必向任何人鞠躬哈腰或是替任何人做牛做马，只要你——"她停了下来，露出非常奇怪的表情，"多洛雷丝，你还好吧？"

我什么话都说不出来，满脑子都是最可怕、最惊人的想法。我看见港湾饭店又大又平的屋顶上站满了人，每个人都伸长了脖子。我还看见"公主号"停在大陆和小岛之间的海面上，甲板上也挤满了人，大家都抬头望着天空。白昼的天空布满了星星，太阳变成一个黑色的大圆圈，周围环绕着火一般的亮光。我脑海中的这个画面真是毛骨悚然，足以让死人的毛发直竖。但让我腿软的并不是那个原因，而是我想到那时岛上会剩下多少人。

"多洛雷丝？"她一边问我，一边将手放在我的肩上，"你是不是抽筋了？或是觉得晕眩？快到桌子这边坐下，我帮你倒杯水。"

我没有抽筋，不过真的觉得有点头晕，所以我照她说的，到桌边坐下，只是我的膝盖发软了，整个人几乎倒在了椅子上。我看着她帮我倒水，想起了去年11月她说过的话——即使像她那种数学蠢材也会做加减运算。即使像我这样的人也知道，饭店屋顶上的350人加上"公主号"上的400人等于750人。7月中旬，岛上的总人数当然不止750人，不过那也够多了。我相信剩下的人要么就是出海捕鱼，要么就是在海滨的沙滩上或是镇子的码头上观赏日全食。

薇拉给我端来一杯水，我一口气就喝完了。她在我的对面坐了下来，看起来很担心的样子。"多洛雷丝，你还好吧？"她问，"你要不要躺下来？"

"不必了，"我说，"我刚刚只是有点精神恍惚而已。"

我的确是精神恍惚。如果突然知道要杀掉丈夫的日子终于来临，我想谁都会精神恍惚吧！

大约三个小时之后，我洗完了衣服，买完了菜，放好了食物，用吸尘器清理完了地毯，并将她一个人的晚餐——一小锅炖菜放到了冰箱里。有时候她会和那个欧洲人共享一张床，但我从没见过她和他共享晚餐。然后我收拾自己的东西，准备离开。薇拉坐在厨房的餐桌旁，正忙着玩报纸上的填字游戏。

"多洛雷丝,7月20日那天,你考虑考虑和我们一起上船吧,"她说,"相信我,出海比待在那个热乎乎的屋顶上舒服多了。"

"薇拉,谢谢你,"我说,"不过如果那天我可以休假的话,我想两个地方我都不会去,我可能会待在家里。"

"要是我说这么做很无聊,会不会冒犯到你?"她抬起头问我。

我心里想,你这个傲慢自大的臭女人,你什么时候担心过会冒犯到别人?但是我当然没有这么说。而且,刚才她以为我快晕倒的时候,看起来真的相当担心,也有可能是因为她怕我会摔破鼻子,倒在她厨房地板上血流满地。我前一天才在地板上打过蜡呢!

"不会,"我说,"薇拉,反正我这个人就是这样,和洗碗水一样无聊。"

这时她的表情相当有趣。"是吗?"她说,"有时候我也这么觉得,有时候我又有些怀疑。"

我向她道别之后回家了,走在路上的时候,脑中一再想着那件事,想找出计划的破绽。我找不出任何破绽,只有一些"可能",而"可能"不就是生活的一部分吗?厄运随时可能降临,如果一直担心会碰上厄运,那就什么事都别想完成了。而且我认为,如果事情不顺利,我大可撒手不干。我几乎什么时候都可以撒手不干。

5月过去了,阵亡将士纪念日过去了,学校放假了。我已经准备好阻止塞莱娜去港湾饭店打工的念头,不过我们还没谈到这件事情呢，就发生了一件可喜的事。赫夫牧师是当时的卫理公会牧师，有一天他来找我和乔谈话。他说在温斯罗普举办的卫理公会夏令营需要两位泳技高超的女指导员，而他知道塞莱娜和塔尼娅·卡伦都是游泳健将。我长话短说好了，学校放假一星期之后，我和梅利莎·卡伦看着我们的女儿搭渡轮离开了，她们在船上挥手告别，我们在甲板上挥手告别，我们四个人哭得像傻瓜似的。塞莱娜穿了一件美丽的粉红色套装，那是我第一次注意到，她已经快变成美丽的女人了。当时我的心差点就要碎了，现在还是一样。你们谁有纸巾吗？

南希，谢谢你，真是谢谢你。我刚刚说到哪儿了？

对，我想起来了。

塞莱娜已经不是问题了，现在只剩下那两个男孩子。我要乔打电话给他住在新格洛斯特的姐姐，问她和她丈夫介不介意让孩子们到他们家，度过7月的后三个星期和8月的第一个星期，就像他们家的那两个小恶魔小时候有几次在夏天来我们家住一个月左右一样。我以为乔可能会阻止我将小皮特送走，不过他并没有反对。我猜他的想法是，三个孩子都离开以后，家里就清静多了。

艾丽西亚·福伯特——福伯特是夫姓——表示他们很高兴能接待孩子们。我猜杰克·福伯特可能没她那么高兴，不过艾丽西亚向那个杂碎摇尾乞怜，所以就没有问题了，至少他们那边没有问题。

问题是小乔和小皮特都不太想去他们家。我其实并不怪他们，福伯特家的两个儿子都已经是青少年了，可能根本不想将时间浪费在这两个小毛头身上。但我并不打算让那件事阻碍我的计划，我没有办法让那件事阻碍我的计划。最后我咬着牙逼他们离开了。他们两个人中比较固执的是小乔，后来我将他拉到旁边告诉他："就当这是暂时脱离你爸爸的假期吧！"我这么一说，他倒是答应了。不过，仔细想想，这蛮让人难过的，你们说是不是？

我将两个孩子的仲夏假期安排好之后，能做的就是等他们离开了，我觉得他们最后还是会很高兴走的。从7月4日国庆日起，乔就开始酗酒，我想连小皮特都觉得待在他身边不好玩。

他开始酗酒，并不让我觉得惊讶，我一直在旁边推波助澜。他第一次打开水槽下的柜子，发现一瓶还没开封的威士忌时，觉得很奇怪。我还记得他问我，我是不是发神经了之类的。不过，从那一次之后，他就不再问任何问题了。他哪儿需要问呢？从7月4日到他死的那一天，他有时候醉得不省人事，大部分时候也都是半醉的状态。一个常喝醉酒的男人，不久之后就会将他的好运视为理所当然的事，就像宪法赋予的权利一样，尤其是乔那种人，更会这么想。

我当然乐见此事。7月4日之后——在那两个孩子离开之前的一个星期，以及之后的一个星期，一切就像平常一样，让人很不舒服。早上7点我要去薇拉家，他就躺在我身边，活像一团酸奶酪，打着呼，头发竖得乱七八糟。下午两三点我回到家时，他已经倒在了门廊上（他把那把破摇椅拉了出来），一只手拿着《美国人》，另一只手拿着那一天的第二杯或是第三杯酒。他从来不会找朋友来家里分享他的威士忌，我的乔可不懂分享的美德。

那年7月，《美国人》每天都在头版位置刊登有关日全食的报道。不过，根据乔看报纸的习惯，我认为他只是大略知道，下旬好像会发生什么不寻常的事情。他根本不在乎那些事。他关心的新闻只有共产党员和自由乘车者（只不过他叫他们"灰狗黑鬼"），还有白宫那个该死的信仰天主教的犹太宠儿。要是他知道四个月后肯尼迪会遇刺的话，我想他几乎可以含笑而逝了，他就是那么龌龊。

我照样坐在他身边，听着他怒气冲冲地骂着当天报纸上的新闻内容。我希望他习惯我回家后就待在他身边，但要是我告诉你们，这么做轻而易举，那我根本就是在说谎。如果他喝醉酒还能有一点风度，那我不会在意他喝了多少。我知道有些男人不会发酒疯，不过乔可不是那种人。喝醉酒让他展现出他女人的一面，而乔内心的那个女人就像经期前两天的女人一样火暴易怒。

那个大日子越来越近了，虽然回家之后要面对的是一个酒气熏天的丈夫，但离开薇拉家的时候，我开始有解脱的感觉。整个6月，薇拉都忙个不停，唠叨这儿唠叨那儿的，一遍又一遍地检查她的日全食装备，不断打电话给别人——6月的最后一个星期，她一天至少打两次电话给为她的渡轮承办宴席的那家公司，那些还只是她每天日程上的一小部分而已。

6月，我手下有六个女孩来帮忙，7月4日之后有八个，那是薇拉雇用最多帮佣的时期，在她丈夫死之前或死之后都没有雇用过那么多人。整栋房子从楼上到楼下都刷得亮晶晶，每张床都铺好。见鬼，我们甚至还在日光浴室里和二楼的走廊上临时添加了床位。她预计出现日全食的那个周末，至少会有12位宾客在家里过夜，甚至会多达20位。她白天时间不够，每天东奔西跑，就像骑着摩托车的摩西一样，可是她很开心。

然后呢，就在我将孩子们送去他们的艾丽西亚姑姑和杰克姑父家时——大约是在7月10日或是11日，应该没错，那时候距离日全食还有一个多星期，她的好心情跌落谷底。

跌落谷底？去他的，不。说跌落谷底还不够贴切，根本就是砰地爆了，就像气球被别针戳破了一样。前一天她还像个喷气式飞机一样嗡嗡地到处飞，第二天她就嘴下不饶人，眼神变得刻薄又忧愁；从她大部分时间都自己待在岛上开始，我就常看见那种眼神。那天她辞退了两个女孩子，一个是因为站在客厅的坐垫上洗窗户，另一个是因为在厨房里和一个承办宴席的人说笑。她对第二个女孩子特别凶，使得那个女孩子痛哭流涕。她告诉薇拉，她高中就认识那个年轻人了，但高中之后再也没见过他，她只是想和他叙叙旧。她说她很抱歉，而且乞求薇拉别辞退她。她说如果她丢了工作，她妈妈一定会气炸的。

薇拉丝毫不为所动。"小宝贝，你何不从光明面来看这件事情呢？"她用最尖酸刻薄的声音说，"你的妈妈可能会生气，不过现在你就有'好多'时间可以和他聊聊琼斯波特中学的那些美好时光喽！"

那个女孩的名字是桑德拉·马尔卡希，她头低低地走向车道，啜泣着，好像整颗心都快碎了。薇拉站在客厅里，身子微微前倾，以便从前门的窗户那儿监视那个女孩。看见她站成那个样子，我真想朝她的屁股用力踢一脚，不过我也觉得她有点可悲。不难猜出为什么她的情绪会有这么大的变化，不久之后，我就确切知道事情的真相了。她的孩子们根本不打算来岛上陪她欣赏日全食，他们才不在乎她是不是包下了渡轮呢。或许他们只是有了其他计划，就像其他孩子一样，从来不管父母会不会难过。根据我的猜测，不管她和他们之间有什么误会，误会还是没有消除。

到了16日和17日，薇拉的第一批宾客抵达后，她的心情总算好转了。不过，每天下班时，我还是很开心可以离开那栋房子。到了18日星期四那一天，她又辞退了另一个女孩子，这一次是卡伦·乔兰德。她犯下的不可饶恕的过错是打碎了一个已经有裂缝的盘子。卡伦走向车道的时候并没有哭。看得出来，她只是忍住不哭，她要等走过第一个坡道之后，才让自己放声痛哭。

这时我做了一件很蠢的事，但是你们可别忘了，当时我自己的精神压力也很大。我至少等到卡伦消失在视线里之后，才去找薇拉。我在后花园里找到了她，她用力将草帽往下拉，帽檐都碰到她的耳朵了。她用园艺大剪刀咔嚓咔嚓地剪着花朵，仿佛她是砍人项上人头的德发日太太①，而不是剪玫瑰花放到客厅和餐厅里的薇拉·多诺万似的。

　　我径直走到她面前说："你这样辞退那个女孩，真是太可恶了。"

　　她站起身，用庄园女主人最傲慢自大的表情看着我。"多洛雷丝，你真的这么想吗？我真高兴你有自己的看法。你知道吗？我真是太想知道你的看法了。每天晚上睡觉的时候，我躺在黑暗中回顾一天的生活，每一件事情飘过我的脑海时，我都问着自己相同的问题：'换作多洛雷丝·圣乔治，她会怎么做呢？'"

　　她这样挖苦我，让我更加生气。"让我告诉你一件多洛雷丝·克莱本不会做的事，"我说，"那就是我不会将自己的怒气和怨气出在别人身上。我猜我还不够格当傲慢的臭婆娘！"

　　她张大了嘴，就像原本拴住她下巴的螺栓被拧开了一样。我很肯定那是我第一次让她惊讶不已，话说完后我就急忙走开了，以免让她看出我有多害怕。我走进厨房的时候，两条腿抖得厉害，不得不坐下来。那时我心里想，多洛雷丝，你疯了，竟然敢那样扯她的尾巴。我站起来隔着水槽朝窗户外面看，但是她背对着我，继续剪着花。玫瑰花一朵一朵地落在她的花篮里，就像头上血淋淋的已亡

_____

① 狄更斯《双城记》里的人物。

士兵。

那天下午，我忙完事情准备回家时，她走到我身后，告诉我待会儿再走，她要和我谈谈。我觉得我的心已经沉到脚底。我一点也不怀疑，这次轮到我了。她会告诉我，她已经不需要我的服务了，然后骄傲至极地盯着我，接着我走出她家，永远都不用再回来了。你们可能会认为不再为她工作，对我而言是一种解脱。我想从某些方面来说，的确如此。不过，我心里也会感到难过。当时我36岁，我从16岁开始就努力工作，从来没有被辞退过。但是呢，有时候人生难免要面对一些他妈的狗屁事。我试着鼓起所有勇气，让自己转过身看着她时，能够毫无所惧。

当我看着她的脸时，我知道她并不打算辞退我。她早上化的妆已经卸干净了。我看见她眼皮浮肿，猜她要不就是在房间里睡了一会儿，要不就是痛哭了一场。她抱着一个棕色的购物纸袋，将袋子塞给了我。"拿着。"她说。

"这是什么？"我问她。

"两个日全食观测器和两个反射箱，"她说，"我想，你和乔或许会喜欢这些东西。我刚好有——"她说到一半停了下来，捂着嘴咳了一下之后又直视着我的眼睛。安迪啊，我欣赏她的一点就是，不管她要说什么，或是那有多难开口，她还是可以看着你说出来。"我刚好每样都有两个多出来的。"她说。

"哦？"我说，"听到这件事，我感到很遗憾。"

她不以为意地挥挥手，就像挥走苍蝇一样，然后问我是不是改变主意，要和她以及她的朋友们搭渡轮去看日全食。

"不了，"我说，"我想我还是将狗拴在门廊的栏杆上，和乔一起坐在门廊上看日全食吧。或者呢，如果乔太凶悍的话，我就去东海角走走。"

"说到凶悍，"她说，眼睛仍直视着我，"我想为今天早上的事情道歉，还想问问你能不能打电话给梅布尔·乔兰德，告诉她我改变主意了。"

安迪，要她说出那些话，需要很大的勇气。你不像我那么了解她，所以我猜你只能相信我说的话。但是那真的需要很大的勇气。说到道歉这档事，薇拉·多诺万可生疏得很呢！

"当然没问题。"我温和地说。我差点要伸出手去握她的手，但是我终究没有那么做。"只不过那是卡伦，不是梅布尔。梅布尔六七年前在这儿工作过。她的妈妈说，目前她在新罕布什尔的一家电话公司工作，而且干得很好。"

"卡伦就卡伦吧，"她说，"叫她回来。多洛雷丝，你只要告诉她，我改变主意就可以了，其他的不必多说，知道吗？"

"我知道，"我说，"谢谢你送我这些日全食装备，我相信这些东西一定会派上用场的。"

"不客气。"她说。我打开门准备走出去时，她说："多洛雷丝？"

我转过头去。她朝我点点头，看起来有点怪，仿佛她知道一些不关她的事似的。

"有时候为了生存，女人不得不成为傲慢的臭婆娘，"她说，"有时候当个臭婆娘是支持女人继续活着的力量。"然后她关上了我面前的门，但是动作非常轻。她并没有甩上门。

好啦，日全食这一天终于来了。如果我要告诉你们当天到底发生了哪些事——所有的事情，你们可不能要我口干舌燥地说话。我已经连续说了将近两个小时，这么长的时间，都能把任一机器里的油给烧光了，而且我的故事离说完还差得远呢！安迪，不如这样吧——要不你分我一点你抽屉里的金宾威士忌，要不我们今晚就这么耗着。你觉得怎么样？

这就够了，谢谢你，小伙子。哇，真是清凉解渴啊！不，将酒瓶拿走。喝上一杯刚好解渴，喝上两杯可能就让人头昏脑涨了。

好，我要继续说了。

19日晚上，我上床睡觉的时候担心得要命，都快吐了，因为电台上说很可能会下雨。我一直忙着计划当天要做的事，忙着鼓起勇气放手一搏，根本没想到可能会下雨。躺到床上时，我心里想着，我整晚一定会翻来覆去地睡不着觉。然后我又想，不，多洛雷丝，不会的，我告诉你为什么不会——天气不是你可以控制的，而且就算下雨也没有关系。你知道自己已经打定了主意要处理掉他，即使一整天都下大雨也一样。你已经走得太远了，现在要回头太迟了。我自己也很清楚这一点，所以我闭上眼睛，很快就进入了梦乡。

1963年7月20日星期六那天，天气闷热潮湿又多云。电台上说，很可能不会下雨，顶多晚上下一点雷阵雨，但白天大部分时间都是多云的天气，住在海边的居民真正能观赏到日全食的概率几乎只有一半。

我仍然觉得如释重负，当我去薇拉家帮忙准备她安排的自助早午餐时，我的心情很平静，已经不再担心了。其实多云没有关系，即使下阵雨也无妨。只要不是下大雨，饭店的客人就会继续待在屋顶上，薇拉的朋友也会搭船出海，这些人都希望多云的天气能够有放晴的时候，让他们得以一窥此生不可能再见到的奇景，至少他们在缅因州不会再见到第二次。希望是人性中一股很强的力量，这一点我比任何人都清楚。

如果我没记错的话，那个星期五晚上，薇拉有18位在家里过夜的宾客，但是星期六上午的自助餐上来了更多人，我想有三四十人吧。其他要搭她船的人（大部分都是住在附近的岛上居民），会在下午1点左右开始在镇上的码头集合，而年纪老迈的"公主号"预计在2点左右出航。到了日全食真正开始的时候——4点30分左右，可能已经有两三个啤酒桶空了。

我本来以为薇拉会兴奋得不得了，忘乎所以，但有时候她真是叫我惊讶。她穿着一件红白波浪纹的衣服，看起来不像裙子，倒像斗篷，我想人们称之为束腰长袍。她将头发简单地绑成马尾，和她平常花50美元做的发型简直有天壤之别。

长长的自助餐桌设在屋后玫瑰花园旁边的草坪上。她一直绕着餐桌四处走动，周旋在朋友之间，和他们一起谈天说笑。从那些人的装扮和说话的语气判断，他们大部分来自巴尔的摩。不过，她那一天的样子，和日全食到来之前的那个星期相比，真是判若两人。还记得我说过，她在屋子里跑来跑去，像喷气式飞机一样吗？到了日全食那天，她倒像一只在花丛中飞来飞去的蝴蝶，而且笑声极其轻盈温和。

她看见我端出一盘炒蛋，急忙过来告诉我该怎么摆，但是她走路的样子和前几天完全不一样——好像要跑起来了，脸上总是挂着笑容。我心里想，她真的很快乐——就是这样。她已经接受了孩子们不会来岛上的事实，而且决定让自己照样过得快快乐乐的。就是这样，除非你了解薇拉·多诺万，否则你不会明白，快乐对她来说，是多么稀有的事。安迪，我再告诉你一件事，之后我几乎又和她相处了30年，不过我好像再也没有见她真的快乐过了。或许满足，或许认命，但是快乐？容光焕发、兴高采烈、像夏日午后一只在花海里四处飞舞的蝴蝶那样快乐？我不这么认为。

"多洛雷丝！"她说，"多洛雷丝·克莱本！"许久之后我才发现，她叫的是我娘家的本姓，而那天早上乔还活得好好的呢，她以前从来不那样称呼我。我发现之后，不禁全身颤抖，就像你看见一只鹅走过你未来被埋葬的地方一样，毛骨悚然。

"薇拉,早啊,"我说,"真遗憾,天气这么糟糕。"

她看了一下天空,天空中布满了夏天特有的低垂又潮湿的云朵,然后她笑了。"3点就会出太阳了。"她说。

"你说得好像你帮太阳设定了工作表似的。"我说。

当然,我只是揶揄她,可是她认真地点点头说:"没错,我的确这么做了。多洛雷丝,现在请你跑到厨房去看看为什么那个愚蠢的承办人连一壶咖啡都还没端出来。"

我转身走去厨房,但是才走了不到四步,她就又叫住了我,就像两天前她叫住我,告诉我有时候女人为了生存,不得不当个臭婆娘的情形一样。我转过身,心里猜测她一定又要说一次那件事了。可她并没有那么做。她穿着那件美丽的红白色束腰斗篷站在那儿,双手放在臀部上,马尾垂在肩上,在晨光中看起来好像还不到21岁呢!

"多洛雷丝,3点一定会出太阳!"她说,"到时候看看我说的准不准!"

自助餐11点结束,到了中午,厨房里只剩下我和那些来帮忙的女孩,承办宴席的那帮人已经移驾到"公主号"上,准备继续服务宾客,开启"第二幕"演出。薇拉很晚才离开,大约是在中午12点15分的时候,她开着留在岛上的那辆老福特车,载着最后三四位宾客去了码头。我有一堆盘子要洗,一直忙到下午1点左右,然后我告诉盖尔·拉韦斯克——那天,她是我的二把手——我觉得自己有点头疼，肚子也不太舒服，既然现在大部分吃重的工作已经完成，我就先回家休息了。正要出门的时候，卡伦·乔兰德拥抱了我，并且感谢了我。她又哭了。我可以对天发誓，自从我认识那个女孩，她就常常泪眼汪汪的。

"卡伦，我不知道是谁告诉你的，"我说，"你没有必要谢我，我根本什么事也没做。"

"没有人告诉我，"她说，"但是圣乔治太太，我知道是你。除了你，没有人敢和那个撒旦说话。"

我在她的脸颊上亲了一下，告诉她，只要她别再打碎盘子，就什么也不必担心。然后我转身走回家。

安迪，我记得发生过的每一件事，每一件。但是从我踏出薇拉家的车道，走上中央大道起，那就像是回忆起一生中最真实、最清晰的梦境里所发生的事情。我一直想着："我要回家杀了我的丈夫，我要回家杀了我的丈夫。"如果我一直想着这件事，那我可以将这个想法敲进我脑袋里，就像将铁钉敲进柚木或是桃花心木之类的厚木头里一样。不过，现在回想起这件事，我猜我脑袋里一直就有那个想法，只是我自己没发现罢了。

虽然我回到村子里的时候，才1点15分左右，而日全食也要在三个多小时之后才开始，但街上已经是空荡荡的，让人觉得有点恐怖。那个景象让我想起人家说的那个位于缅因州南部的无人居住的小镇。我抬起头看着港湾饭店的屋顶，那个画面更恐怖。屋顶上已

经有100多个人了，他们四处走动，观察着天空，就像农夫耕种的
时候一样。我往坡道下望，看到"公主号"停在港口，船的舷梯已
经放了下来，汽车甲板上站满了人，而不是汽车。人们手里拿着饮
料，在甲板上走来走去，享受着一场大型的露天鸡尾酒宴会。码头
上也挤满了人，港口大约停了500艘小船，那是我第一次在港口看到
那么多船只，每艘船都抛了锚，蓄势待发。而且几乎每个站在饭店
屋顶，或是镇上码头，或是"公主号"上的人，都戴着墨镜，手里
要么拿着烟色玻璃的日全食观测器，要么拿着反射箱。那天之前或
是那天之后，岛上从来不曾这么热闹过。即使我当时心里没有装着
那件事，我想我也会觉得那是一场梦。

　　不管有没有日全食，那家卖酒的商店依然照常营业，我猜那个
该死的家伙，即使到了世界末日那天，也还是会开门做生意的。我
走到店里，买了一瓶尊尼获加红牌苏格兰威士忌，然后继续沿着东
大道走回家。我回到家的第一件事就是将那瓶酒拿给乔，我没有多
说废话，只是扑通一声，将酒扔到他大腿上。接着我走到屋里，拿
出薇拉给我的那个袋子，就是装着日全食观测器和反射箱的那个袋
子。我走回屋后的门廊时，他正拿起那瓶威士忌酒，仔细地观察着
酒的颜色。

　　"你到底是要喝酒，还是光欣赏就够了？"我问他。

　　他看了我一眼，目光中带着点怀疑，然后说："多洛雷丝，你
到底在耍什么把戏？"

"那只是庆祝日全食的礼物罢了，"我说，"如果你不想要，我就拿走倒到水槽里算了。"

我假装要拿走酒，他马上将酒抽了回去。

"最近你倒是送了我不少礼物，"他说，"不管有没有日全食，我们家可没有钱这么挥霍。"不过，说归说，他的手却没有闲着，他立即拿出折刀，划开酒瓶的封条。

"好吧，我老实告诉你好了，其实不只是日全食的缘故，"我说，"我最近只是心情很好，很放松，所以我想和你分享我的快乐。既然我知道能让你快乐的莫过于喝上几杯……"

我看着他拔开瓶盖，为自己倒了一杯酒。他的手微微颤抖着，看着他那个样子，我一点难过的感觉也没有。他愈是喝得酩酊大醉，我成功的概率就愈大。

"什么事情让你这么开心？"他问我，"是不是有人发明了治疗丑女的药丸？"

"对一个刚刚送你高档威士忌酒的人说这样的话真是太过分了，"我说，"或许我真的应该将酒收回来。"我再次伸手去拿酒，他又将酒抽了回去。

"想都别想。"他说。

"那你的嘴巴最好放干净点，"我告诉他，"你在嗜酒者互诚协会不是应该学了如何感激别人的吗？"

他不理会我的话，只是继续盯着我，就像商店收银员想要确定顾客是不是给了他一张假的10美元一样。"到底是什么事情让你的心情这么好？"他又问了我一次，"是不是因为那些捣蛋鬼都不在家，才让你这么开心的？"

"才不是呢，我已经开始想念他们了。"我说，这也是实话。

"我想也是，"他说，然后开始喝起酒来，"那到底是什么原因呢？"

"我待会儿再告诉你。"我说，准备站起来。

这时，他抓着我的手臂说："多洛雷丝，现在就告诉我，你知道我不喜欢你耍手段。"

我看着他说："你最好放开我，否则那瓶昂贵的威士忌酒很可能会砸在你的头上。乔，我不想和你吵架，特别是今天。我买了一些意大利蒜味香肠，一些瑞士奶酪和一些薄脆饼干。"

"薄脆饼干！"他说，"我的老天哟！"

"别大惊小怪，"我说，"我要为我们两个人做一盘开胃小菜，就像薇拉渡轮上的宾客享受到的佳肴一样美味。"

"那种高级食物老是让我想吐，"他说，"别管什么花式开胃小菜，给我做一个三明治就行了。"

"好吧，"我同意，"就听你的。"

这时候他开始朝港口那边望去，或许我刚刚提到的渡轮提醒了他。他一边望着，下嘴唇一边往外噘着，露出一副丑态。港口那边的船只比其他任何时候都多得多，我觉得船只上方的天空变得明亮一些了。"你看看他们，"他用他一贯轻蔑的口吻说，而他的小儿子正努力要模仿他那种讥讽的口气，"有什么可看的！不就是太阳上的一场雷暴吗？一会儿他们就要吓得尿裤子了。我真希望下雨，我真希望雨水淹死你伺候的那个傲慢的臭娘们和其他所有人！"

"这才是我的乔，"我说，"永远这么开心，永远这么善良。"

他转过头来看着我，仍然将酒抱在胸前，就像熊抱着蜂巢一样。"女人，你到底在搞什么鬼把戏？"

"没什么，"我说，"我要进屋去准备食物了，我先帮你做一份三明治，再帮我自己弄一盘开胃小菜。然后我们可以坐下来，一边喝几杯小酒，一边欣赏日全食。薇拉送我们一人一个观测器，还有那个什么反射箱。等我们欣赏完日全食之后，我再告诉你我这么开心的原因。我要给你一个惊喜。"

"我不喜欢他妈的烂惊喜。"他说。

"我知道你不喜欢，"我告诉他，"不过啊，这一次保证让你高兴得不得了，你绝对猜不到是什么惊喜。"我走进厨房，好让他开始喝那瓶我刚送他的酒。我希望他好好享受那瓶酒，我真的这么想。毕竟，那是他活着喝到的最后一瓶酒了。他再也不需要去嗜酒者互诫协会了，到了地狱就不需要戒酒了。

那是我一生中过得最长也最奇怪的一个下午。

他就坐在门廊的摇椅上，一手拿着报纸，一手拿着酒，隔着厨房开着的窗户对我发牢骚，说民主党即将在奥古斯塔市实施的一些新政策。他已经完全忘了要问出我开心的原因，也完全忘了日全食那档事。

我在厨房做他的三明治，一边哼着歌，一边想着："多洛雷丝，做个好吃的三明治，放一些他喜欢的红洋葱，再加上一些芥末，让它闻起来香味扑鼻。做个好吃的三明治，因为这可是他这辈子的最后一餐了。"

从我站的地方，可以沿着柴房看见那块白石头和黑莓灌木丛的边缘。我绑在灌木顶上的那块手帕还在，我看得见它在微风中飘扬。每次看见手帕飘的时候，我就想到手帕正下方的那个松软的井盖。

我记得那天下午鸟叫的声音，也记得我听见了一些人彼此大叫的声音，他们的声音听起来既模糊又遥远，好像电台上的声音。我甚至还记得那天我哼的那首歌："天赐恩典，如此甘甜。"我开始做我的饼干夹奶酪时，依然哼着那首歌。我一点也不想吃，就像母鸡不想要一面旗一样，可是我不想让乔怀疑为什么我不吃东西。

当我走回门廊，一只手稳稳地端着那盘食物，就像餐厅服务员一样，另一只手拎着薇拉送我的那个袋子时，已经是下午2点15分左右了。天空依旧乌云密布，但是看得出来，天色真的明亮了一些。

我做的那份三明治还蛮受欢迎的。乔很少称赞别人，可是从他放下报纸，看着三明治的模样，我就知道他喜欢那份三明治。这时我想起在书上读到或是在电影里听到的句子："死刑犯尽情享受美味的一餐。"我这么一想以后，脑海里就再也挥不去那个念头了。

不过，这并不能阻止我进行自己的计划。我一开动之后，就一直不停地吃，直到最后一份饼干夹奶酪进了我的肚子，我还喝完了一整瓶的百事可乐。有那么一两次，我发现自己想的是，不知道刽子手在执行死刑那天是不是有胃口吃东西。当一个人鼓起勇气去做某件事的时候，那个人的脑子也会兴奋起来。真是蛮有趣的。

我们快吃完食物的时候，太阳终于穿过云层露出了脸。我想到薇拉那天早晨告诉我的话，低头看了看表，露出会心的微笑。正好3点。大约就在这个时候，当时在岛上当邮差的戴夫·佩尔蒂埃正开车返回镇上。他的车呼啸而过，路上尘土飞扬，长长的一片。一直到天黑后很久，东大道上都是空荡荡的，一辆车也没有。

我靠过去将空盘子和我的空汽水瓶放到餐盘上，准备站起来的时候，乔做了一件很多年来都没有做过的事。他将一只手放在我的脖子后面，然后吻了我。他呼出来的气息都是酒精、洋葱和蒜味香肠的气味，胡子也没刮，但那毕竟是个吻，没有一丝恶意的吻，不急躁也很周到。那是个很舒服的吻，我记不得他上次吻我是几年前的事了。我闭上眼睛让他吻。我还记得我闭上眼睛，享受着他的双唇吻着我的双唇的感觉，享受着阳光洒在我额头上的感觉。这两种感觉同样温暖又舒服。

"多洛雷丝，那份三明治做得还算可以。"他说。这已经是他赞美人的极限了。

当时有一刹那，我突然犹豫了——我不想坐在这里说假话。

在那一刹那，我看见的不是乔侵犯塞莱娜的画面，而是1945年他坐在自习室里，额头光滑的样子。我想起他以前的模样，希望他能像刚才那样吻我。我想起自己当时的想法："如果他吻我的话，我就抬手摸他眉毛上方的皮肤，看看他的额头是不是像我想的那么光滑。"

当时我伸出手摸了摸他的额头，就像多年前我还是个青涩的少女时梦想的那样。我摸他的时候，心里的那只眼睛睁得更大了，比之前任何一次都大。那只眼睛看见的是，如果我让他继续乱来，他会做出什么好事——不只是侵犯塞莱娜，或是花光他从孩子们的账户里抢走的钱，还会影响到他们。他贬低小乔的好成绩，嘲讽他对历史的热爱。每当小皮特叫别人犹太鬼，或是说他班上的哪个同学就像黑鬼一样懒惰时，他就会拍拍小皮特的背，称赞他做得好。他影响着他们，一直都影响着他们。如果我放过他的话，他会继续我行我素，直到毁了孩子们，或是宠坏他们。最后他死了之后，也不会留给我们任何遗产，只有一堆账单和一个埋葬他的洞。

说到洞啊，我已经帮他准备好了。那个洞不止6英尺深，而是30英尺深，旁边布满了大块的卵石，而不是泥土。我当然已经为他准备好了那个洞，而那个3年或是5年之后的吻，无法改变我的决心。

即使抚摸他的额头（这是让我惹来这身麻烦的起因，而不是他的哭泣），也不能改变我的决心。不过，我还是摸了他的额头，用一根手指划过它，心里想着当年毕业舞会上，萨莫塞特小酒馆舞厅里的乐队演奏着《月光鸡尾酒》时，他吻着我，而我在他脸颊上闻到了他爸爸的古龙水味的场景。

然后我硬下心肠。

"真高兴你这么说，"我说，再次拿起餐盘，"你为什么不趁我洗这些盘子的时候，研究一下袋子里的观测器和反射箱能看到什么呢？"

"我才不稀罕那个有钱的臭婆娘送你的任何东西呢，"他说，"我也不稀罕那该死的日全食。黑暗我见多了，每天晚上都有，根本不稀奇。"

"好吧，"我说，"随便你。"

我走到门边的时候，他说："或许我们两个人晚一点可以来点刺激的。小多洛，你觉得怎么样？"

"或许吧。"我说，心里想着，等一下可有你刺激的，没错。

那一天第二次天黑之前，乔·圣乔治可是有吃不完兜着走的刺激了，比他做梦梦到的还多。我站在水槽边洗盘子时，继续用一只眼睛盯着他。这么多年来，他在床上不是睡觉、打呼，就是放屁，我想他和我一样清楚，酒精和我的丑脸一样影响他的性趣，后者的成分可能更多。我有点担心，或许他想来点刺激的床上运动，所以才将那瓶尊尼获加红牌威士忌的瓶盖盖上，但是我的运气没那么糟。对乔来说，交媾（南希，请你别介意我用字粗俗）只是一种想法罢了，就像吻我一样。对他来说，酒瓶才是更真实的东西，酒瓶就在他触手可及的地方。

他从袋子里拿出一个日全食观测器，握着观测器的把手转来转去地把玩着，然后眯着眼，透过镜片看太阳。他让我想起曾经在电视上看过的画面——一只试着调收音机的黑猩猩。他放下观测器，又为自己倒了一杯酒。

我拿着针线篮走回门廊时，看见他已经昏昏欲睡，眼圈发红。那是他从微醺到醉得不省人事的表情。不过，他看着我的眼神依然锐利，想必是在猜测，我是不是要算计他。

“别理我，”我说，语气就像糖饼一样甜，“我只是要坐在这儿缝补一些衣服，顺便等着日全食开始。太阳总算出来了，这真是太好了，你说是不是？”

“天哪，多洛雷丝，你一定以为今天是我生日吧！”他说。他的声音开始变得粗嘎沙哑。

“可能吧，差不多吧。”我说，同时开始缝补小皮特牛仔裤上的破洞。

接下来的一个半小时过得好慢。在我小时候，我的克罗丽丝阿姨答应带我到埃尔斯沃思去看我人生中的第一场电影之后，时间从来没有过得那么慢过。

我缝完了小皮特的牛仔裤，又补好了小乔的两条斜纹棉布裤

（即使在那个时候，小乔那个孩子就完全拒绝穿牛仔裤，我想他当时就已经决定，长大以后要当个政治家了），还帮塞莱娜缝了两条裙子的褶边，最后我为乔的一条宽松长裤缝上了拉链的遮布。他那两三条料子不错的裤子虽然旧了，可是磨损得还不算严重。我还记得我当时想着，埋葬他的时候，可以让他穿着其中一条裤子。

然后，就在我以为日全食不会发生的时候，我注意到我手上的光线似乎变暗了。

"多洛雷丝，"乔说，"我想这就是你和其他笨蛋在等待的东西吧！"

"是啊，"我说，"我猜应该是的吧！"院子里的光线已经从7月原有的强烈午后黄光，变成了枯萎的玫瑰的颜色，而原本映在车道上的房子的影子，这时变得既奇怪又稀薄，我以前从来没有看过那样的影子，那一次之后，也没有再看过类似的景象。

我从袋子里拿出一个反射箱，以薇拉过去一个星期以来教过我的上百次的方式，远远地拿着反射箱。我这么做时，突然有一个很奇怪的想法。我心里想着，那个小女孩也正在做着同样的事情，就是那个坐在她爸爸大腿上的小女孩，她正在做着同样的事情。

安迪，当时我并不知道那个想法有什么意义，到了现在我还是不太明白，不过我还是要告诉你，因为我已经决定要将所有事情都告诉你，也因为我不久之后又想起她。只不过在后来的一两秒，我不只想到了她，还看见了她，就像我们在梦中见到一个人一样，或者我猜《旧约》里的那些先知预见未来时，一定也是这样的情形。
我看见一个约莫10岁的小女孩，手上拿着反射箱。她穿着一条红黄
条纹的裙子——一种没有袖子，只有背带的背心裙，嘴上涂着薄
荷糖色的口红。她的头发是金黄色的，往后梳着，好像要让自己看
起来像个大人一样。我还看见了其他的情景，一些让我想起乔的情
景：她爸爸的手正放在她大腿上，一路向上摸去。可能已经逾矩
了。然后那个画面就消失了。

"多洛雷丝，"乔问我，"你没事吧？"

"你这话什么意思？"我反问他，"我当然没事。"

"你刚才的表情好奇怪。"

"只不过是日全食的影响罢了。"我说。安迪，我真的觉得那
是日全食造成的影响，但是我又觉得，我当时以及后来又看见的那
个小女孩，是一个活生生的人。我觉得就在我和乔坐在屋后门廊的
时候，她也正和她爸爸坐在日全食经过的某个地方。

我朝箱子里看，看见一个奇怪的白色小太阳，非常亮，就像看
着一枚着火的50美分硬币一样，圆圈的一边还有一道深色的弧线。
我观赏了一会儿，然后抬起头看着乔。他正举着一个观测器，盯着
里面的奇景。

"他妈的，"他说，"太阳快要消失了，没错。"

这时草丛里的蟋蟀开始高歌，我猜它们大概以为这一天太阳下山
早，该是它们放声高唱的时候了。我往远处望去，看着那些船只，发

现它们下面的海水变成了深蓝色，看起来既诡异又绚丽。我努力让自己相信，那些停泊在那片诡异黑暗天空下的船只只是幻象罢了。

我瞥了一眼手表，那时已经是4点50分了。这表示接下来的这一小时左右，岛上所有人的心里只想着一件事情，也只观察着一个现象。东大道上空荡荡的，而我们的邻居不是在"公主号"上，就是在饭店的屋顶上，如果我真的想解决他，时机已经来临了。我觉得我的肠子揪成一团，像个很大的弹簧，而且刚才我脑中所见的那个小女孩坐在她爸爸大腿上的景象挥之不去。但是我不能让这些事情阻止我，或让我分心，一分钟也不行。我知道如果我当时不下手，以后就绝对下不了手了。

我将反射箱放到针线篮旁边，说："乔。"

"什么事？"他问我。以前他觉得日全食没什么了不起的，现在日全食真的开始了，他倒是看得很起劲，舍不得把目光移开。他头往后倾，而他正用来观赏日全食的观测器在他脸上投下了一道淡淡的诡异的影子。

"给你惊喜的时候到了。"我说。

"什么惊喜？"他问我。当他放下日全食观测器（其实只是在镜架里放进两层特制的偏振玻璃），转过头来看着我的时候，我发现那并不是——或者不完全是——日全食造成的幻想。他有点喝高了，醉醺醺的，而且昏昏沉沉的，我有点害怕。要是他根本不知道我在说些什么，那我的计划在开始之前就泡汤了。如果真是这样，我该怎么办？我不知道。我只知道一件事：我绝对不会临阵退缩，不管事情发展得多么不顺利，不管待会儿会发生什么事情，我绝对不会临阵退缩。这个想法让我怕得要死。

他伸出一只手，抓住我的肩膀，摇晃着我。"臭娘们，你到底在说什么鬼话？"

"你知道孩子们银行账户里的钱吗？"我问他。

他的眼睛眯了一下，我发现他并没有我想的那么醉。我也了解了另一件事，那就是一个吻并不会改变任何事情。毕竟，任何人都能给你一个吻。犹大就是用一个吻让罗马人知道哪一个人是耶稣的。

"那些钱怎么了？"他说。

"你拿走了。"

"我没有！"

"就是你拿走的，"我说，"在我发现你对塞莱娜乱来之后，我去了一趟银行。我本来打算取走那些钱，然后带着孩子们离开你。"

他目瞪口呆，嘴巴大张，惊讶得说不出话来。然后他开始大笑，靠在摇椅背上前后摇动，而他周围的天色愈来愈暗。

"嘿嘿，我要到你了吧？"他说，又帮自己倒了些威士忌酒，再次用日全食观测器望着天空。这一次，我在他脸上几乎看不见任何影子。"多洛雷丝，一半的太阳已经不见了！一半已经消失了，或许还不止一半呢！"

我低头往反射箱里看，发现他说的没错，那枚50美分的硬币只剩下了一半，而剩下的部分也在慢慢消失。"没错，"我说，"的确有一半已经不见了。乔，至于那笔钱——"

"我劝你忘了那笔钱吧，"他告诉我，"别折磨你的小脑袋了。那笔钱好得很。"

"哦，我才不担心呢，"我说，"一点也不担心。不过啊，你这样耍我，倒是让我有点苦恼呢！"

他点点头，样子有点严肃，还故作沉思状，似乎是要让我知道，他非常理解我的心情，也非常同情我。不久之后，他又大笑起来，像小孩子被一个他一点也不怕的老师责骂一样。他笑得太厉害了，连唾沫都喷出来了。

"多洛雷丝，真是抱歉哪，"他终于止住笑意之后说，"我不是故意要笑的，不过我确实是狠狠地耍了你一次，你说是不是啊？"

"哦，是啊。"我表示同意。毕竟那是事实。

"真是好好地整了你一次哟。"他说。他一边大笑着，一边摇着头，和我们听到一个超级好笑的笑话时的反应一样。

"是啊，"我附和着他，"不过呢，你也知道人家是怎么说的。"

"不知道。"他说。他将日全食观测器放在大腿上，然后转过头来看着我。他刚刚笑得太厉害了，都流眼泪了，那双充满血丝的猪眼还泛着泪光。"多洛雷丝，不管什么场合，你就是有办法来上一句。我倒想知道，丈夫终于好好整了爱管闲事的太太，这种事人家是怎么说的？"

"愚我一次，其错在人；愚我两次，其错在我。"我说，"你背着我骚扰塞莱娜，在钱这件事上，你又整了我一次。不过，我想最后我还是扳回了一城。"

"这个嘛，或许你扳回了一城，或许没有，"他说，"可是如果你担心钱被我花光的话，那大可不必，因为——"

我打断他的话。"我不担心，"我说，"我已经说过，我不担心，一点也不担心。"

安迪，这时候乔狠狠地看着我，他的笑容渐渐消失了。

"你又一副自以为聪明的样子了，"他说，"不过，你吓不了我的。"

"那可真是遗憾哟。"我说。

他一直看着我，想猜出我的脑子里到底在盘算些什么，但是我猜他永远都不会知道的。他再次噘起嘴唇，然后用力叹了一口气，力气之大，连他额头上的一撮头发都被吹到后面了。

"多洛雷丝，大部分的女人根本就不懂钱，"他说，"你也不例外。我只是将所有的钱放在同一个账户里罢了，这样才能有更多利息。我没有告诉你是因为，我不想听你那些愚蠢的屁话。以前我总是免不了听你说许多废话，可是我真的受够了。"他再次拿起日全食观测器，表示我们的谈话到此结束。

"将钱全存到一个账户里，存在你自己的名下。"我说。

"那又怎么样？"他问我。这时候我们的四周变得相当昏暗，树木开始消失在地平线上。我听见一只北美夜鹰在屋后唱歌，还有不知道从哪个地方传来的一只欧夜鹰的叫声。我觉得气温也开始下降了。这一切让我有一种非常奇怪的感觉，就像活在梦中，而梦突然变成真实世界一样。

"存在我的名下有什么不对？我是他们的爸爸，不是吗？"

"没错，他们的体内确实流着你的血液，如果那代表你是个爸爸的话，我想你的确是的。"

我看得出来，他想搞清楚，那句话值不值得和我大吵一架或是发个牢骚，最后他觉得不值得。"多洛雷丝，我警告你别再谈这件事了。"他说。

"这个嘛，或许再谈一下好了，"我笑着回答他，"你瞧瞧，你已经完全忘记我要给你的惊喜了。"

他看着我，脸上的表情再次充满了怀疑。"多洛雷丝，你到底在说什么屁话？"

"这个嘛，我去了一趟琼斯波特的北岸银行，找了银行的储蓄部经理，"我说，"那个大好人的名字是皮斯先生。我向他解释了事情的经过，他很不高兴呢！尤其是我让他知道了原先的那些存折根本没有像你告诉他们的那样丢失了时，他好像更生气了。"

到了这个时候，乔已经完全丧失了对日全食的那一点点兴趣。他坐在那把老旧的摇椅上，眼睛睁得大大的，盯着我瞧。他的眉毛上凝聚着怒气，而他的双唇苍白无比，用力抿成一条细线，就像一道疤痕一样。他已经将日全食观测器放回大腿上，双手慢慢地张开，合起来，张开，又合起来，真的很慢。

"你那么做是不对的，"我告诉他，"皮斯先生检查了账户，看看钱是不是还在银行里，当他发现钱还在的时候，我们两个人都松了一口气。他问我要不要打电话报警，告诉他们整件事情的经过。从他的表情来看，我知道他极度希望我说不。我问他可不可以将那笔钱转到我的名下，他查阅了一本书之后，表示可以这么做。于是我告诉他：'那我们就这么做吧！'然后他就将钱转到我的名下了。乔，现在你知道为什么我一点也不担心孩子们的钱了吧，因为现在钱在我手上，而不是在你手上。你不觉得这是个天大的惊喜吗？"

"你在说谎！"乔对我大吼，然后迅速从摇椅上站起来，速度之快，差点将摇椅翻倒了。日全食观测器从他大腿上掉到门廊的地上，碎了一地。当时我真希望自己手上有相机，可以拍下他的表情。我已经重重地打击了他，没错，而且是不遗余力地。从那一天在渡轮上和塞莱娜谈过之后，现在能够看见那个狗娘养的浑蛋脸上的那个表情，我之前经历过的所有痛苦都值了。

"他们不能这么做！"他大吼，"那笔钱你一分都不可能拿到，甚至也不可能看到那本该死的存折——"

"哦，是吗？"我说，"那我怎么会知道，你已经花掉了其中的300美元？感谢老天，你只花掉了300美元，但是每次一想到你花掉了那些钱，我还是气得半死。乔·圣乔治，你什么都不是，你只是个贼，你这个贼竟然低贱到偷自己小孩的钱！"

他的脸色就像摆在阴暗处的尸体一样惨白，但他的眼睛却是满含怒气的，里面燃烧着恨意。他把两只手放到胸前，张开，又合起来。我往地上瞥了一眼，看见太阳——那时候已经被遮去了大半，只剩下一弯宽宽的弦月—— 一再地被反射到刚刚掉在他脚边的烟色玻璃碎片上。然后我再次看着他。根据他此刻的情绪，不看他只会让情形更糟。

"乔，你把那些钱花到哪儿了？玩妓女？赌扑克牌？两者都有？我知道你不是拿钱去买破车了，因为我在屋后没有看见新的车进来。"

他一句话也没有说，只是站在那儿，双手继续张合着。我看见第一批萤火虫在他身后的院子里来回飞舞。那时候，海上的船看起来就像鬼魅一样，然后我想到了薇拉。我猜她若不是在极乐世界，想必也离那儿不远了。不过，那时候没有时间想薇拉了，我必须专心对付乔。我想让他追着我跑，根据我的判断，再煽风点火一次就可以达到我的目的。

"我也不在乎你把钱花到哪里去了，"我说，"我已经拿到了剩下的钱，对我来说，那就够了。你大可搞你自己，但前提是，你有办法让你那儿挺起来。"

他跟跟跄跄地走过门廊，脚下踩着日全食观测器的碎片，嘎吱嘎吱的，然后抓住了我的手臂。我本来可以躲掉的，但我不想那么做，时机还未到。

"你说话给我小心一点，"他小声说，一股威士忌酒的味道吹到我脸上，"否则，我就对你不客气了。"

"皮斯先生希望我将钱继续存在银行里，但是我不愿意。我想，既然你有办法拿走孩子们账户里的钱，就一样有办法拿走我账户里的钱。然后他想开支票给我。可我担心如果让你太早发现我动了手脚，你可能会拒绝付款，所以我让皮斯先生将存款转换成现金给我。他不愿意这么做，但最后他还是照办了。现在钱就在我手上，一分不少，我已经将钱放在了一个安全的地方。"

他掐住了我的喉咙。我早料到他会这么做，虽然很害怕，但是我也希望他这么做，因为那表示他非常相信我刚刚说的话。不过，这件事还不是最重要的。从某个角度来看，他用力掐着我的喉咙让我的行为看起来像自我防卫，这一点才是最重要的。不管法律怎么评断这件事，我的行为的确是自我防卫。我知道那是自我防卫，因为在现场经历整件事的是我，而不是法律。我终究是在保卫自己，也在保卫我的孩子们。

他掐得我喘不过气来，同时前后摇晃着我，还大吼着。我不记得所有的经过，我想他一定抓着我的头撞了一两次门廊的栏杆。他说我是个该死的贱女人，还说那笔钱是他的，如果我不还给他钱，他就要杀了我——诸如此类的蠢话。我开始害怕，怕他会在我告诉他他想听到的事情之前就杀了我。庭院变得更暗了，似乎到处都是萤火虫，仿佛我之前看到的一两百只萤火虫已化作了上万只。而且他的声音听起来好遥远，我还以为计划已经失败了，以为掉下井的人会是我，而不是他。

最后他终于放开了我。我试着站稳，但是我的双脚不听使唤。我试着坐到我刚刚坐着的那把椅子上，但是他已经将我推到了离椅子很远的地方，我坐下去的时候，屁股只沾了一下椅子边。我跌坐在门廊的地上，旁边是那堆日全食观测器的碎玻璃。碎玻璃中有一块比较大的，上面闪烁着弦月状的太阳，有如珠宝一样绚烂。我伸手去拿那块玻璃，又缩了回来。即使我有机会用玻璃刺伤他，我也不想那么做。我不能刺伤他。留下那样一道玻璃伤口，会让人起疑心。现在你们知道，我当时是怎么想的了吧。安迪，想必这么说之后，我的行为就构成一级谋杀罪了吧？所以我并没有捡起那块玻璃，而是抓起我的反射箱，那个箱子是用厚重的木头做成的。我当时的想法是，如果有必要的话，我可以用那个箱子重击他。但这一想法也没有成真，那时候我根本就没有时间多想。

我开始咳嗽，咳得很厉害，但只咳出了口水，没有咳出血，这倒是让我非常意外。我觉得喉咙好像着火了一样。

他用力将我从地上拉起来，力气之大，连我衬裙的带子都拉断了。然后他用臂弯勒住我的颈背，将我拉向他，直到我们两个人近得快吻上了，只不过当时他可是一点接吻的心情都没有。

"我老早就告诉过你，如果你敢耍我，你的下场会很难看。"他说。他的眼睛湿漉漉的，而且看起来很诡异，好像他刚刚哭过一样。不过，那双眼睛真正让我害怕的是，它们似乎看穿了我，对他来说，仿佛我人已经不在那儿了似的。"多洛雷丝，我已经说过几百万次了，你现在相信我了吧？"

"我相信了，"我说，他掐着我喉咙的手那么用力，我的声音听起来就像从一团泥巴里挤出来的，"我相信了。"

"再说一次！"他说。他仍然用臂弯勒住我的脖子，这时候他用力勒着我，弄痛了我的一根神经。我忍不住尖叫起来，因为真的好痛。看着我这么痛苦，他龇牙咧嘴地笑了。"再认真地说一次。"他说。

"我是认真的！"我大叫，"我是认真的！"我本来打算假装我很害怕，但是乔帮我省下了这个麻烦，那一天我一点也不需要假装，我真的很害怕。

"很好，"他说，"我很高兴听到你这么说。现在你老实告诉我，钱在哪里，最好每一分钱都还在，否则——"

"钱就在柴房后面。"我说，声音不再像是挤出来的了，而是像《你赌你生活》①里格劳乔·马克斯的。很适合那个场景，如果你们知道我指的是什么。然后我告诉他，我将钱放在罐子里，而罐子就藏在黑莓丛那儿。

"女人就是女人！"他不屑地说，推着我走向门廊的阶梯，"那好，现在就带我去拿钱。"

我走下门廊的阶梯，沿着屋子边走着，乔就跟在我后面。到了那个时候，天色几乎完全变暗了，就像夜晚一样。当我们走到屋后的车库时，我看到一个很奇怪的现象，让我突然忘记了其他所有事情。我停下脚步，指着黑莓丛上方的天空。"乔，你看！"我说，"是星星！"

没错，我看见了北斗七星，就像在冬夜里看到的一样清楚。那个现象让我全身起鸡皮疙瘩，不过乔根本不在乎那件事。他用力推了我一下，我差点跌到地上。

"星星？"他说，"贱女人，如果你再不往前走的话，我保证揍得你眼冒金星。"

我又开始往前走。我们的影子已经完全消失，而前一年的那个夜晚，我和塞莱娜坐着的那块白色大石头，这时候非常显眼，像聚光灯一样明亮。我曾经注意到，那块石头在满月时，也是那么明

① 美国喜剧问答节目，于1947年10月27日在ABC广播中首次亮相。下文的格劳乔·马克斯是美国的喜剧演员。

亮。安迪，那时候的光线可不像月光，我没有办法描述那诡异又阴
沉的光线，不过它就是那样的。我知道物体之间的距离开始变得很
难判断，就像在月光下一样，我知道你再也没有办法区分出一株一
株的黑莓，它们已经变为一大片的暗树丛，而萤火虫就在那一大片
树丛前来回飞舞。

薇拉告诉过我好多次，直视日全食很危险。她说日全食会烧坏
人的视网膜，甚至会让人变成瞎子。不过，我还是克制不住自己，
回头迅速看了一眼天空，就像罗得的妻子无法克制自己不回头看所
多玛城最后一眼一样。① 我永远忘不了当时看见的景象。我曾经几个
星期，有时候几个月都没有想过乔，却几乎没有一天不想起那天下
午我回头望向天空时看见的景象。罗得的妻子后来变成盐柱，因为
她无法只向前看，无法不分心。有时候我会想，我没有付出像她那
样的代价，可真是个奇迹呢！

那时候太阳还没有完全被遮住，不过已经快了。

天空变成深紫色，我看见挂在海边上方的太阳，看起来像一
个黑色的大瞳孔，周围有一圈火焰薄纱，向外面扩散开去。太阳的
其中一边还看得见，就像细细的弦月，好似鼓风炉里渐渐熔化的金

① 《圣经·创世记》中的故事。上帝在毁灭罪恶之城所多玛和蛾摩拉之前，告
诉罗得一家人在逃离之时不要回头看，而罗得的妻子出于好奇，违背了上帝之
言，最后变成了一根盐柱。

子。我不应该浪费时间欣赏日全食，我也很清楚这一点。但是我抬头看了天空之后，似乎欲罢不能了。那就像是……这个嘛，你们可能会笑我，不过我还是要说。那就像是我心里的那只眼睛终于离开了我，飘到了天上，正向下观察我接下来会怎么做。但是它比我想象中大多了！而且比我想象中黑多了！

要不是乔又用力推了我一下，让我撞上了车库的墙壁，我很可能会一直看着日全食，直到眼睛完全瞎掉为止。他那么一推，我又回到了现实世界，开始继续往前走。我眼睛前面出现了一个大大的蓝色的点，就像有人用闪光灯拍照时你看到的那样。我心里想着："多洛雷丝，如果你烧坏了自己的视网膜，一辈子只能看着那个点，那算你活该。"

我们走过那块白色大石头，乔就走在我的后面，抓着我裙子的衣领。我感觉得到带子断了的那边的衬裙歪斜到一边。天色昏暗，再加上我眼前的蓝色大点，所有的物体看起来都不太真实，奇怪无比。车库后面什么都看不见，只有黑色的阴影，仿佛有人拿着一把大剪刀，在天上剪了一个屋顶状的大洞似的。

他将我推向黑莓丛的边缘，我的小腿被刺伤时，突然想到我忘了换上牛仔裤。这么一想以后，我不禁开始担心，自己是不是还忘了其他事，不过当然，那时候即使想到了，也来不及改变任何事情。在昏暗的光线中，我可以看见那块手帕在风中飘扬，也及时想起了手帕正下方的那个井盖。然后我挣脱他，迅速向黑莓丛跑，我不顾一切，拼命地向前跑。

"别跑，你这个贱女人！"他对我大叫，同时追着我跑，我听得见被他践踏到的灌木丛断裂的声音。我感觉到他的手又抓向我的衣领，几乎抓到我了。我挣脱他，继续向前冲。我很难跑得快，因为我的衬裙快掉了，而且一直被黑莓灌木钩住。最后我的衬裙被撕掉了一长条，还连带了我腿上的不少皮肉，从膝盖到脚踝都在流血。不过，一直等到我回屋以后，我才发现自己流血了，而那已经是很久之后的事了。

"你给我回来！"他大吼，这一次我感到他的手抓住了我的手臂。我甩开他，他又抓向我的衬裙，那时候我的衬裙飘到了后面，就像婚纱长长的下摆一样。假如他抓到衬裙的话，他很可能会像抓到大鱼一样，将我拉回去，不过那件衬裙太旧了，已经洗过两三百次了。我感觉到他抓住的那根带子断了，然后听见他咒骂着，他的声音很大，听起来上气不接下气的。我听得见黑莓丛被踩断和被折断的噼啪声，但是我几乎什么都看不见。我们一踏进黑莓丛，就发现四周比土拨鼠的屁眼还黑，我绑的那块手帕根本没有什么用。但我看到了井盖的边缘，就在我前面发出一点黯淡的白色光芒，接着我使出吃奶的力气用力一跳。我刚好跨过了井盖，因为我背对着他，所以我其实并没有看见他踩上井盖。只听见扑通一声巨响，然后他开始大吼。

不，这么说不对。

他并没有大吼，我猜你们和我一样清楚，他像一只脚被卡住的兔子一样惊慌地尖叫着。我回头一看，发现盖子中间有一个大洞。乔的头还露在外面，他正使尽所有力气抓住一块被踩烂的木板。他双手流着血，嘴角也有一缕血流到了下巴，眼睛睁得像球形门把手那么大。

"天啊，多洛雷丝，"他说，"这是那口古井。快点趁我还没掉到井里之前，拉我上去。"

我站在那儿没有动，几秒钟之后他的眼神变了。我看见他终于明白，这一切是怎么一回事了。我从来没有像那一刻那么害怕过，我站在离井盖很远的地方盯着他，而黑色的太阳正高挂在我们西边的天上。我忘记换上牛仔裤，而且他也没有像我计划中那样，立即掉到井里。我觉得整个计划都要泡汤了。

"哦，"他说，"哦，你这个贱女人。"然后他开始费力地挪动着，挣扎着要爬上来。我告诉自己必须拔腿就跑，但是我的双腿不听使唤。如果他真的爬上来，我又能跑到哪里？我在日全食那天发现的一件事情就是：如果你住在岛上，而且想杀某个人，你最好成功。否则的话，你没有地方逃，也没有地方躲。

我听得见他奋力要爬上来，指甲抓着那块木板碎片的声音，那个声音就像我抬起头看见的日全食景象一样——有些事物和我的距离，比我希望的要近得多。有时候我甚至在梦中听见过那个声音，只不过在梦中，他真的爬出来了，而且继续追着我跑，但事实和梦境是不一样的。事实是，他一直抓着的那块木板撑不住他的重量，突然啪地裂开了，然后他掉了下去。这一切发生得太快，我甚至觉得，他似乎根本不曾到过那里。突然间，那儿什么都没有了，只剩下一块方形的灰色松软木板，中间破了一个大黑洞，而一群萤火虫在木板上面飞来飞去。

他往下掉的时候又尖叫了起来。他的声音在井里发出回音。我没有料到他往下掉时会尖叫，然后就听到砰的一声，叫声停止了，突然停止了。那就像我们将插头从墙壁上拔掉，灯突然不亮了一样。

我跪在地上，双臂环抱放在胸前，等着看是否还有其他动静。一段时间过去了，我不知道究竟过了多久，但天色完全暗了下来。日全食来了，四周就像夜一样黑。井里还是一点声音也没有，不过有一阵微风从井里吹向我，我发现我可以闻到味道，就是那种从浅井里打上来的水的味道。你们知道那种味道吗？那是铜的味道，既潮湿又难闻。我闻得到那种味道，它让我浑身颤抖。

我看见我的衬裙几乎已经掉到我左脚的鞋子上，整条衬裙都被扯成了碎布条。我伸手到脖子右边去，将那边的带子也扯断了。我拉下衬裙，然后脱掉，将它胡乱塞成球状，试着找出在井盖周围活动的最佳方式。这时候我突然又想起那个小女孩，就是我刚才向你们提过的那个小女孩，我突然清清楚楚地看见了她。她也跪着，正朝着她的床底看，我心里想："她很不快乐，而且她也闻到了相同的味道。那种既像铜臭味，又像牡蛎腥味的味道。只不过她闻到的那个味道并不是从井里吹来的，她闻到的那个味道和她爸爸有关。"

然后，突然间，她好像转过头来看着我，安迪，我想她看见了我。当她看见我的时候，我明白了为什么她不快乐：她的爸爸骚扰她，而她正试着掩盖事实。就在这个时候，她突然发现有人正看着她，一个天知道在几英里之外，但仍位于日全食路径上的女人，一个刚刚杀死了她丈夫的女人，正在看着她。

她开始对我说话，可我并不是用耳朵听见的她的声音，那个声音是从我脑子深处发出来的。"你是谁？"她问我。

当时我不知道我会不会回答她，就在我有机会回答她之前，井里传来颤抖的尖叫声："多……洛……雷……丝……"

听到那个声音，我的血液都要凝固了。我知道我的心脏的确停止跳动了一秒，因为当它再次开始跳动时，三四次心跳都挤在了一起。我捡起衬裙，但是我一听到那个声音，就吓得手指无力，衬裙因此从我手中滑落，掉到黑莓丛上。

"多洛雷丝，那只是你的过度想象罢了，"我告诉自己，"那个小女孩看着床底，想要找到她的衣服，还有乔凄惨的叫声，这两件事情都是你的想象。一件是井里污浊的空气所造成的幻象，另一件只是你问心有愧罢了。乔猛地跌落井中，这时已躺在井底，头撞破了。他死了，永远不会再骚扰你或是孩子们了。"

起初我并不相信，不过时间慢慢地过去，我一直没有再听到任何声响，除了远处田野里传来的猫头鹰的叫声。我还记得，当时我觉得猫头鹰的叫声听起来似乎是在问，为什么今天这么早就得开始上工。一阵微风吹过黑莓丛，发出窸窸窣窣的声音。我抬头看着星星在白昼的天空里闪闪发亮，又低头看着井盖。井盖看起来似乎飘浮在黑暗之中，而他刚刚掉进井里，在井盖上穿透的那个大洞，我觉得像一只眼睛。1963年7月20日那天，我到处看见眼睛。

然后他的声音再次从井里飘了上来。"多……洛……雷……丝……救……我……"

我吓得叫了一声，双手捂着脸，继续骗我自己，那只是我的幻想或罪恶感，或其他什么东西作祟，而不是乔的喊叫，但那并没有什么用。我觉得他的声音听起来好像在哭。

"请……你……救……救……我……"他哀号着。

我跌跌撞撞地在井盖边走着，沿着刚刚闯过来的路跑了回去。我并不是慌了，还算不上是慌了，让我告诉你们，为什么我知道自己没有慌。我停下脚步，捡起我们刚才往黑莓丛方向走的时候，我手里拿着的反射箱。我不记得刚才我跑的时候丢掉了它。不过，当我看见反射箱挂在树枝上时，我扯下了它。一想到那个该死的麦考利夫医生后来做的事情，或许我真是他妈的做对了，但是现在说到他又扯太远了。我的确停下脚步，捡起反射箱，这才是重点，对我来说，那表示我还很理智。不过我感觉得到，惊慌想要取代理智，就像猫饥饿时，闻到箱子里有食物，想要将爪子伸到箱子盖下面一样。

　　我想到了塞莱娜，这么一想以后，我就不慌了。我可以想象出她和塔尼娅以及四五十个去露营的小朋友站在温斯罗普湖的湖边，每个小朋友手上都拿着他们在手工艺小木屋里完成的反射箱，然后她们俩向他们示范，如何透过反射箱观赏日全食。那个场景不像我在井边看见的幻象一样清楚，就是那个小女孩在床底下找短裤和衬衫的场景。不过，我还是能够听到塞莱娜用她缓慢温和的声音和小朋友说话，听到她安抚害怕的小朋友。我想到了这些，也想到了我必须在这儿守着，等她和她弟弟们回家。如果我慌了的话，我可能就不会待在家里了。我已经走了太远，做了太多事情，到了这个节骨眼，只能依靠自己。

　　我走进车库，在乔的工作桌上找到他的六节电池大手电筒。我打开手电筒，但是什么反应也没有，他让电池耗到没电，这就是乔的作风。不过，我在他最下层的抽屉里塞满了新电池，因为冬天岛上常常停电。我拿出六节电池，试着装满手电筒。我双手抖得很厉害，第一次装电池的时候，电池掉了一地，我只得摸黑在地上找电池。第二次我总算将电池装进手电筒里，不过我一定在匆忙之中，将一两节电池放错了方向，因为手电筒不亮。我想过干脆别用手电筒了，反正不久之后太阳又会出来。只不过即使太阳出来了，井底也还是黑漆漆的，而且我内心深处有个声音让我继续将电池装好，想装多久就装多久——如果我装得够久，说不定等我回到井边，我会发现他终于放弃了要往上爬。

最后手电筒还是亮了，灯光很亮，至少这一次我找得到回井盖那儿的路，而不必让我的腿被刺得更厉害。我完全不知道已经过了多久，不过那个时候天色依旧昏暗，天空中也有星星，所以我猜应该还不到6点，大部分太阳还是被遮挡着。

我走在半路的时候就知道他还没死，因为我听得见他一边呻吟，一边叫我的名字，哀求我救他出来。我不知道乔兰德家，或是兰吉尔家，或是卡伦家的人是不是已经回到了家，会不会听到他的呼喊声。我的问题已经够多了，没有时间去顾及这一点。我必须想出到底该拿他怎么办，这才是眼前最大的问题，但我就是没有什么进展。每一次我试着想出答案时，心里总有个声音对我咆哮。"这样是不对的，"那个声音大吼着，"这不是原来的计划，他早该断气的，可恶，他早该死了！"

"多……洛……雷……丝……救救我啊！"他的声音从井底飘上来。那个声音无精打采的，还有回声，仿佛是从山洞里传出来的。我打开手电筒，试着往下看，但是我什么也看不见。井盖中央的破洞离我太远，手电筒的灯光只照得到井的顶部——大块花岗岩上长满了苔藓。在手电筒光线的照射下，那些苔藓看起来颜色发黑，好像有毒的样子。

乔看见了灯光。"多洛雷丝？"他朝着上面喊，"看在老天的分上，救救我！我跌得全身是伤！"

现在他的声音听起来像是从泥巴里挤出来的。我不愿意回答他，我觉得要是我和他说话，我一定会疯的。我将手电筒放到旁边，奋力伸长了手去抓他刚刚穿破的那块木板。我拉了一下木板，木板啪的一下就断了，就像蛀掉的牙齿一样。

"多洛雷丝！"他听到声音的时候大叫，"哦，天哪！感谢老天！"

我没有回答他，继续折断另一块木板，然后再一块，又一块。这个时候我看见天色又开始变亮了，小鸟开始唱歌，就像夏日太阳升起时一样。然而天空还是很暗，比往常的这个时候暗得多，星星也已经不见了，不过萤火虫仍在四处飞舞。我继续折断木板，朝我刚刚跪着的地方前进。

"多洛雷丝！"他的声音又飘上来，"钱你拿走！所有的钱都给你！而且我不会再碰塞莱娜了！我对天发誓，我绝对不再碰她！亲爱的，求你了，快将我拉出这个洞！"

我拿起最后一块木板——我得用力拽它才能把它从缠绕着的黑莓树枝里拿出来——把它扔到我后面。之后，我再次拿着手电筒往井里照。

灯光首先照到的是他仰起的脸，看见他的脸，我大声尖叫。那是一个白色的小圆圈，上面有两个大黑洞。有那么一刹那，我还以为他出于某种原因，把黑色的石头塞到了眼睛里。然后他眨了眨眼，证明那只是他的眼睛，正往上瞪着我。我想到他的眼睛会看见什么——只能看见明亮光圈后一个女人头部的黑影。

他跪在地上，下巴上、脖子上和衬衫前面都是血。当他张开嘴，大声喊着我的名字时，更多的血喷了出来。他刚刚跌下去的时候，跌断了大部分肋骨，断裂的肋骨一定刺进了他两边的肺部，就像豪猪的刺一样。

我不知道该怎么办。我半蹲在那儿，感觉到太阳的热度渐渐上升，我脖子、胳膊和双腿都感觉到了，然后我用手电筒照着他。这时他举起双手挥舞着，仿佛快淹死了似的。我实在是受不了了，一下子关掉手电筒，往后退去。我坐在井边，身体蜷曲成小球状，抱着流血的膝盖，不停地颤抖着。

"求你了！"他朝上面喊着，"求你了！求求你了！"一遍又一遍，最后他大叫："多……洛……雷……丝……求……求……你！"

哦，那真是可怕，比任何人能想象的情景都可怕，而且持续了好长一段时间。他一直叫喊着，直到我觉得自己快被逼疯了。日全食结束了，鸟儿停止了它们的清晨合唱，萤火虫也不再飞舞了（或者只是我看不见它们而已）。我听见海那边的船只对着彼此鸣响汽笛，互相应和，而他还在继续喊叫。有时候他会求我，喊我亲爱的。他告诉我，如果我拉他上来的话，他会做到哪些事情，他会改过自新，会帮我们盖一栋新房子，再送我一辆他觉得我很想要的别克汽车。然后他又骂我，告诉我他会将我绑在墙上，用滚烫的拨火棍捅进我的私处，看着我痛苦地来回扭动，最后再杀了我。

有一次他还问我，可不可以将那瓶威士忌酒丢下去给他。你们相信吗？他死到临头还想喝酒。当他发现我不打算去拿酒时，他就开始骂我，说我是又老又脏的被用烂的臭女人。

后来天色又开始变暗了，真的变暗了，所以我猜那时候至少是晚上8点30分，或者9点。我仔细听着东大道上有没有车子经过，不过到那时为止还没有。还好没有，但是我不能期望我的好运会永远持续。

过了一段时间，我垂到胸口的头突然抬了起来，这才发现我刚刚睡着了。我一定睡了不久，因为天空中还有夕阳的余晖，但萤火虫又回来了，在灌木丛里飞来飞去，猫头鹰也开始叫着。这次猫头鹰的声音听起来悦耳多了。

我挪动了一下身体，但之后必须紧咬着牙，因为一开始移动，我就发现我的手脚都发麻了。我在那儿跪了太久，久到跪着睡着了。不过，我听不见井里有任何声响了。我希望他已经死了，希望我刚刚打瞌睡的时候，他就离开人世了。然后我听见细微的移动声，还有他的呻吟声和哭声。听见他哭最糟糕，他哭是因为他一动，就会痛不欲生。

我用左手撑着身体，再次拿着手电筒往井底照。对我来说，这么做真是太难了，尤其是当时几乎完全黑了。他设法站起来，我看得见手电筒的灯光在他工作靴附近三四处水洼那儿反射给我的景象。那个景象让我想到，他掐完我的脖子，我在门廊上跌倒之后，在那一堆破碎的有色玻璃上看见的日全食。

我往下一看，终于了解发生了什么事，了解了为什么他在掉落30或35英尺之后，竟然只摔成重伤，而没有当场死亡。因为那口井并没有完全干涸，但也没有完全注满。要是注满的话，我猜他会淹死，就像大老鼠在雨水桶里淹死一样。可井底像沼泽似的，又湿又软。因此他跌落时，就像有垫子挡着一样，减缓了一点冲击，而且他还喝醉了，所以可能不太痛。

他站了起来，低着头，来回摇晃着。他用手扶着岩壁，好让自己别再跌倒。接着他抬起头来，看见我之后，开始冷笑。安迪，他那个笑让我全身打寒战，因为那是死人的笑声，一个脸上和衬衫上满是血的死人，一个眼睛里像是塞了石头的死人。

然后他开始沿着井壁往上爬。

我看着这一切，仍然无法相信这是真的。他将手指插进两块突出大石头间的缝隙里，使劲往上爬，直到他的一只脚踏上下面两块大石头间的缝隙里。这时候他休息了一下，之后我又看见他的一只手摸索着上面的缝隙，继续往上爬。他整个人看起来像是一只白色的胖甲虫。他找到另一块可以抓住的石头，用力抓住，接着另一只手也伸了过去，又将自己往上拉。他第二次休息的时候，仰起了他血淋淋的脸，刚好被我的手电筒照到，我看见他抓住的那块大石头上的苔藓碎屑，掉到了他的脸上和肩膀上。

他继续冷笑着。

安迪，可不可以再来一杯？不，我不要金宾了，我今天晚上不想再喝酒了。从现在起，我喝水就可以了。

谢谢，真是谢谢你了。

就在他寻找下一个缝隙，继续往上爬的时候，他的双脚一滑，整个人又跌到井底了。他的屁股着地时，我听见泥巴被压扁的声响。他大声尖叫，同时抓着自己的胸膛，就像电视上人们心脏病发那样，他的头朝胸膛低垂着。

我再也受不了了。我跌跌撞撞地冲出黑莓丛，跑回了屋子。我冲进浴室，稀里哗啦地吐了起来，然后我走进卧室，躺在床上。我全身颤抖，而且不断想着，要是他还没死，该怎么办？要是他撑过这个晚上，要是他靠喝石缝里渗出来的水或泥巴里涌出来的水撑过几天呢？要是他一直尖叫着喊救命，直到卡伦家，或是兰吉尔家，或是乔兰德家的哪个人听见他的声音，打电话给加勒特·蒂博多呢？或者，要是明天有人来我们家——可能是他的酒伴，或者是想找他上船帮忙或修理发动机的人，听见黑莓丛那边传来的尖叫声该怎么办？多洛雷丝，那时候你该怎么办？

另一个声音回答了这些问题。我想那个声音应该来自我心里的那只眼睛，不过对我来说，那个声音不太像多洛雷丝·克莱本的，反倒像薇拉·多诺万的。那个声音很欢快，很镇定，而且高傲得要命。"他当然已经死了，"那个声音说，"即使他现在还没死，也撑不了多久了。他会因震惊、露宿在外和肺穿孔而死。或许有些人不会相信，一个大男人会在7月晚上因露宿在外而死。不过那些人从来不曾在地下30英尺深的地方，坐在岛上潮湿的基岩上几个小时。多洛雷丝，我知道这么想让你很不愉快，不过至少你不必再担心了。睡一会儿吧，等你再回去那儿的时候，你就知道我说的没错。"

我不知道那个声音说得有没有道理，不过听起来似乎蛮合理的，而且我的确要睡一觉。不过，我睡不着。每一次我快睡着时，我就想到，我可能会听到乔跌跌撞撞地沿着车库走到后门的脚步声。房子里一有声音，我就会跳起来。

最后我再也受不了了。我脱下裙子，换上牛仔裤和毛衣（我想你们可能会说，这是亡羊补牢吧），在浴室洗脸台旁边的地上捡起手电筒。刚才我跪在地上呕吐时，将手电筒丢在了那儿。然后我又往屋子后面走。

这时候天色暗得不得了。我不知道那天晚上有没有月亮，不过即使有，也没有多大影响，因为天空又布满了云层。我愈走近车库后面的黑莓丛，我的双脚就愈沉重，等到手电筒的光再次照到井盖时，我几乎已经无法抬起双脚了。

不过，我仍然继续向前走，我命令自己朝着那口井前进。我在井边待了近五分钟，没听见他发出任何声响，只听见蟋蟀的叫声、风吹着黑莓丛发出的窸窸窣窣的声音，还有不知道栖息在哪里的猫头鹰的叫声，这只猫头鹰很可能和我刚才听见的那只是同一只。我还听见遥远的东边传来的海浪拍击海角的声音，只不过住在岛上的人早已习惯，因此几乎不会听到。我站在那儿，手里拿着乔的手电筒，将灯光照向井盖上的那个破洞。我觉得全身黏糊糊的，整个身体都流着黏腻的汗水，刺痛了刚才被黑莓丛刺伤的地方，然后我命令自己跪下来，朝井里看。这不就是我回到井边的目的吗？

的确没错，但是一旦我真的到了那里，我却做不到。我只能颤抖着，喉咙里发出痛苦的声音。我的心脏也不是真的在跳动，而是像蜂鸟的翅膀一样，在我的胸腔中快速地跳动着。

突然间，一只满是泥巴、血迹和苔藓的惨白的手，悄悄地从那口井里伸出来，攫住了我的脚踝。

我的手电筒掉了。算我好运，它掉到了井边的灌木丛里，要是掉到井里的话，我就惨了。不过，当时我并没有想到手电筒或是我的好运，因为我已经够惨了。我唯一想到的只有攫住我脚踝的那只手，那只正要将我拉进洞里的手。我想着那只手，还有《圣经》里的一句话。我脑中响起那句话，就像被敲中的大铁钟那样——我为敌人掘了坑，却掉入自己所挖的陷阱里。[①]

我大声尖叫，想要抽回我的脚，但是乔牢牢地抓着我，仿佛他

---

① 出自《圣经·诗篇》第7章，但与原文有出入。

的手上抹了水泥似的。我的眼睛已经适应了黑暗，虽然手电筒的光照向了别的地方，我依旧可以看见他。他几乎要爬出井了。天知道他掉下去过几次，不过最后他还是爬了上来。我想，要是我没有回去的话，他很可能会一路爬出来呢！

他的头离木板盖不到两英尺，还在继续冷笑着，他下面的假牙掉出来一点。安迪，我可以清楚地看见他的假牙，就像我可以清楚地看见你正坐在我对面一样。当他冷笑的时候，那假牙看起来就像马齿一样，有几颗牙齿因为沾到血，看起来是黑色的。

"多……洛……雷……丝……"他喘着气说，同时继续拉着我。我大叫一声，跌到地上，滑向那个该死的洞。我听得见牛仔裤滑过黑莓丛时，黑莓刺被压断的咔嚓声。"多……洛……雷……丝……你……这……个……贱……女……人……"他说。不过，那时候他的声音听起来像在唱歌一样。我还记得我当时在想："过不了多久，他就会开始唱《月光鸡尾酒》了。"

我抓住灌木丛，手上满是黑莓刺，鲜血不断地流着。我用另一只没有被他抓住的脚踢他的头，不过他的头太低，我没有踢中。我运动鞋的后跟只有几次碰到了他的头发，仅此而已。

"来吧，多……洛……雷……丝……"他说。语气像是要请我喝冰激凌汽水，或者是邀我去福吉酒馆听着乡村音乐起舞呢！

我的屁股擦过一块还留在井边的木板。我知道如果我不立即行动，我们会一起掉下井，然后我们会待在井底，很可能还会互相拥抱呢！当我们的尸体被发现后，一定会有一些人——通常是伊薇特·安德森那一类的蠢货——发表高见，说我们互相拥抱是深爱着彼此的证明。

这么一想激发了我的动力，我使出全身的最后一丝力气，用力往后一蹬。他还是没放开我，不过之后他的手滑落了。我的运动鞋一定踢中他的脸了。他尖叫着在我脚底抓了几下，然后我就完全挣脱了。我等着听见他落到井底的声音，但是没有。那个狗娘养的浑蛋还是不放弃，如果他活着的时候也这么奋发向上，我和他的生活根本不会出现任何问题。

我半跪着，看见他摇摇晃晃地挂在井边，他还是撑住了。他仰头看着我，将盖住眼睛的一绺沾满血的头发往后一甩，又对我冷笑着。他的手伸出井口，抓住地面。"多……洛……雷……丝……多……洛……雷……丝……多……洛……雷……丝……"然后他开始往外爬。

"你这个笨蛋，快点打他的头！"这时，薇拉·多诺万说话了。那个声音并不是从我的脑中发出来的，而像是刚才我看见的那个小女孩发出的。你们懂不懂我在说些什么？我听见那个声音，就像你们三个人现在听见我的声音一样，要是南希·班尼斯特的录音机当时在那儿的话，你们就可以一次又一次地回放那个声音。这一点我很肯定，就像我知道自己的名字一样肯定。

反正，我抓住卡在井边地面上的一块石头。他抓住了我的手腕，就在他有机会抓牢之前，我挖出了那块石头。那块石头很大，上面覆盖着干苔藓。我将石头高举过头，他抬头看着那块石头。那时候他的头已经探出了井口，正惊得瞪大了眼睛。我使出全身力气，将石头往他身上砸，我听见他下面的假牙断裂的声音，那个声音听起来像是将瓷盘丢到砖砌壁炉上。然后他掉了下去，坠落到井底，那块石头也和他一起掉下去了。

后来我昏倒了。我并不记得我昏倒过，只是躺在地上，望着天空。因为云层密布，天空中什么也看不见，所以我合上眼睛。只不过当我睁开眼睛之后，天空中又满是星星了。过了一会儿，我才明白发生了什么事，原来我昏过去了。就在我不省人事的时候，云层已经散开了。

手电筒依旧躺在井边的灌木丛里，灯光仍然很亮。我捡起手电筒，朝井里照去。乔躺在井底，头歪到一边的肩膀上，双手放在大腿上，双腿向外张开。我用来砸他的那块石头，就落在他两腿之间。

我拿着手电筒照了他五分钟，等着看他会不会动，不过他一动也不动。然后我站起身，往屋子的方向走去。因为大雾密布，我不得不在途中停下来两次，可我最后还是走回了屋子里。我走进卧室，一边走一边脱下衣服，随手丢在地上。我走进浴室冲澡，站在莲蓬头下，用我能承受的最高温度的热水冲了十分钟左右。我没有抹肥皂，也没有洗头发，什么都没有做，只是站在那儿，将我的头往上仰，好让水冲向整张脸。当时我想，我很有可能一边冲澡一边睡着了，这时候水开始变凉。我趁着水还没有变得太冷，迅速洗了头发，走出浴室。我手臂和腿上满是刮伤，而且我的喉咙依然痛得要命，不过我觉得那些小毛病是整不死我的。我从来没有想过，别人在发现乔在井里之后，看到我身上的刮伤时，心里会怎么想，我喉咙上的淤青就更别提了。至少那时候我还没有想到这些事情。

我穿上睡袍，往床上一躺，灯还没关就睡着了。不到一个小时之后，我尖叫着醒过来，我梦见乔抓住了我的脚踝。当我发现那只是个梦之后，我松了一大口气，但之后我突然想到："要是他又抓着井边爬上来了，那该怎么办？"我知道他没有爬上来，我用那块石头砸他，让他又掉到井底之后，他就已经一命呜呼了。不过，有一部分的我却很确定他爬上来了，而且确定他会在几分钟之后出现。他一旦爬出来了，就会来找我算账。

我躺在床上，想让这个想法渐渐消失，但是我做不到。他从井边爬出来的画面愈来愈清晰，我的心脏跳得好快，好像快要爆炸了。后来我穿上运动鞋，再次抓起手电筒，穿着睡袍就往外跑去。这一次我缓慢地爬到井边，我不能走，绝对不行。我太害怕他那只惨白的手会悄悄地从黑暗中伸出来抓住我。

终于，我把手电筒往下照去。他和刚才一样，仍然躺在那儿，双手依旧放在大腿上，头依旧歪向一边。那块石头还是在原来的地方，就在他张开的双腿之间。我仔细看了好久，再次回到屋里时，我开始相信，他真的死了。

我爬上床，关上灯，不久之后就睡着了。我记得我睡着之前想着的最后一件事情是："我现在不会有事了。"可事实并非如此。几个小时之后，我醒了过来，我的确听见有人在厨房里。我的确听见乔在厨房里。我想跳下床，可是我的双脚被毛毯缠住，我掉到了地上。我站起来，摸黑找床灯开关，还没找到开关，我就感到他的双手在我的喉咙上滑动。

那当然只是我的幻想。我打开灯，在整间房子里四处查看，发现空无一人。然后我穿上运动鞋，抓起手电筒，又跑回了井边。

乔仍然躺在井底，双手放在大腿上，头歪斜在肩上。不过，我必须一直看着，直到我相信，他的头的确是斜在同一边肩膀上的。有一次，我还以为我看见他的脚动了一下，但那很有可能只是黑影而已。我告诉你们吧，周围有许多这样的黑影，因为我拿着手电筒的那只手不停地晃着。

我蹲在那儿，头发向后梳着，样子像白石镇地标上的那个女人，突然我有个很奇怪的念头——我只想跪着，身子往前倾，直到掉进井里。他们会发现我就躺在他旁边，我当然不觉得那是个理想的死法，不过至少他们找到我时，他的手臂不会环抱着我。而且我也不必一直醒过来，担心他就在屋子里，或是觉得我必须拿着手电筒跑回井边，确定他还是死的。

　　然后薇拉的声音又响了起来，只不过这一次声音是从我的脑子里发出来的。我知道这一点，就像我知道第一次时，那个声音是直接对着我的耳朵说话的一样。"躺回床上才是你该做的事，"那个声音告诉我，"睡一觉吧，等你醒来的时候，日全食就真的结束了。你会惊讶地发现，太阳出来之后，一切将变得多么美好。"

　　那听起来像是个不错的建议，于是我开始照做。就在我将通往外面的两扇门锁上，真要上床睡觉之前，我做了一件我从来没有做过，之后也没有做过的事。我将一把椅子卡在球形门把手下面。说出这件事让我觉得很可耻，我觉得脸颊很热，所以我猜我已经脸红了。不过，这么做一定有帮助，因为我的头一沾到枕头，我就睡着了。当我再次睁开眼睛的时候，日光从窗户照进了屋里。薇拉已经告诉过我，今天我休假。她说，20日晚上她计划的大型晚宴结束之后，盖尔·拉韦斯克和其他来帮忙的女孩可以将房子整理回原来的样子。我很高兴她这么说。

　　我起床，又冲了一次澡，然后穿好衣服。我花了半个小时才完成这些事情，因为我全身都痛得厉害，最痛的是我的背。自从那个晚上乔用大木块重击我的肾脏之后，我的背就成了我的弱点。而且我很确定，我从地上抱起那块石头，将石头高举过头准备砸他时，我的背一定又拉伤了。不管是什么原因，我的背真是他妈的痛得要命。

　　我终于穿好了衣服，在明亮的晨光中，我坐在厨房餐桌旁的椅子上喝了一杯黑咖啡，想着我应该做的几件事情。其实没有多少事情要做，即使没有一件事情照着我的计划进行，我还是得将这些事情做对。如果我忘了某件事情，或是忽略了某件事情，我会被送进监狱。乔·圣乔治在小高岛上不得人缘，而且也没有多少人责怪我做了那件事情。不过，不管他是不是个毫无价值的废物，他们可不会因为我杀了人，而授予勋章给我，或是为我列队游行。

我又给自己倒了一杯咖啡，然后走到屋后的门廊喝着，同时环视四周。我将两个反射箱和一个观测器放回薇拉给我的购物袋里，另一个观测器因为乔突然跳起来，从他腿上滑落，掉到门廊的地上摔碎了，那时候碎玻璃依旧散落一地。我苦思着该怎么处理那些碎玻璃，后来我进了屋内，拿起扫把和簸箕，将它们扫了起来。我决定那么做，因为我的个性就是那样，而且，岛上许多人都很清楚我的个性。如果我不清走那些碎玻璃片，看起来会更可疑。

我计划编个故事，说我整个下午都没有看到乔。我打算告诉别人，我从薇拉家回来的时候，他就不在家了，连写张字条告诉我他去了哪里都没有。所以我才将那瓶昂贵的威士忌倒在地上，因为我很生他的气。如果他们检验之后发现，乔掉入井里的时候就已经醉了，那也没有关系，乔可以在很多地方找到酒喝，包括我们家厨房的水槽下方。

我向镜子里看了一下，发现这个故事根本站不住脚。如果乔没有在家里，在我的脖子上掐出了那么多淤青，那么他们就会想知道，那些淤青到底是谁弄的。这时候我该怎么回答？是圣诞老人做的？幸好我给自己留了一条后路。我已经告诉过薇拉，如果乔又太凶悍的话，我很可能丢下他，自己到东海角欣赏日全食。当我告诉她那些话时，脑子里根本没有任何计划，但是呢，现在我很庆幸自己说过那些话。

但东海角这个地方不行，当时一定有人在那儿，他们会知道我并没有去那里。通往东海角路上的俄罗斯草原就不一样了，从那儿可以眺望西方，视野很好，而且什么人都没有。我坐在门廊椅子上的时候，看得很清楚，在厨房洗盘子的时候，又看了一次，都没有人。唯一棘手的问题是——

弗兰克，你说什么？

不，我一点也不担心他的卡车在家里。1959年的时候，他曾经有连续三四次的醉驾记录，后来驾照被吊销了一个月。埃德加·谢里克当时是我们那一区的警官，他来我们家告诉乔，如果他想喝酒的话，那就等到太阳下山之后。不过，下一次乔醉驾又被逮到的时候，埃德加将他送上了地区法院，想要吊销他的驾照一年。1948年或1949年的时候，埃德加的小女儿被酒后驾车的醉汉撞死了。虽然他那个人什么事情都好商量，但是对醉驾的态度却非常严厉，决不让步。乔也知道这一点，那天他和埃德加在我们家门廊聊过之后，如果他喝了两杯以上，就绝对不开车。不，当我从俄罗斯草原回家，发现乔已经出门的时候，我猜想他的朋友一定来载他去哪个地方庆祝日全食了。这就是我准备告诉别人的故事。

　　我刚刚提到的真正棘手的问题是，我该怎么处理那个威士忌酒瓶。大家都知道我最近开始买酒给他，不过那并没有关系。我知道大家认为我这么做的原因是不让他揍我。可要是我编的故事是真的，那么最后酒瓶到哪里去了呢？这一点可能不重要，说不定也很重要。当你杀了人之后，你绝对想不到，之后哪个小细节会让你寝食难安。这是我知道不要杀人的最佳原因。我想象自己是乔——其实这并不像你们想象中那么困难，然后马上就知道，乔在没有喝完酒瓶里的最后一滴威士忌之前，绝对不会和朋友离开。那个酒瓶必须和他一起掉入井里，最后酒瓶的确被我丢到了井里。不过，瓶盖没有掉下去，因为我把它丢到泔水里那堆破碎的有色玻璃上了。

　　我拿着那瓶威士忌，瓶内还剩下一点酒在摇晃着。我心里想："他重新开始喝酒没有关系，那正是我所希望的。但他误把我的脖子当作摇水泵把手，这可就大有关系了。所以我拿着反射箱，自己走去了俄罗斯草原，在路上骂自己不该停下来为他买那瓶威士忌。我回家的时候，他已经不在了。我不知道他去了哪里，和谁在一起，我也不在乎。他将屋子弄得一团乱，我清理了出来，希望他回家的时候，心情能好一些。"我觉得故事这么编还蛮通顺的，不管是哪个超级神探，都找不出任何破绽。

　　我觉得我最不喜欢那个该死的酒瓶的原因是，丢掉那个酒瓶意味着我必须再回到井边，再看到乔一次。不过，不管我喜不喜欢，我都没有别的选择。

　　我本来有点担心黑莓丛的状况，但是它们并不像我想的那样，被踩得碎烂，有些黑莓丛甚至又弹回原来的样子了呢！

　　我想，等我向警方报告乔失踪的时候，它们已经完全恢复原状了。

　　我当时希望那口井在白天看起来会不那么吓人，可还是一样吓人。井盖中间的大洞，看起来更令人毛骨悚然。木板被折断那么多之后，那个洞看起来已经不太像眼睛了，不过，那么想也无济于事。不像眼睛，却像没有眼球的眼眶，里面的东西不知怎么就彻底腐烂，然后全部掉了出来。而且我能闻到古井潮湿的铜味，那个味道让我想起我脑子里瞥见的那个小女孩，真不知道第二天早上她好不好。

　　我想转身走回屋子，却往井的方向迈步前进，健步如飞，我想尽快完成下一个步骤，然后不再回头看。安迪，从那个时刻开始，我必须为孩子们着想，不管怎么样，我一定要往前看。

　　我蹲下来，往井里看。乔仍然躺在那儿，双手放在大腿上，头歪斜在一边的肩膀上。已经开始有虫子在他脸上乱爬，看到这一幕之后，我终于确定，他已经死了。我用手帕包住瓶颈，把酒瓶拿了出来。我并不担心指纹，只是不想碰到那个酒瓶而已，然后我将酒瓶往下一丢。酒瓶落在他旁边的泥巴上，并没有摔破，不过那些虫子散开了。它们爬到他脖子上，又爬到他衬衫的领子里，我永远忘不了那个情景。

　　我正准备站起来离开那里——那些蚊虫爬到他身上的画面让我又想吐了，突然注意到我第一次想仔细看清楚他的时候所折断的那些木板。将那些木板留在那儿可不是个好主意，要是我将它们留在那儿，一定会引发各种各样的问题。

　　我想了一下该怎么处理那些木板。当我发现阳光愈来愈强，而且随时可能有人经过，谈论着日全食或是薇拉的大手笔宴会时，我对自己说，管他的，然后将木板也丢进了井里。之后我走回屋子，应该说是一路辛苦地走回屋子，因为许多黑莓刺上挂着我衬裙的碎布，我尽量取下那些碎布。后来我又走回去一趟，取下上次我遗漏的三四块碎布。黑莓刺上也有乔法兰绒衬衫的碎布，不过我将它们留在了上面。"就让加勒特·蒂博多去猜这到底是怎么一回事吧，"我心里想，"就随便让谁去猜这到底是怎么一回事吧！反正整件事看起来就是他喝醉酒之后不小心掉到井里了。而且考虑到乔在岛上的名声，不管大家是怎么想的，他们很可能会做出对我有利的猜测。"

　　我并没有将那些碎布，像我处理那些碎玻璃和酒瓶瓶盖那样，丢进泔水里。那天晚些时候，我将它们丢到了海里。我走过院子，正准备踏上门廊的阶梯时，突然想到一件事。我的衬裙垂在后面的时候，乔扯走了一块布，要是他手上还抓着那块布，那该怎么办？要是他躺在井底，放在大腿上的一只手里握着那块碎布，那该怎么办？

这么一想之后，我全身发冷……真的全身发冷。7月的骄阳天，我站在院子里，我的背刺痛难耐，骨头好像处于0摄氏度一样，就像我高中时读到的一首诗里说的那样。然后，我的脑海中又出现了薇拉的声音。"多洛雷丝，既然你什么都做不了，"她说，"我劝你还是算了吧！"这话听起来像个不错的建议，所以我踏上阶梯，走进屋子。

整个早上我一直在屋子里走着，又走到门廊外面，寻找……我不知道。我不知道自己究竟在找些什么。或许我期望心里的那只眼睛可以指示我还有哪些事情需要处理或注意，就像井边的那一小堆木板一样。不过，它什么指示也没给。

大约在11点的时候，我进行了下一个步骤，那就是打电话给人在松林小筑的盖尔·拉韦斯克。我问她对日全食有什么看法，然后问她，"女王陛下"的宴会怎么样。

"这个嘛，"她说，"我没有什么好抱怨的了，因为我只看见了那个留着牙刷状胡子的秃头老家伙。你知道我说的是谁吗？"

我说我知道。

"他大约在9点30分下楼，到后面的花园去了，他慢慢地走着，用手撑住头。至少他还起床了，这和其他人比起来，已经好多了。当卡伦·乔兰德问他要不要来杯现榨的柳橙汁时，他跑到门廊边，吐在牵牛花上。多洛雷丝，你真应该听听那个声音的，哕……

哕……哕……"

我都要笑哭了，我从来没有笑得这么畅快过。

"他们从渡轮上回来之后，一定疯狂庆祝了，"盖尔说，"如果我今天早上每丢掉一个烟蒂就得到5分钱的话，只要5分钱哟，那我现在就买得起一辆全新的雪佛兰了。不过啊，我会在多诺万夫人拖着宿醉的脚步步下楼梯之前，将整栋房子打扫得干干净净，这一点你可以相信我。"

"我知道你会的，"我说，"如果你需要帮忙，你知道该打电话找谁吧？"

听我这么一说，盖尔笑了。"别担心啦，"她说，"上个星期你忙得焦头烂额的，这我和薇拉·多诺万夫人都知道的。她可不想在明天早上之前看到你，我也一样。"

"好吧。"我说，然后我停顿了一下。她等我说再见，可当我说别的事情时，她一定会注意听的……那正是我的目的。"你在那儿有没有看到乔？"我问她。

"乔？"她说，"你家那口子？"

"对啦。"

"没看到，我在这儿没有看到过他。怎么啦？"

"他昨天晚上没有回家。"

"天哪，多洛雷丝！"她说，她的声音听起来既惊吓又很有兴趣，"会不会跑去喝酒了？"

"想也知道，"我说，"其实我并不担心他整晚都在外面逍遥，没有回家过夜，这也不是第一次了。他会出现的，坏坯子总会回家的。"

然后我挂上电话，觉得第一步棋走得还不错。

我为自己做了一份奶酪三明治当午餐，做完之后却食不下咽，奶酪和烤面包的味道，让我的胃觉得很不舒服，燥热难耐。所以我服了两片阿司匹林，躺了下来。我没想到我会睡着。当我醒过来的时候，已经快下午4点了，该是继续走几步棋的时候了。我打电话给乔的朋友们——也就是那少数几个家里有电话的人——问他们有没有看见乔。我告诉他们，他整晚都没有回家，到现在还是不见人影，所以我有点担心。他们当然叫我别担心，而且每个人都要我告诉他们所有细节，不过我只对汤米·安德森说了一些，可能是因为我知道乔曾经对汤米吹嘘过，自己是如何将老婆驯得服服帖帖的。可怜的汤米头脑简单，完全相信他的话。不过，即使对汤米·安德森，我的戏也没有演得太过火。我只告诉他，我和乔大吵一架，所以乔可能是气得不想回家。那天晚上我又打了几通电话，包括白天我已经打过电话的那几个人，我很高兴大家已经开始散布这件事情了。

那天晚上我睡得并不安稳，还做了噩梦，其中一个噩梦和乔有关。他站在井底，仰起头看着我，脸色苍白，鼻子上方的两个黑色圆圈看起来就像他将煤炭塞了进去似的。他说他很寂寞，不断地求我跳下井去陪他。

另一个梦更可怕，因为那个梦和塞莱娜有关。在梦里她大概4岁，穿着外祖母特丽莎死前买给她的粉红色裙子。塞莱娜从院子里走了过来，我看见她手上拿着我缝纫用的大剪刀，我伸出手去拿那把剪刀，她却摇了摇头。"这一切都是我的错，所以该付出代价的人是我。"她说。然后她将剪刀高举到脸上，剪下了自己的鼻子，咔嚓一声，鼻子掉到她那双小小的黑色漆皮鞋中间。我尖叫着醒过来。那时候才凌晨4点，不过我已经毫无睡意了，我可没有笨到不知道这一点。

早上7点，我又打电话给薇拉，这一次接电话的人是克诺彭斯基。我告诉他，我知道那天早上薇拉等着我去工作，但我没有办法过去，至少得等我找到我的丈夫之后，我才会去她家工作。我告诉他，乔已经失踪两天了，以前他喝醉酒，顶多只是一个晚上不回家而已。

我们谈话快结束的时候，薇拉拿起分机，问我到底发生了什么事。"我好像把我丈夫弄丢了。"我说。

她有几秒钟没说话，我真想知道那一刻她心里在想些什么。然后她说，假如她是我的话，弄丢乔一点也不会让她烦恼。

"这个嘛，"我说，"我们有三个孩子，而且我也习惯有他在身边。如果他待会儿回来了，我就过去。"

"没有关系。"她说。然后她对着听筒另一端的人说："特德，你还在听电话吗？"

"是的，薇拉。"他说。

"你去找些男人该做的事情做做，"她说，"砸烂东西或是翻箱倒柜之类的。我不管你做什么，反正你找事情做就对了。"

"是的，薇拉。"他又重复说了一次。他挂上听筒的时候，电话里发出咔嗒一声。

这时候薇拉又沉默了几秒，然后说："多洛雷丝，说不定他出意外了。"

"是的，"我说，"要真是这样的话，我也不会惊讶的。过去几个星期，他拼命喝酒，而且日全食那天，当我试着和他谈孩子们的钱那件事时，他差点就掐死我了。"

"哦——真的吗？"她说。几秒钟又过去了，然后她说："多洛雷丝，祝你好运。"

"谢谢，"我说，"我可能需要呢！"

"如果有什么我帮得上忙的地方，别客气，尽管开口。"

"你人真是太好了。"我告诉她。

"才不是呢，"她回答我，"我只是担心你不再帮我忙了。这个年头哪，要找到不会把灰尘扫到地毯下的帮佣太不容易了。"

更别提放回写着"欢迎"字样的迎宾垫时，记得摆对方向的帮佣了。我心里这么想，不过并没有说出口。我只是谢谢她，然后挂上电话。我等了半个小时，又打电话给加勒特·蒂博多。那个时候，小高岛上可没有什么警察局长这种新鲜名堂，加勒特只是镇上的警察。1960年，埃德加·谢里克中风之后，就由加勒特·蒂博多接管他的工作。

我告诉他，乔已经两个晚上没有回家，我有点担心了。加勒特的声音听起来没精打采的，我想他刚起床不久，还没有机会出去喝他的第一杯咖啡呢！不过，他告诉我他会联络大陆那边的州警局，然后再问问岛上几个人。我知道他要问的都是我已经打过电话的那些人，其中有些我还用电话联络过两次，不过，我当然没有告诉他。加勒特挂上电话之前告诉我，他很肯定午餐之前乔就会回家了。我心里想，没错，我听你放屁，猪都会吹口哨呢！我也挂了电话，我猜他拉屎的时候，一定哼着那首《洋基歌》，不过，我怀疑他是否记得所有歌词。

警方在一个星期之后才找到他的尸体，在他们找到他的尸体之前，我整个人心神不宁的。塞莱娜星期三回的家。星期二下午我打电话给她，告诉她乔失踪了，情况看起来不太好。我问她要不要回家，她说要。梅利莎·卡伦——你们知道的嘛，就是塔尼娅的妈妈——去接了她。我让儿子们继续待在他们姑姑家，光是应付塞莱娜，就够我伤脑筋的了。星期四她在我们家的小蔬菜园找到我，那时候距警方找到乔还有两天，她对我说："妈妈，我问你一件事。"

"好啊，小宝贝。"我说。我觉得我的语气蛮镇定的，但我很确定她要问我什么——果然没错。

"你是不是对他做了什么事？"她问我。

突然间，我的那个梦又回到了我眼前——4岁的塞莱娜穿着美丽的粉红色裙子，举起我缝纫用的剪刀，剪下她的鼻子。然后我心里想，应该说是祷告："上帝啊，请帮助我对我女儿撒谎。上帝，求求你。如果你帮助我对我女儿撒谎，让她完全相信我，不怀疑我，我以后就对你毫无所求了。"

"没有。"我说。当时我手上戴着园艺手套，我摘下手套，双手放在她的肩膀上，直视着她的眼睛。"塞莱娜，我什么事也没有做，"我告诉她，"那一天他喝醉了，脾气很坏，而且掐得我脖子上到处都是淤青，但是我没有对他怎么样。我只是暂时离开了，因为我怕得不敢待在家里，你可以理解我的心情，对吗？你可以体谅我，也不怪我吧？你知道怕他是什么滋味，对不对？"

她点点头，可她的双眼却直视着我，一刻也不放松。她的双眼比我以前看见的更蓝，就像暴风来临之前海洋的颜色。我心里的那只眼睛看见那把剪刀闪了一下，然后她的小鼻子扑通一声掉到地上。我可以告诉你们，我是怎么想的——我想那天上帝应允了我一半的祷告。我注意到，对于人的祷告，上帝通常都只应允一半。那个7月的骄阳天的午后，我在种满豌豆和黄瓜的菜园里对塞莱娜撒的谎，比我之后对别人编的有关乔的所有谎言都要成功。但是她相信我吗？相信我，而且毫无怀疑？我当然非常希望答案是肯定的，可我不能那么想。正是因为怀疑，才让她的双眼从此变得深沉。

"最让我觉得有罪恶感的就是，"我说，"那一天我买了酒给他，我想要用酒收买他，让他对我好一点。可是，我早该知道不应该那么做的。"

"我明白了，"她说，"我帮你将这些菜拿回屋子里。"

她又看了我一分钟，然后弯腰拿起我刚摘的一袋黄瓜。

我们的谈话就这样结束了。之后我们再也没有提起过这件事，在警方找到他之前和之后，都没有再提起过这件事。她在岛上和学校里，一定听到了许多有关我的谣言，但是我们从来没有再提起过这件事。不过，那个下午在菜园里谈完之后，我们的关系就开始变得冷淡了。当家人的感情出现第一道裂隙时，我们之间像隔着一个世界，从此以后，我们之间的裂隙愈来愈大。她准时打电话给我，写信给我，她做得很好，但我们之间还是有距离，而且变得好疏远。我做的一切大部分是为了塞莱娜，而不是为了那两个男孩，或是因为她爸爸想要偷走的那笔钱。我带他走向死亡，大部分都是为了她，而我保护她免于他的骚扰所付出的代价却是，她内心对我的最深的爱。我曾经听我爸爸说过，上帝创造世界那天，也造出了一个臭婆娘，这些年来，我开始明白他的意思了。你们知道最糟的是什么吗？有时候觉得好笑，有时候又觉得很好笑，即使你周遭的世界全都失序，你还是忍不住捧腹大笑。

那段时间，加勒特·蒂博多和他那帮乌合之众还在忙着找乔。

我忍不住想，干脆我自己"碰巧"找到乔算了，不过，我当然不希望这么做。要不是为了那笔钱，我乐得让他继续躺在井底，直到世界末日。但是钱还在琼斯波特，存在他的名下，而我可不想坐在家里，等七年后法院宣布他已经死亡，才将钱拿回来。塞莱娜两年多之后就要上大学了，她需要那笔钱。

大家终于开始猜测，乔可能拿着酒瓶走到屋后的树林里，要不就是踩进了陷阱里，要不就是在黑暗中摇摇晃晃走回家时，不小心摔跤了。加勒特宣称那是他先想到的。但是根据我和他当过几年同学的经验，我很难相信他想得到这一点，不过那也无妨。星期四下午，他在镇政厅大门上贴了一张募集搜寻人员的报名表。到了星期六早上，也就是日全食过了一个星期，他组了一支四五十人的搜寻小队。

他们排成一列，从东海角头上的高门树林出发，一路走到我们的屋子，先走过树林，然后穿过俄罗斯草原。下午1点左右的时候，我看见他们一列人马走过草原，一路说笑着。可当他们走到我们屋子，走进那一片黑莓丛时，他们就不开玩笑，而开始咒骂了。

我站在大门口，看着他们走过来，心脏都快要从喉咙里跳出来了。我还记得我当时想着，至少塞莱娜不在家——她刚好去劳丽·兰吉尔家了，感谢上帝。然后我开始想，他们一定会臭骂那些黑莓刺，在走到古井那边之前，结束搜寻行动。不过他们继续前进。我突然听见桑尼·贝努瓦大叫："嘿，加勒特！快点过来！快点过来这里！"于是我知道，不管是好是坏，他们已经找到乔了。

接下来当然是验尸的过程。他们找到他的那一天，就立即进行了验尸。我猜杰克和艾丽西亚·福伯特傍晚载那两个男孩回家时，验尸过程可能还没结束。小皮特号啕大哭，但是他看起来一脸困惑，我想他可能不太清楚，他爸爸到底发生了什么事。可小乔知道，当他将我拉到一旁时，我猜他准备问我塞莱娜问过的问题。我下定决心，要对他撒同样的谎，结果他却问了我一个完全不同的问题。

"妈，"他说，"如果我很高兴他死了，上帝会不会送我下地狱？"

"小乔，人很难控制自己的感觉，我想上帝也知道这一点。"我说。

他开始哭，接着说了让我心碎的话。他说的是："我努力去爱他，我一直努力去爱他，但他不让我爱他。"

我将他抱进怀里，紧紧地抱着他。我想那是整个事件发生期间，我差点放声痛哭的一刻。不过你们可别忘了，那几天我一直没有睡好觉，而且仍然不知道接下来事情会如何演变。

星期二法庭有一场审讯。当时小高岛上唯一一家殡仪馆的老板卢西恩·默西埃告诉我，我终于可以在星期三把乔葬在橡木墓园了。但是星期一的时候，也就是审讯的前一天，加勒特打电话给我，问我可不可以到他的办公室一趟。我一直忐忑不安地等着那通电话，可我不能不去，所以我问了塞莱娜可不可以帮弟弟们准备午餐，之后我就出门了。除了加勒特，办公室里还有约翰·麦考利夫医生。我其实猜到他会在场，不过真的看见他在那儿，我的心还是微微往下一沉。

麦考利夫是当时的镇验尸官，三年后一辆除雪机撞上了他的甲壳虫小汽车，让他一命呜呼。麦考利夫过世之后，亨利·布莱尔顿接任了他的工作。假如1963年担任验尸官的是布莱尔顿，那一天我们的谈话就不会让我那么心惊肉跳了。布莱尔顿比加勒特·蒂博多聪明，不过也差不了多少，但是这个约翰·麦考利夫呢……他的脑子就像巴蒂斯康灯塔的那盏灯一样清楚。

他看起来是个如假包换的苏格兰人，在第二次世界大战之后迁居美国。我猜他一定是美国公民，因为他既开业行医，同时又担任镇上的公职，不过他的口音听起来真的不像当地人。倒不是说那对我有什么影响，我知道不管他是美国人、苏格兰人，还是中国人，我都必须面对他。

虽然他还不到45岁，却已经有了一头白发，而他的蓝眼睛明亮又锐利，看起来很像钻头。当他看着你的时候，你会觉得他正直直地钻入你的脑袋瓜子，然后将他在你脑子里看见的东西，照字母顺序排列出来。我一看见他坐在加勒特的桌子旁，听见整栋镇办公大楼被关在门后时，就知道第二天在大陆那边发生的事情根本不重要。真正的审讯其实是在镇警察的小办公室里进行的，那个小办公室一面墙上挂着韦伯石油公司赠送的日历，另一面墙上则挂着加勒特母亲的照片。

"多洛雷丝，很抱歉在你这么哀伤的时候还麻烦你过来。"加勒特说。他正揉搓着双手，看起来有点紧张。他让我想起银行的皮斯先生，不过加勒特手上的茧一定比皮斯先生多，因为他双手前后摩擦的声音，听起来就像砂纸摩擦干木板一样。"不过，麦考利夫医生想请教你几个问题。"

从加勒特困惑地看着麦考利夫医生的样子，我就知道他根本不晓得医生到底要问我哪些问题，这让我更害怕了。我不希望那个精明狡猾的苏格兰人认为事态严重到他必须亲自出马，而不让可怜的老加勒特·蒂博多尽他警察的职责。

"圣乔治太太，容我先向你致上我最深的同情。"麦考利夫用浓厚的苏格兰腔说。他个子不高，体格却相当结实。他蓄着整齐的小胡子，胡子和他的头发一样白。他穿着三件套的羊毛西装，这些和他的口音一样，都让他和当地人不一样。他的蓝眼睛钻进我的额头。我发现不管他嘴上怎么说，他对我其实一点同情心也没有。他可能对其他人，包括对他自己，也没有同情心吧！"对你的哀伤与不幸，我感到非常非常遗憾。"

我心里想着，那当然啦，而且如果我真的相信的话，你可能会再来上一句呢！大医生哟，我猜上次你真感到遗憾的时候，是你最后一次使用付费厕所，而你零钱包的带子却断了的时候。但是我当场下定决心，绝对不让他看出我有多么害怕。或许他抓到了我的把柄，或许他没有。你们必须记住这一点，因为我知道，他准备告诉我，当他们将乔放到镇医院地下室的解剖桌上，打开他的手时，有一小块白色尼龙布掉了出来，那是女式衬裙的碎布。很可能是这件事，没错，不过我还是不准备让他称心如意，在他眼皮子底下局促不安。他习惯了别人在他的注视下局促不安，他觉得那是他的职责，而且他很喜欢那么做。

"非常谢谢你。"我说。

"女士，你要不要坐下来？"他说，好像那是他的办公室，而不是可怜又困惑的老加勒特的办公室似的。

我坐下来，他问我可不可以好心地准许他抽烟。我告诉他，我觉得灯光已经够亮了。他咯咯地笑着，好像我说了什么笑话似的，不过他的眼睛里可是一点笑意也没有。他从外套口袋里拿出一支黑色的大旧烟斗，那是石楠根制成的烟斗，然后他点燃烟草。他点烟的时候，仍然继续盯着我。甚至等他咬着烟斗，烟斗袋里开始冒出烟之后，他的眼睛还是不放过我。那双眼睛透过烟雾直视着我，让我有点慌张，而且再次让我想起巴蒂斯康灯塔——据说雾气重到伸手不见五指的时候，在两英里以外还可以看见那个灯塔的亮光，哪怕是在晚上。

尽管我打定主意绝不慌张，但是在他锐利的注视之下，我开始坐立不安。然后我想起薇拉·多诺万说过："胡说，多洛雷丝啊，每天都有丈夫死掉。"我突然想到，如果麦考利夫医生盯着薇拉，即使他眼珠子掉了下来，薇拉也依然会脸不红气不喘。这么想之后，我觉得放松多了。我又冷静了下来，只是将双手交叠着放在手提包上，等着他出招。

最后，他知道我不会让他称心如意，从椅子上跌坐到地上，向他坦承我谋杀了自己的丈夫时——我想他一定希望我一把鼻涕一把泪地认罪，将烟斗从嘴巴里拿了出来，然后问我："圣乔治太太，你告诉警察，你脖子上的淤青是被你丈夫掐的。"

"是的。"我说。

"你还说过，你和他一起坐在门廊上欣赏日全食，然后你们两个人起了争执。"

"是的。"

"可不可以冒昧问你，你们到底为了什么事情起争执？"

"表面上是为了钱，"我说，"其实是为了酒。"

"可是圣乔治太太，那一天明明是你自己买酒灌醉他的啊！我说的没错吧？"

"是的。"我说。我觉得自己想要多说几句话，说明我的理由，不过呢，即使我可以那么做，我也没有多说话。因为麦考利夫正希望我那么做，希望我继续说下去，说明我的理由，好让我将自己送进某间监狱。

他终于放弃了继续等待。他捻着手指，似乎生气了，然后继续用他灯塔般锐利的目光直视着我。"你的丈夫掐伤你之后，你离开他，走上通往东海角的俄罗斯草原，自己到那儿观赏日全食。"

"是的。"

他突然往前倾了倾身子，小小的手放在小小的膝盖上，对我说："圣乔治太太，你知道那一天的风向吗？"

那就像是1962年11月那天，我为了要找到那口井，而差点掉进去一样，我似乎听到了同样的断裂声。我心里想："多洛雷丝·克莱本，你小心点，你最好小心点。今天到处都有井等着你掉进去呢，而眼前这个男人知道那些陷阱都在哪里。"

"不，"我说，"我不知道。不过呢，要是我不知道风是从哪个方向吹过来的，很可能是因为那一天没刮风。"

"其实那一天只有微风而已——"加勒特开始说，不过麦考利夫举起手打断了他的话。

"那一天风是从西边吹过来的，"他说，"那一天吹的是西风，从西边吹过来的'微风'，如果你比较喜欢这个说法的话。风速是每小时7至9英里，有时候甚至出现时速15英里的强风。圣乔治太太，我纳闷的是，既然你站在离你丈夫不到半英里的俄罗斯草原上，那阵强风怎么会没有将你丈夫求救的声音吹到你那里。"

我沉默了至少三秒钟。当时我已经决定，在我回答他的任何问题之前，都要先默数到三。这么做或许可以阻止我轻举妄动，掉进他帮我挖好的陷阱。但是麦考利夫先生一定以为他的问题让我不知所措了，因为他从椅子上探身向前。我可以大声告诉各位，甚至对天发誓，有那么一两秒，他的眼睛从蓝色转为红色。

"我一点也不觉得惊讶，"我说，"第一个原因是，那一天相当闷热，风速每小时7英里根本只是空气流动而已。第二个原因是，海边大概有1000艘小船，每艘船都互鸣汽笛。而且，你怎么知道他到底有没有发出大叫？你一定没有听见他大叫吧！"

他坐回到椅子上，看起来还有点失望的样子。"这是个合理的推测，"他说，"我们知道他跌下井时并没有当场死亡，根据法医的推测，他至少有较长一段时间是清醒的。圣乔治太太，如果你掉入一口废井，发现自己一根胫骨、一根踝骨、四根肋骨断了，一只手腕扭伤了，难道你不会大叫救命吗？"

我在心里默数了三秒，而且秒与秒之间都加上"我漂亮的小马"这几个字之后说："麦考利夫医生，掉下井的人不是我，是乔，而且他已经喝醉了。"

"没错，"麦考利夫医生反击，"虽然和我谈过的每个人都说，你不喜欢他喝酒，他喝醉酒之后，会变得很讨人厌，而且喜欢吵架，但你还是买了一瓶苏格兰威士忌给他，"他说，"你买了一瓶苏格兰威士忌给他，而他不光是喝酒而已，还喝得烂醉。当时他醉醺醺的，嘴巴里满是血，整件衬衫一直到皮带搭扣也都沾满了血。当你将他身上的血和摔断的肋骨，以及随之而来的肺损伤综合起来分析时，你知道那代表什么吗？"

一，我漂亮的小马，二，我漂亮的小马，三，我漂亮的小马。

"我不知道。"我说。

"几根断裂的肋骨刺穿他的肺部。像这样的伤口都会造成出血，不过很少会像他那样大量出血。根据我的推测，这种大量出血很可能是他不断呼叫求救造成的。"

这不是一个问题，不过我说话之前还是默数了三秒。"你认为他在井底呼叫求救，这就是你推测的结论吗？"

"不，女士，"他说，"我不只这么认为，我还非常肯定。"

这一次我一秒钟也没有多等。"麦考利夫医生，"我说，"你的意思是，我将我的丈夫推下了那口井吗？"

我这么一说让他有点吃惊。他那双灯塔似的锐利眼睛不只眨了眨，有几秒钟的时间还变得黯淡了。他弄了弄烟斗，然后又将它塞回嘴巴，吸了几下。他想趁这段时间思索到底该怎么回答我的惊人之语。

在他想出来之前，加勒特开口了。他已经满脸通红，像小萝卜一样。"多洛雷丝，"他说，"我很确定没有人认为……也就是说，没有人想过你会——"

"等一下。"麦考利夫打断他的话。我刚才打乱了他的思绪，不过几秒钟之后，他就恢复了常态，毫不费力。"我想过你会这么做。圣乔治太太，你明白的，我的工作职责是——"

"哦，别再称呼我圣乔治太太了，"我说，"如果你指控我先将我的丈夫推到井底，然后当他大呼救命的时候，我站在上面袖手旁观，那就不必再称呼我为圣乔治太太了，直接叫我多洛雷丝就可以了。"

安迪，那一次我真的不是想攻击他，但是我不得不那么说。我怀疑他医学院毕业之后就没有被这么猛烈地攻击过。

"圣乔治太太，没有人指控你做了什么。"他声音僵硬地说。我在他眼中看见的信息是："至少目前还没有。"

"那就好，"我说，"因为我将乔推下井的这个想法真是太蠢了。他的体重至少比我多了50磅！最近这几年他胖了不少。而且如果有人惹毛他，或是碍他的路，他可是不会拳下留情的。这是我当他太太十六年的经验之谈，而且你会发现，许多人都和我有相同的看法。"

当然，乔已经很久没有揍我了，不过，我并没有到处敲锣打鼓，告诉岛上的人他不再打我，来改变大家对他的看法。所以，当麦考利夫的蓝眼睛想要钻进我的额头时，我他妈的真是高兴我没有那么做。

"没有人说你将他推进井里。"那个苏格兰佬说。这次他很快就让步了。我从他脸上看得出来，他自己也很清楚这一点，却不明白这是怎么发生的。他脸上写的是该让步的人应该是我才对！"但是你知道的，他当时一定有大声呼喊，他一定大叫了一阵子，可能持续了几个小时，而且喊得很大声。"

一，我漂亮的小马……二，我漂亮的小马……三。"我想，现在我明白你的意思了，"我说，"或许你认为他掉到井里是个意外，而我听见他大喊，却假装没听见，转头弃他而去。你的意思就是这样吧？"

我从他脸上看得出来，他的确是这样想的。我也看得出来，他不高兴事情没有照他预定的那样发展，就像他以前和别人谈话时，总能逮住他们的破绽那样。这时他双颊泛红，两边都像一个亮红色小球。我很高兴看见他双颊泛红，因为我希望他生气。像麦考利夫那样的人，要让他生气才好对付，因为像他那样的人，习惯了在别人失控时，他们自己依然神态自若。

"圣乔治太太，如果你一直用你自己的问题来回答我的问题，那么我们今天什么事也完成不了。"

"麦考利夫，你这么说可就没道理了，你根本没有问我任何问题啊，"我把眼睛睁得大大的，很无辜的样子，"你告诉我，乔一定有大喊——你的说法是'大声呼喊'，所以我才问你，是不是——"

"好了，好了。"他一边说，一边将烟斗放到加勒特的铜质烟灰缸里，力气之大，连烟灰缸都发出当啷巨响。这时他的眼睛冒着火，同时额头也涨红了，有一道皱纹，正好和双颊的红晕搭配。"圣乔治太太，你到底有没有听见他呼叫求救？"

一，我漂亮的小马……二，我漂亮的小马……

"约翰，我想没有必要困扰这位女士吧。"加勒特插嘴，他的声音听起来更不舒服了，而且再次打乱了那个小苏格兰人的注意力。我差点就捧腹大笑了。要是我真的大笑，那可就糟了，这一点我很肯定，不过我还是差点就克制不住了。

麦考利夫咻地转过身对加勒特说："你同意让我全权处理这个案子的。"

可怜的老加勒特立即弹回他的椅子，速度之快，差点弄翻椅子，我很肯定他扭伤脖子了。"好啦，好啦，不必脸红脖子粗的。"他咕哝着说。

麦考利夫又转过身面向我，准备再重复一次他刚才的问题，但我不想再等他问一次。那时候，我已经数到十了。

"没有，"我说，"我只听见海边人群的声音，他们一看见日全食，就互鸣汽笛，每个人都兴奋地大叫起来。"

他等着我继续说——这就是他保持沉默，让别人将自己送进陷阱的老把戏，而我们两个人都没有说话。我继续双手交叠放在手提包上，他看着我，我也看着他。

"女人，我一定会让你说出实话的，"他的眼睛说，"我一定会让你说出我想听到的所有真相，而且如果我要你说两次，你就得说两次。"

我的眼睛也不甘示弱："不，我的朋友，我不会说的。你大可用你那金刚石般锐利的浅蓝眼睛钻过我的脑袋，不过除非你先开口问我，否则等到地狱结冰，你都别想从我嘴里套出一句话。"

我们就那样看着彼此，对峙了近一分钟。最后我觉得自己意志动摇了，想开口对他说话，即使只是一句："难道你妈没有教过你，瞪着人看是不礼貌的吗？"这时加勒特开口了，或者应该说，是他的肚子说话了。他的肚子发出好长的一声咕噜。

麦考利夫看着他，满脸厌恶的样子。加勒特拿出他的折刀，开始清理他的指甲缝。麦考利夫从他羊毛外套的内袋里抽出一本笔记本（7月这样的大热天竟然穿羊毛外套！），看着里面记录的内容，然后又将笔记本放回口袋里。

"他曾经试着要爬出来。"他终于开口了，漫不经心地，好像他说的是"我有个午餐约会"似的。

他那句话让我觉得，有人用肉叉刺进我的下背，刚好刺在那一次乔用大木块打我的那块地方，不过我努力不露出任何异样的表情。"哦，是吗？"我说。

"是的，"麦考利夫说，"那口井的井壁上砌满了大石头，我们发现好几块石头上都有血手印。看来他想办法站起来，然后用手抓着石头缝，慢慢往上爬。那一定很辛苦，尽管他承受着超出我想象的苦痛煎熬，但是他仍然努力地往上爬。"

"听到他死前受尽折磨，真是让我难过。"我说。我的声音依旧镇定，至少我是这么认为的，但我感觉得到，我的腋下已经开始冒汗。而且我还记得，当时我很怕汗会从他看得见的地方冒出来，像是我的眉毛或是鬓角。

"可怜的乔。"

"是啊，的确很可怜，"麦考利夫说，这时他灯塔般的锐利眼睛钻了进来，又一闪而过，"可，怜，的，乔。我想他本来可以自己爬上来的，尽管他很可能爬上来不久之后就死了，不过我还是认为他本来可以爬上来。然而，他却遇到阻碍，没有爬上来。"

"是什么阻碍？"我问。

"他的头骨碎了。"麦考利夫说。这个时候，他的眼睛炯炯有神，不过他的声音却变得像呜呜叫的猫咪一样轻柔。"我们在他的大腿中间发现了一块大石头。圣乔治太太，那块大石头上沾满了你丈夫的血，我们在那片血迹中找到了几块碎瓷片。你知道我从那些小碎片中推论出了什么结果吗？"

一……二……三。

"听起来那块大石头不只打破了他的头，也砸烂了他的假牙，"我说，"那真是太糟糕了，乔特别喜欢那副假牙！真不知道卢西恩·默西埃要如何让缺了假牙的乔，看起来依然体面。"

我这么说的时候，麦考利夫的双唇往后一拉，让我有机会观察他的牙齿。他没有假牙套。我猜他想要做出微笑的样子，不过那看起来一点也不像微笑，一点也不像。

"是的，"他说，露出两排整齐的小牙齿，连牙龈都露出来了，"是的，那也正是我的结论，那些瓷碎片是从他下排的假牙来的。说到这儿，圣乔治太太，你知道在你丈夫差点逃出那口井的时候，哪里来的大石头将他往下砸吗？"

一……二……三。

"我不知道，"我说，"你知道吗？"

"是的，"他说，"我怀疑有人从地上将石头挖出来，然后残忍又无情地将石头砸向他那张往上仰着的哀求的脸。"

他说完之后，没有人说话。天知道，我真想说话，我真想马上插嘴："不是我，可能有人做了这件事，不过不是我。"但是我说不出口，因为我好像又回到黑莓丛那儿，只是这一次到处都有井，等着我往下跳。

我没有说话，只是坐在那儿看着他。但是我感觉得到，我又快要冒汗了，而且我交缠的双手想要紧紧抠住彼此。要是真的抠住的话，指甲都会变白……他一定会注意到的。像麦考利夫那种人，一定会注意到这些细节的，他那巴蒂斯康灯塔般锐利的双眼，正好可以派上用场。我想着薇拉，想象她会用什么眼神看他，仿佛他只是她鞋子上不小心沾上的狗屎似的。不过，当时他的眼睛咄咄逼人，就那么盯着我，即使我这么想，也无济于事。之前我一直觉得，她好像和我一起在那间办公室里，但是那时候，我已经没有那种感觉了。那时候只剩下我和那个小个子苏格兰医生，他很可能想象自己是杂志上侦探故事里的业余侦探（我后来才知道，他的证词已经把沿海地区的十几个人送进了监狱），我感觉得到，我快要张开嘴巴，脱口说出一些事了。安迪，最糟糕的是，我不知道自己如果真的开口了，会说出什么话。我听得到加勒特桌子上的时钟在嘀嗒嘀嗒响着，那个时钟有着既响亮又空洞的声响。

我正准备开口说话时，加勒特·蒂博多说话了。我都忘了他的存在。他的语气担忧又急促，我知道他也无法继续忍受那种沉默了。他一定觉得，最后可能得有个人尖叫，释放紧张情绪，沉默才会结束。

"我说约翰哪，"他说，"我们不是已经一致同意，假如是乔自己抓到那块石头，很可能石头是自己滚下去的，而且——"

"拜托你闭嘴行不行！"麦考利夫沮丧地对着他大吼，我则是松了一口气。全都结束了。我知道，而且我相信那个小个子苏格兰佬也知道。我们两个人仿佛待在一个阴暗的房间里，他拿着可能是剃刀的东西碰触我的脸颊……然后笨拙的警察蒂博多踩到自己的脚指头，撞上窗户，百叶窗发出一声巨响，嗖的一声就上去了，这时候阳光洒了进来，我看见他手上拿的只是羽毛，不是剃刀。

加勒特咕哝着说麦考利夫没有理由对他大吼，但是那个医生完全没有理他。他转过头来，不太客气地对我说："圣乔治太太，你觉得呢？"仿佛他已经把我逼到了墙角一样，不过到了这个时候，我们两个人都很清楚。他只能期望我会突然出错，但是我有三个孩子要照顾，这让我不得不小心翼翼。

"我已经将我知道的事情都告诉你了，"我说，"我们等待日全食出现的时候，他就喝醉了。我帮他做了一份三明治，我想三明治或许能让他清醒一点，但是根本没有用。他开始大吼，然后掐住我的脖子，又打了我，所以我就出门，去了俄罗斯草原。当我回家的时候，他已经不见人影了，我以为他和朋友出去了，不过那时候他就已经掉到井里了。我猜他可能想抄近路到大马路上，他也可能是出来找我的，想对我道歉。到底是不是这样，我永远不可能知道了……或许不知道也好。"我狠狠地看了他一眼，"麦考利夫先生，你不妨也试试这个方法。"

"你还是自己留着吧，"麦考利夫说，他脸颊上的红色斑点更红了，"你是不是很高兴他死了？老实告诉我！"

"这个问题和发生在他身上的意外有什么关联吗？"我问他，"我的天哪，你到底哪根筋不对劲？"

他没有回答我，只是用他微微颤抖的手拿起烟斗，然后再次点燃烟草。他没有再问我任何问题，那天问我最后一个问题的是加勒特·蒂博多。麦考利夫没有问我那个问题，因为那个问题根本无关紧要，至少对他而言并不重要，不过那对加勒特意义非凡，对我更是如此。因为那天我走出镇办公大楼之后，这一切并不会结束，从某些方面来说，我走出那栋办公大楼只是个开始而已。最后一个问题，以及我回答的方式很重要，因为在法庭上无关紧要的问题，通常会变成女人们在后院里晾衣服，或是男人们出海捕龙虾，背对操舵室坐着吃午餐时，闲聊八卦的话题。那些事情或许不会让你进监狱，不过会让你在大家的眼神下吊死自己。

"你当初究竟为什么要买酒给他喝？"加勒特的声音有点颤抖，"多洛雷丝，你到底发什么神经哪？"

"我以为他要是有酒喝的话，就不会来打我，"我说，"我以为我们可以一起平静地坐着欣赏日全食，而他不会想要打我。"

我没有哭，其实那不算哭，可我觉得有一滴眼泪从我的脸颊滑落。有时候我觉得，那一滴眼泪正是我可以继续在小高岛上生活三十年的原因。如果我没有流下那滴眼泪，他们很可能会在背后议论纷纷，指指点点，说我是凶手之类的，让我没有办法继续住在小高岛。没错，最后他们可能会这么做。我很坚强，但是我不知道有没有人可以坚强到忍受三十年的流言蜚语，还有一些匿名的字条，上面写着："你这个凶手逃过了法律的制裁。"我的确收到过几张那样的字条，我也很清楚，那些字条是哪些人写的，时至今日，他们都已经不在人世了。不过，那年秋天学校开学之后，他们就不再那么做了。我想你们也可以说，多亏了那一滴眼泪，我才有了下半生，包括在这里坐着。也多亏了加勒特传话出去，告诉别人我并没有铁石心肠到没有为乔掉一滴眼泪。我并不是算计好，要故意流下那一滴眼泪，你们可千万别这么想。我只是听到那个小个子苏格兰人说乔死前受了那么多苦，心里觉得很抱歉。不管他多么不好，也不管我发现他骚扰塞莱娜之后有多么恨他，我都没想过要让他受折磨。安迪，我以为他跌下去之后会当场死亡，我以上帝的名义发誓，我以为他跌下去之后就会立刻断气的。

可怜的加勒特·蒂博多的脸红得像停车标志一样，他从桌上的舒洁纸盒里胡乱抽出一沓纸巾，看都没看就塞给了我。我猜他以为我流下第一滴眼泪就表示我准备号啕大哭了。然后他说，很抱歉让我经历"压力这么大的问讯"。我想那可能是他知道的最难的词了。

麦考利夫看见我落泪之后，气得哼了一声，说他来审讯我，是要听我陈述事实的。然后他就走了——其实是昂首阔步走出去的，他将门用力甩上，震得窗户轰隆作响。加勒特等麦考利夫走了之后送我到门口，扶着我的手臂，不过还是没有看我（这其实有点好玩呢），而且一路都在喃喃自语。我不确定他到底在咕哝些什么，不过我猜，不管他说了什么，那都是加勒特向我表达歉意的方式。那个男人有一颗温柔的心，他无法忍受看着别人伤心，这是我对他的赞美。我也要为小高岛说几句话：像他那样的男人，不仅可以在小高岛当了近二十年的警察，而且在最后退休时，大家还帮他办了庆祝晚宴，晚宴结束时，所有人都起立为他鼓掌。除了小高岛，你们还能找到像这样的地方吗？我要告诉你们我的看法——一个性情温厚的男人可以在这个地方成功担任执法人员，那表示这是个不错的地方，可以在这里度过你的一生。真的蛮不错的。即便如此，那一天我听见加勒特在我步出大楼后将门关上时，还是感到前所未有的高兴。

这就是最惊险的部分，相较之下，第二天的正式审讯根本不算什么。麦考利夫问了我许多相同的问题，不过我们两个人都很清楚，那些问题已经吓不倒我了。我的那一滴眼泪来得正是时候，但是麦考利夫的问题——再加上每个人都看得出来，他像一只发怒的熊，对我愤怒不已——之后却成为大家嚼舌根的话题。反正大家总是会说些闲话的，你们说是不是？

判决结果是意外死亡。麦考利夫不喜欢这个判决，最后他了无生气地埋头宣读他的调查结果，一次也没有抬头，不过他念的是正式的调查结果：乔喝醉酒之后掉到井里，可能大呼求救了一阵子，但没有人回应他，然后他努力靠自己的力量爬上来。他几乎爬到井口了，却将身体的重量错放在一块松动的大石头上。那块大石头滚向他，重重地砸在他的头上，砸碎了他的头骨（更别说他的假牙了），又将他砸回井底，最后他死在了那里。

或许最重要的是——我最近才明白这一点——他们找不到我的杀人动机。当然啦，镇上的人认为（我很肯定，麦考利夫医生也是这么想的），假如我真的杀了乔，那我的动机是不希望乔再打我。不过，光是这个原因似乎不足以让我杀了他。只有塞莱娜和皮斯先生知道我还有哪些动机，但是没有人想到，连聪明的麦考利夫医生也没有想到要询问一下皮斯先生。皮斯先生当然不会自己送上门。假如他那么做的话，那一天我们在咖啡馆的谈话就会曝光，他很有可能会因此丢了饭碗。毕竟我让他违反规定了。

至于塞莱娜……我想她在她自己的法庭上审判了我。我常常看见她盯着我，她的目光深沉而不安，我听见她问我："你有没有对他做什么？妈妈，你有没有伤害他？这是不是我的错？该付出代价的人是不是我？"

我想她真的付出代价了，这才是整件事情最糟的部分。一个直到18岁才踏出缅因州，到波士顿参加游泳比赛的小岛女孩，现在已经在纽约市立足，成为一名聪明又成功的职业女性。你们知道吗？两年前《纽约时报》还报道过她呢！她为一大堆杂志写文章，却还能腾出时间，每星期写一封信给我。不过，那些信好像是她不得不写的义务信，就像每月两次的电话，是她不得不打的义务电话一样。我想她打电话，写一些问候的短函，是她为自己从来没有再回到岛上，以及与我断了亲密关系的补偿，为了让她自己获得心灵上的安宁。是的，我想她付出代价了，没错。我想，最无辜的人付出了最大的代价，到了现在也依然在付出着代价。

她今年44岁，从来没有结过婚。她太瘦了（我可以从她偶尔寄来的照片上看出来），而且我觉得她喝酒，她打电话来的时候，我不止一次听见她酒醉的语气。我觉得那可能是她不再回家的其中一个原因，她不希望我看见她像她爸爸一样喝醉酒。也可能是因为，她怕喝太多酒之后，可能会对我说出一些不该说的话，问一些不该问的问题。

不过算了，现在木已成舟了。我逃过法律的制裁，这一点才是最重要的。要是当时他有保险，或者皮斯先生将事情透露给别人的话，我不确定我是不是能躲过那一劫。权衡这两件事情，我想大额保险可能更糟，这个世界上我最不希望的就是保险公司的某个聪明的调查员和那个小个子苏格兰医生联手。对自己败在一个无知的小岛妇女手上这件事，那个苏格兰人已经气得七窍生烟了。我想如果这两个人联手，他们很可能会抓到我的把柄。

接下来呢？我想，犯下谋杀案却没有被发现，之后就是这样了吧！日子还是得继续过下去，就是这样，没有人会像电影里演的一样，突然在最后一分钟发现真相。我没有想过再杀别人，上帝也没有用闪电劈死我，或许他觉得为了乔·圣乔治那种人用闪电劈我，根本就是浪费电吧！

日子就这样继续过了下去，我回到松林小筑，继续为薇拉工作。那年秋天开学之后，塞莱娜和她的好朋友恢复了友谊，有时候我还听见她在电话里和朋友开心地聊天说笑。当乔死了的消息终于被理解了时，小皮特很难过，小乔也是，其实小乔比我预期中还难过。他变瘦了，而且常做噩梦。不过，到了第二年夏天，他似乎就完全恢复正常了。1963年下半年唯一真正改变的是，我请塞思·里德过来，给那口古井做了一个水泥盖。

乔死了六个月之后，镇遗嘱认证处清算了他的财产，我甚至都没有到场。大约一个星期之后，我收到他们寄来的一封信，信上写着乔所有的财产都归我所有，我可以将财产变卖、交换或丢到大海里。我看完他的遗产列表之后，觉得最后一项是最棒的。不过，我发现了一件令我相当惊讶的事——如果你的丈夫突然死亡，而他的朋友都像乔的朋友一样是一些白痴的话，那么他的那些东西就都能派得上用场。我将他修修补补了十年的短波收音机，以25美元的价格卖给诺里斯·皮内特，又将他放在后院的那三辆废卡车卖给汤米·安德森。那个蠢蛋买到那三辆破车，开心得不得了。我用那笔钱买了一辆1959年出厂的雪佛兰汽车，虽然那辆车的排气阀会发出轰隆隆的噪声，不过性能还很好。我也将乔的存款转到我的名下，重新为孩子们开了大学基金账户。

对了，还有一件事情，从1964年1月起，我开始恢复娘家本姓。我并没有大肆宣传，不过我下半辈子可不想再拖着圣乔治这个姓，就像狗尾巴上绑着个铁罐子一样。我想你们会说，我将绑着铁罐子的绳子切断了，但要甩掉他，可不像甩掉他的姓那么简单，我大可以这么跟你们说。

我并不希望那样。我已经65岁了，从我15岁开始，我就知道人生不外乎是做出选择，以及按时付清账单而已。有时候我们会面临很难的选择，不过我们并不能因此而拒绝做出选择，尤其是在其他人依靠我们为他们完成他们自己无法做到的事情的情况下。在这种情况下，我们不得不尽量做出最好的选择，然后付出代价。我付出的代价就是，夜晚常做噩梦，冒着冷汗被惊醒，甚至有更多的夜晚，我根本彻夜难眠。我付出的另一个代价就是，那块大石头砸中他的脸，打破他的头骨和他的假牙的声音，那个听起来像瓷盘被砸在壁炉砖墙上的声音，我已经听了三十年了。有时候那个声音把我惊醒，有时候那个声音让我失眠，有时候那个声音在大白天吓得我冒冷汗。我可能会在家里扫门廊，或者在薇拉家里擦亮银器，或者坐下来，打开电视转到《奥普拉脱口秀》，准备吃午餐时，突然听见那个声音。我听见那个声音，或者是他跌到井底那砰的一声，或者是他从井底往上喊的声音——"多……洛……雷……丝……"

我猜，有时候我听到的声音，和薇拉尖叫着说她看见角落里有电线或是床底下有尘土怪并没有多大的差异。有些时候，尤其是她神志开始不清楚时，我会爬到她床上，抱着她，想着那块大石头发出的声音，然后闭上眼睛，看见瓷盘击中壁炉的砖墙，摔成碎片。我看见那个画面的时候，会紧紧拥着她，好像她是我的姐妹一样，或者好像她就是我自己一样。我们就这样躺在床上，各自有各自害怕的东西，最后我们会一起慢慢睡着——她有我保护她不受尘土怪的攻击，我则有她保护我，让我听不见那个瓷盘破碎的声音。有时候我睡着之前想着："这就对了，这就是当个臭婆娘必须付出的代价。而且，不当臭婆娘并不表示不必付出代价，因为有时候这个世界会逼着女人不得不当臭婆娘。当外面一片漆黑，里面只靠一个女人点灯，而且必须让灯不熄灭时，女人就不得不当个臭婆娘。可代价，要付出的代价真是可怕啊！"

安迪，你那瓶酒可不可以再倒一点给我？我绝对不会说出去的。

谢谢你。南希·班尼斯特，也谢谢你，谢谢你忍受我这个啰唆的老家伙。你的手指酸不酸哪？

是吗？那就好。你们不要泄气，我知道我叙述的顺序反了，不过不管怎么样，我猜我终于快说到你们真正想知道的那部分了。那很好，因为现在已经很晚了，我也累了。我辛苦工作了一辈子，但是我不记得以前像现在这么累过。昨天早上我在屋外晾衣服——回想起来好像是六年前的事了，可那才是昨天的事呢——薇拉的神志蛮清楚的，精神也不错，正因为如此，我才根本没料到她竟然会那么做，才会那么慌张。她神志清楚的时候，有时候挺难伺候的，不过昨天是她第一次，也是最后一次，真的"发疯"。

事情是这样的。我在楼下外面的侧院，她在楼上，坐在轮椅上，像往常一样监视我的动作。她偶尔会朝着下面大吼："多洛雷丝，要用六个衣夹！每条床单上都要夹六个衣夹！你别想浑水摸鱼，只用四个衣夹！我在这儿可是看得一清二楚哪！"

"是，"我说，"我知道，而且我敢打赌，你真希望外头的温度再低个40摄氏度，还刮着20级的大风。"

"你说什么？"她探头往下对我大叫，"多洛雷丝·克莱本，你刚刚说什么？"

"我说，一定有人在花园里撒肥料了，"我说，"因为我闻到比平常还浓的屎味。"

"多洛雷丝，你是不是在耍小聪明？"她用颤抖嘶哑的嗓子喊道。

她的声音听起来就像有比平时更多的阳光洒进她阁楼时那样神采奕奕的。我知道她等会儿可能会耍小把戏,不过我不怎么在意,当时我只是很高兴可以听见她正常说话了。我老实告诉你们,那就像回到从前一样。过去三四个月,她一直神志不清,所以我很开心又看到她恢复了正常,至少恢复到从前那个薇拉的样子,如果你们明白我的意思的话。

"不,薇拉,"我朝她喊,"我要是聪明,早就辞掉这份工作了。"

我等着她再对我吼几句,但是她却没有那么做,所以我又继续晾着她的床单、尿布、衣服和其他衣物。衣篮里还剩下一半的衣服没晾完时,我停下了动作。我心里有不好的预感,我说不上为什么,或者这个预感是怎么来的,反正我突然有了不好的预感。我突然有了一种很诡异的想法:"那个小女孩有麻烦了,就是我在日全食那天看见的那个小女孩,那个看见我的小女孩。她现在已经长大了,几乎和塞莱娜一样大,但是她遇上大麻烦了。"

我转过身,抬头一望,几乎以为自己会看到那个长大了的小女孩,穿着明亮的条纹裙,涂着粉红色的口红。但是我没有看到任何人,这很不对劲。不对劲的原因在于,薇拉应该在窗边的呀,她应该探着头,确定我用了六个衣夹才对的呀。可她已经不在窗边了,我不明白怎么会这样,因为我明明亲自将她放在轮椅上,把她推到她喜欢的窗边,放下了轮椅的刹车呀。

然后我听到她尖叫。

"多……洛……雷……丝……"

安迪，我一听到那声尖叫，脚底都发冷了！那就像乔回来了一样。我愣了几秒，然后她又尖叫了，这一次我才认出那是她的声音。

"多……洛……雷……丝……尘土怪啊！到处都是尘土怪！哦，天哪！我的天哪！多……洛……雷……丝……救命啊！快来救我啊！"

我转过身，拔腿往屋子里跑，却被洗衣篮绊个正着，整个身体扑向我刚才晾好的床单。我被床单缠住，努力想挣脱掉。那一刻，我觉得床单仿佛长出了手，想要勒死我，或者想要把我拽回去。就在我和床单搏斗的时候，薇拉继续尖叫，我想起我曾经做过的一个梦，就是尘土怪的头和它那长长的尘土尖牙的梦。只不过，这时我心里的那只眼睛在这颗头上看到的竟然是乔的脸，尘土怪的眼睛黑暗又空洞，好像是有人将两块煤炭塞进一团尘土里面，它们就挂在那儿飘着。

"多洛雷丝，求求你快点来啊！求求你快点来啊！尘土怪！到处都是尘土怪！"

然后她没有再说话，只是拼命地叫喊着。那真是可怕极了。你绝对是做梦也想不到，像薇拉·多诺万那样肥胖的老女人可以叫得那么大声，好像大火、洪水和世界末日，全部滚成一个大圆球一样。

我终于从床单里挣脱，爬起来之后，感到衬裙的一条肩带突然断了，就像日全食那天，我让乔永远闭嘴之前，他差点杀了我时一样。你们知道那种感觉吗？好像你曾经到过某个地方，在人们开口之前，你就知道他们要说些什么的那种似曾相识的感觉。那种感觉非常强烈，仿佛身边有一群鬼将我团团围住，用我看不见的手指轻拨着我。

你们知道吗？那些鬼好像是尘土鬼哩！

我跑进厨房，从后面的楼梯火速往上爬，这时候她仍然一直尖叫，尖叫，尖叫！我的衬裙开始往下滑落，当我踩上楼梯平台时，我转头一望，确定我会看到乔跌跌撞撞地跟在我后面爬上来，抓住我衬裙的褶边。

然后我往另一边看，看见了薇拉。她在通往前面楼梯口的走廊上，背对着我摇摇晃晃地往前走，边走边叫，距楼梯口还有四分之三的路程。她睡衣后面有一大片棕色污迹，她拉屎了，不过这一次并不是出于恶意或是故意糟蹋我，只是极度的恐惧让她失控了。

她的轮椅斜着卡在卧室门口，一定是她看见将她吓得魂不附体的怪东西时，自己将刹车松开了。以前她要是被吓得从轮椅上掉了下来，顶多就是坐在地上或躺在地上大叫求救。许多人会说，她自己没有办法移动身体，但是昨天她真的做到了。我发誓，她真的做到了。她松开轮椅的刹车，将轮椅掉转方向，转动轮子滑过整个房间。当轮椅卡在门口时，她不知道用了什么方法滚下轮椅，然后在走廊上摇摇晃晃地向前走着。

我站在那儿，僵了一会儿，一边看她跟跟跄跄地走着，一边纳闷，她到底看见了什么恐怖的怪东西，竟然能把她吓得站起来走路了，她能走路的日子早就已经一去不复返了。不管那是什么鬼怪，她一律叫它们尘土怪。

不过，我看出了她想走去哪里——她想走到前面的楼梯口那儿。

"薇拉！"我对她大喊，"薇拉，你快停下来！别做傻事！你会跌下去的！快停下来！"

然后，我火速往前冲。我又有旧事重现的感觉，只不过这一次我觉得自己是乔，我觉得我一定要赶上她，一定要抓住她。

我不知道她有没有听见我喊她，或者她听见了，但是她糊涂的小脑袋却以为我在她前面，而不是在她后面。我只知道，她继续尖声大喊："多洛雷丝，救命啊！多洛雷丝，救救我啊！尘土怪！"然后她跟跄的速度加快了。

她已经快走到走廊的尽头了。我冲过她卧室的那扇门，脚踝却被轮椅的脚踏板别住了，你们看，淤青就在这儿。我一边拼命向前跑，一边大喊："薇拉，快停下来！快停下来！"喊得我的喉咙都痛了。

她走到楼梯平台那儿，一只脚抬到空中。不管我怎么跑，怎么叫，这时候都已经来不及救她了。我只能冲到她身上。在那种情况下，你根本没有时间思考，或是计算得失。我往她身上一跳，正好她的那只脚踩了空，整个人开始往前倾。我最后瞥了一眼她的脸，我想，她并不知道自己快跌下楼梯了。她很恐慌，两只眼睛睁得大大的。我以前看过那个表情，不过并没有这一次那么慌张害怕。我告诉你们哪，那个表情根本不是害怕跌下楼梯的表情，她害怕的是她后面的鬼怪，而不是她前面的楼梯。

我抓了个空，只有左手的食指和中指碰到了一点她睡衣的褶边，然后又如低语声般慢慢滑掉了。

"多……洛……"她大声尖叫，接着我听见砰的一声结实的撞击。回忆起那个声音，我全身的血液都要凝固了，那个声音很像乔撞到井底的声音。我看见她横翻了一个筋斗，然后听见了断裂的声音。那个声音就像你将一根点着的木棍，放在膝盖上折断一样清晰刺耳。我看见血从她脑袋一侧喷了出来，和我想到的一样。我快速转过身，快得两只脚都打结了，我跪了下来。我往后看，从走廊一直看向她的房间，我看见了恐怖至极的画面，不禁大声尖叫。是乔。安迪，我看见他的脸，就像我现在看见你的脸一样清楚。我看见他的脸上沾满泥土，他冷冷地笑着，从卡在门口的轮椅的下面探头窥视我，透过轮椅的辐条看着我。

几秒钟之后，那张脸就消失了。这时候我听见薇拉呜咽哭泣的声音。

我不敢相信她跌了这么一跤之后竟然还活着。到了今天，我还是不敢相信。当然啦，乔也没有当场死亡。但是他正值壮年，而她却是个已经经历过六次轻度中风，以及至少三次重度中风的不堪一击的老妇人。而且，她跌下楼梯后并没有像乔那么幸运，有泥巴当软垫来减缓冲击力。

我不想走下楼到她身边，不想看她哪里摔断了或是流血了，但是我当然没有选择。当时只有我在场，也就是说，我被选中了。当我站起来的时候（我的膝盖太软了，只好扶着栏杆上的螺旋形支柱站起来），我的一只脚踩到衬裙的褶边。另一条肩带啪地断了，我将裙子稍微往上拉了一点，好让我将衣服脱下来。连这一点也很像旧事重现。我还记得，当时我低下头，看了看我的腿是不是被黑莓丛刮伤流血了，当然没有。

我觉得全身发热。如果你们真的生过病，发过高烧，你们就知道那是怎么一回事了——既不觉得身处世界之外，也不觉得身处世界之内。好像一切都变成透明的玻璃，你再也抓不住、抓不牢任何东西了，所有东西都容易滑脱。我站在楼梯平台上，手紧紧握着栏杆上的支柱，看着她跌落在那个地方时，心里就有那种感觉。

她躺在楼梯上过半的地方，两条腿蜷曲在身子下面，几乎看不见了，而血从她那张可怜老脸的一侧开始往下流。我跌跌撞撞地走到她躺着的地方，仍然紧紧抓着栏杆，这时候她的一只眼睛溜地往上一转，看见了我。那是动物掉入陷阱的眼神。

"多洛雷丝，"她轻声说，"那个狗娘养的浑蛋这些年来一直纠缠着我。"

"嘘，"我说，"别说话。"

"没错，他一直没放过我，"她说，仿佛我顶撞了她似的，"那个浑蛋，那个淫荡的浑蛋。"

"我要下楼了，"我说，"我得打电话请医生。"

"不，"她回答，举起一只手，抓住我的手腕，"我不要看医生，也不要去医院。尘土怪……即使那儿也有尘土怪，到处都有。"

"薇拉，你会没事的，"我说，同时抽回我的手，"只要你躺着别动，你会没事的。"

"哎哟！多洛雷丝·克莱本说我会没事的！"她说。她在中风、脑子变成糨糊之前，说话的声音通常就像那样冷酷无情。"听到专家的意见，真是让人松了一口气啊！"

过了这么多年，再次听见那个声音就像被掴了一巴掌一样。我真的被吓慌了，然后我仔细看着她的脸，就像你们看着知道自己在说些什么，清楚每句话的意思，而不是在开玩笑的人。

"我好得像个死人一样，"她说，"这一点你和我一样清楚。我想我的脊椎断了。"

"薇拉，你别乱想了。"我说，但是我已经不急着要去打电话了。我想，我知道即将发生什么事。如果她要让我猜她会问的事情，我真不知道该怎么拒绝她。自从1962年秋季那个下雨天，我坐在她的床上，用围裙捂着脸号啕大哭之后，我就欠她一份人情，而克莱本家的人可不喜欢欠债。

她又开口对我说话时，神志就像三十年前一样清楚。那时乔还活着，而孩子们也还待在家里。"我知道现在只剩下一件事情值得我做抉择了，"她说，"那件事情就是，我到底是要自己决定什么时候死，还是让医院决定。要是让医院决定的话，我又得等上好长一段时间。多洛雷丝，要是让我决定的话，我希望现在就结束生命。我不想在自己虚弱无力、脑子不清楚的时候，再看到我丈夫的脸出现在墙角。我不想再看见他们在月光下用绞车将那辆雪佛兰克尔维特跑车从石坑里打捞起来，不想再看见水从副驾驶座那边开着的窗户流出来——"

"薇拉，我不知道你到底在胡说些什么。"我说。

她像往常一样，不耐烦地举起手，对我挥了一两秒，然后手又扑通一声往后垂到楼梯上。"我已经受够了尿床，受够了记不得半个小时前谁来探望过我。我想结束这条老命，你肯不肯帮我？"

我跪在她身旁，拉起她刚才垂到楼梯上的那只手，将它放到我的胸前。我想到那块大石头砸到乔的脸时发出的声音，那个像瓷盘砸到壁炉的砖墙上摔成碎片的声音。我不知道要是再听到那个声音，我会不会发疯。我知道那会是一样的声音，因为她呼唤我的名字时，听起来就像他在喊我的名字，她跌下楼梯落地时的声音，听起来也和他跌到井里的声音一样，就像她老是担心女佣会把她收藏在厅里的那些精致的玻璃艺术品打碎时的声音。而我的衬裙就放在楼上的楼梯平台上，被我卷成白色尼龙小球，两条肩带都断了，连这一点也和上次一样。要是我杀了她的话，听起来就和我杀了他的过程一样，这一点我很清楚。唉！这一点我清楚得很，就像我清楚地知道，东大道的路尾通往东海角那几层摇摇晃晃的阶梯。

我握着她的手，同时想着这个世界到底是怎么回事，为什么有时候坏男人发生意外，而好女人却变成臭婆娘。我看着她辛苦又无助地将眼球往上转，好让她能够看到我的脸。我注意到血不断从她头上的伤口处顺着她脸上深深的皱纹流了下去，就像春雨从山坡上顺着犁沟冲刷下来一样。

我对她说："薇拉，如果你真的想这么做，我就成全你。"

这时候她开始哭了，那是我第一次看见她脑子清楚的时候掉眼泪。"是的，没错，我真的想这么做。多洛雷丝，愿主保佑你。"

"你别担心。"我说。我将她布满皱纹的手拉到我的唇边，吻了一下。

"多洛雷丝，快点，"她说，"如果你真的想帮我，请你快点动手。"

她的眼睛好像说着："在我们两个人都失去勇气之前，快点动手吧！"

我又吻了一下她的手，将手放在她的肚子上之后，我站了起来。那一次我很轻松地就站了起来，我的双腿又有力气了。我走下楼梯，走进厨房。我到后院晾衣服之前，摆好了烘焙用品，我觉得那一天很适合做面包。她有一根擀面杖，是用有着黑色纹路的灰色大理石做成的，很有重量。擀面杖放在长桌上，就在黄色塑料面粉罐旁边。我拿起擀面杖，仍然觉得自己在做梦，或者是发着高烧，然后我走回客厅，朝前廊走去。当我走过摆满了她收藏的古董的客厅时，突然想到以前我用吸尘器耍了她，以及她后来反击的事。到最后，她总是棋高一着，将我一军。这不也是我今天会在这里的原因吗？

我走出客厅，来到走廊，然后爬上楼梯，走到她身边，手里握着擀面杖其中一边的木质把手。我走到她躺着的地方，看着她头朝下，两条腿还是被压在身体下面时，并不打算先暂停一下。我知道如果我迟疑了，我就永远都下不了手。我走到她身边时打算跪下一条腿，用那根大理石擀面杖迅速又用力地往她头上一击。或许那个伤口看起来像她跌下楼梯撞到的伤口，或许不像，但是不管怎么样，我都打算那么做。

当我跪在她身边的时候，我发现已经没有必要那么做了。她已经自己动手了，就像她活着的时候，几乎样样事情都喜欢自己来一样。当我下楼到厨房拿擀面杖，或者是当我走回客厅的时候，她就毅然决然地闭上双眼，往楼下跌落了。

我坐在她身边，将擀面杖放在楼上，然后拿起她的手，放在我的大腿上。生命中有些时刻是不能用分秒来衡量的。我只知道我坐着看了她一会儿，我不知我有没有说话。我想应该有，我想当时我感谢她放过我，感谢她让我走开，感谢她没有逼我再经历一次同样的事情。不过，我也可能只是在心里这么想，却没有说出口。我记得我将她的手放在我的脸颊上，接着将她的手翻过来，亲吻她的手掌。我还记得，我一边看着她的手掌，一边想着，她的手掌是粉红色的，而且好干净。她手上的皱纹几乎已经完全消失，看起来就像是婴儿的手。我知道我应该站起来，打电话给什么人，告诉他们发生了什么。可是我太累了，真的太累了。坐在那儿，握着她的手，似乎简单多了。

　　这个时候门铃响了。假如门铃没有响的话，我想我会坐在那儿更久。不过，你们也知道门铃是怎么回事——不管想不想，你都觉得得去应门。我站起来，一次只下一阶楼梯，一路紧抓着栏杆，好像七十几岁的老妇人似的。事实上，我真的觉得自己老了十岁。我还记得，当时我心里想着，整个世界好像还是玻璃做的，而我不得不放开栏杆，走到门口的时候，必须非常小心，才不会滑倒，被玻璃割伤。

　　站在门口的是萨米·马钱特，他故意将邮差帽反戴着，看起来蠢极了。他大概以为那样戴帽子，可以让他看起来像个摇滚明星。他一只手拿着平信，另一只手拿着一封厚厚的信，那是每个星期从纽约寄来的挂号信，信的内容当然和她的财务问题有关。管理她财务的是一个叫作格林布什的家伙，这个我刚刚有没有提过？

　　我提过了？那好，谢谢。事情真是太多了，我几乎记不得哪些事情我已经提过了，哪些没有提过。

　　有时候这些挂号信里有一些文件必须签名，通常情况下，如果我帮薇拉稳住手臂，她就可以签好名字。不过，她神志不清楚的时候，我就帮她代签。我这么做没有别的用意，之后由我代签的名字，也都没出现过问题，反正在最后三四年，她的笔迹根本就潦草难辨。所以如果你们真的想抓我，也可以利用这一项罪名——伪造文书。

　　我门一开，萨米马上就拿出挂号信，要我签名，因为挂号信都是由我签名的。不过，当他仔细看我时，眼睛却睁得大大的，弯腰往后退了一步。与其说是退了一步，倒不如说是猛地往后一弹，考虑到这个人是萨米·马钱特，我想这么说比较适合他。

　　"多洛雷丝！"他说，"你没事吧？你身上有血！"

　　"那不是我的血。"我说。我的语气很平静，仿佛他问我正在看什么电视节目一样，我回答了他。"那是薇拉的血，她从楼梯上跌了下去，已经死了。"

　　"我的老天哟。"他说，然后就绕过我，跑到屋里面，邮袋在他屁股上颠来颠去。我压根就没有想过要阻止他进去。你们问问自己好了，要是我当时阻止他的话，会有什么好处。

　　我慢慢地跟在他后面。世界是玻璃做的那种感觉已经消失，不过，这时我的鞋底好像变成铅块了。我走到楼梯底下的时候，萨米已经爬了一半，正跪在薇拉旁边。他跪下来之前，已经先将邮袋取了下来。邮袋从楼梯上滚下来，掉出一堆杂七杂八的信件、班戈水电公司的账单，还有里昂·比恩户外用品的商品目录。

我拖着沉重的步伐，一步一个台阶地爬上楼梯到他身边。我从来没有那么累的感觉，即使我杀了乔之后，也没有过昨天早上那种疲惫不堪的感觉。

"没错，她死了。"他一边说，一边环顾四周。

"对，"我回答，"我早告诉过你，她已经死了。"

"她不是没办法走路吗？"他问我，"多洛雷丝，你明明告诉过我，她不能走路，不是吗？"

"这个嘛，"我说，"我想是我错了！"她躺在地上，我却说出那样的话，这让我觉得自己很蠢。不过，我还能说些什么？从某些方面来说，和约翰·麦考利夫说话，比和愚蠢的萨米·马钱特说话来得容易，因为麦考利夫怀疑我做的事，很多我都做了。而清白麻烦的地方就在于，你被事实困住了。

"这是什么？"他指着擀面杖问我。门铃响的时候，我把擀面杖放在楼梯上了。

"你认为那是什么？"我马上反问他，"鸟笼吗？"

"看起来像是擀面杖。"他说。

"说得对极了。"我说。就好像我听见自己的声音从遥远的地方传来，仿佛那个声音在一个地方，而剩下的我在另一个地方似的。

"萨米，你可能是上大学的料呢，那可真是跌破大家的眼镜了。"

"是啊，不过这擀面杖为什么会放在楼梯上？"他问我，这时候我突然注意到他看我的眼神。萨米还不到25岁，可他老爸是当年找到乔的那支搜寻小队的一员。我突然完全明白了，杜克·马钱特很可能从萨米小的时候就给他那不怎么灵光的脑子灌输多洛雷丝·克莱本·圣乔治解决了她丈夫的观念。你们还记得我刚刚说过，清白的时候往往会被事实困住吗？没错，当我看见萨米看我的眼神时，我就立刻决定，此时多说一句不如少说一句。

"当她跌下楼梯的时候，我正在厨房准备做面包。"我说。清白的人可能还会面临另一件麻烦事，那就是即使决定撒谎，那些谎言通常也是未经妥善计划就脱口而出的。清白的人不会花几个小时的时间编故事，就像我编的故事一样。我说，我爬上俄罗斯草原观赏日全食，之后就再也没有见过我的丈夫，后来再看到他的时候，他已经躺在默西埃殡仪馆里了。做面包的谎言一说出口，我马上就知道，我简直是在拿石头砸自己的脚。但是安迪啊，如果你看见他那既怀疑又害怕的深沉眼神，你可能也会说谎呢！

他站起来，开始四处张望，然后停下来，往上看。他往哪里看，我就跟着往哪里看，这时候我看见被我卷成圆球状放在楼梯平台上的衬裙。

"我猜啊，她先脱下衬裙之后，才跌下楼梯的，"他一边说，一边又转过头来看我，"或是跳下楼梯，天知道她当初到底做了什么。多洛雷丝，你同意我的看法吗？"

"不，"我说，"那件衬裙是我的。"

"如果你在厨房做面包的话，"他慢条斯理地说着，就像个脑筋不太聪明的小孩，想解出黑板上的数学问题，"那么你的衣服怎么会跑到这里来呢？"

我一句话也说不出来。萨米走下一阶楼梯，然后又走下一阶楼梯，动作之慢就像他的说话速度一样。他手握着栏杆，眼睛一直看着我。我突然明白了他到底在做什么，他想离我远一点。他这么做的原因是，他怕我会临时起意，像将她推下楼一样，将他也推下去。那个时候我就知道，不久之后我就得坐在这里，告诉你们我现在正在说的这些话。他的眼睛很可能也正大声喊着："多洛雷丝·克莱本，你上次逃过了法律的制裁，根据我老爸对乔·圣乔治的看法，或许他死了活该。但这个女人可是让你三餐温饱，让你有房子住，而且还付你不错薪水的大恩人哪！"他的眼睛继续说着，一个犯了罪却逍遥法外的女人，很可能会犯第二次。也就是说，机会来临的时候，她绝对会故技重施。而如果将人推下楼，却没有达成目的，她很快就可以想到补救的方法，譬如说，使用大理石擀面杖。

"萨米·马钱特，这不关你的事，"我说，"你最好去忙你自己的事。我得打电话叫岛上的救护车过来。你离开之前，别忘了捡干净你的邮件，否则一堆信用卡公司可会让你吃不了兜着走。"

"多诺万夫人不需要救护车，"他一边说，一边继续往下走了两阶楼梯，眼睛仍然盯着我，"而且我这会儿还不准备离开。我想你应该先打电话给安迪·比塞特。"

安迪，你也知道我打电话给你了，萨米·马钱特就站在那儿看我打电话。我挂上电话之后，他捡起刚刚散落一地的邮件，还不时地转过头来看着我，可能是要确定，我没有拿着擀面杖，偷偷跟在他后面。然后他就站在楼梯下面，就像将小偷逼到墙角的看门狗一样。他没有说话，我也没有说话。我突然想到，我可以走过餐厅和厨房，从后面的楼梯上楼拿走我的衬裙。不过，那又有什么帮助呢？他已经看到衬裙了，不是吗？而且擀面杖也还在楼梯上，不是吗？

安迪，不久之后你就来了，弗兰克也和你一起。之后我就到我们的新警察局做笔录，那是昨天早上的事，所以我想没有必要复述一次吧！安迪，你也知道，我没有提到那件衬裙。而当你问我擀面杖是怎么一回事时，我回答你，我不太清楚擀面杖为什么会在那里。当时我只想到这么回答，至少在我脑袋上"故障待修"的标志被拿下来之前，我只想得到这么多。

我在笔录上签完名之后，就坐进车子，开车回家了。一切都进行得很快，而且很平静——我指的是给你们做笔录这件事，这几乎让我说服自己相信，没有什么好担心的。毕竟，我根本没有杀她，她真的是自己跌下楼梯的。我不断这么告诉自己，等我将车子开进我家的车道时，我已经能让自己相信，一切都会没事的。

我关上车门，走到我家后门的时候，那种安心的感觉就消失了。有人用图钉在后门上钉了一张字条，纸是从笔记本上撕下来的，上面有一块油腻的污迹，看起来像是某个男人从放在裤子后袋的笔记本上撕下来的。字条上写着：你别妄想再逃过这一次。就这样而已。去他妈的，这样就够了，你们说是不是？

我走进屋里，将厨房的窗户砰地打开，好让里面的霉味散去。我很讨厌那个味道，最近屋子里好像一直都有那个味道，不管我有没有开窗让空气流通都一样。不只是因为我最近大部分的时候都待在薇拉家——或者该说是以前常常待在她家，屋子里才会有霉味。当然，那是部分原因，不过最主要的原因是，那栋房子已经死了，就像乔和小皮特已经死了一样。

房子的确有生命，那是住在房子里面的人给予它们的，我真的相信这个。我们那只有一层的小房子，经历了乔的死亡，以及两个大一些的孩子离家求学，塞莱娜拿到瓦萨学院提供的全额奖学金（我原本很为她担心的那笔大学基金后来成了她买衣服和课本的钱），小乔则就读于缅因大学奥罗诺分校。这栋房子甚至活到了小皮特在西贡的一场兵营爆炸中丧生的消息传来之后。他去西贡不久就发生了爆炸，不到两个月之后，战争就结束了。我在薇拉的客厅里看着电视上最后一架直升机从大使馆屋顶撤走，一边看一边哭个不停。我敢放声大哭而不必担心她会说我，是因为她刚好到波士顿疯狂大采购了。

小皮特的葬礼举行完之后，那栋房子就没了生气。在所有的亲朋好友都离开之后，只剩下塞莱娜、小乔和我三个人。小乔开口闭口谈的都是政治。他刚当上马柴厄斯市的行政官，对刚毕业的孩子来说，那算是一份很不错的工作。他当时正在考虑要在一两年之后竞选州议员。

塞莱娜说了点她在奥尔巴尼专科学校教课的情况——这是她搬到纽约市，开始担任全职作家之前的事，然后就沉默不语了。当时她和我正在洗盘子，我突然感觉到事情不对劲。我快速转过身，看见她那深沉的眼睛正盯着我。我可以读出她的想法，你们应该知道，父母有时候可以猜得到孩子的想法。不过事实是，我不需要猜，我知道她在想些什么，我知道她从来没有真正忘记过那件事情。我在她眼神中看见了和十二年前同样的问题。那时候她走到种着豌豆和黄瓜的菜园里问我"你是不是对他做了什么事？"，还有"这是不是我的错？"，以及"该付出代价的人是不是我？"。

安迪，我走到她身边抱了她。她也回抱着我，但是她的身体却很僵硬，僵硬得像拨火棍一样。那一刻我感觉到，那栋房子的生命已经结束了，就像一个垂死之人呼出了最后一口气一样。我想塞莱娜也感觉到了。不过，小乔没有那种感觉，他将房子的照片放在他竞选的宣传单上，给人一种平民化的印象。我注意到，选民很喜欢这种温馨的宣传。但是那栋房子的生命结束时，他并没有感觉到，因为他从来没有真正爱过那栋房子。这又是为什么呢？对小乔来说，那栋房子只是他放学后的去处，只是他听见爸爸指责他、骂他是个书虫娘娘腔的地方罢了。他上大学之后住的那栋坎伯兰学生宿舍，对他来说反而比东大道上的那栋房子还像家。

可对我来说，那栋房子是我的家，对塞莱娜也一样。我想，我的乖女儿离开小高岛很久之后，仍然住在这里。在她的记忆中，在她的心中，在她的梦中，她仍住在小高岛。也在她的噩梦里。

那个发霉的味道啊——一旦屋子里开始出现那个味道，你就再也无法摆脱掉它了。

我坐在一扇开着的窗户旁，想呼吸一会儿海风吹来的新鲜空气，然后，我突然有了奇怪的想法，我觉得我应该将门锁上。前门还算容易，但是后门的锁舌却卡住不动了，我滴了几滴三合一润滑油之后，它才转动了。当它动的时候，我才明白为什么它那么难对付，不过是生锈罢了。有时候我在薇拉家连续待上五六天，但我还是记不得，上一次我是什么时候将房子锁上的。

这么一想以后，我的勇气全都没有了。我走进卧室躺下来，将枕头盖在头上。我小时候不乖被送上床时，常常这么做。我哭了又哭，哭了又哭。我真不敢相信，我竟然有那么多眼泪。我为薇拉、塞莱娜和小皮特哭过，我想我甚至还为乔哭过，不过我通常是为自己哭的。我一直哭，直到鼻子塞住，肚子绞痛为止。最后我睡着了。

当我醒来的时候，天已经黑了，电话正在响着。我起床摸黑到客厅接电话。我拿起话筒，喂了一声之后，某个人——某个女人马上说："你不能杀她，我希望你知道这一点。如果法律逮不到你，我们会逮到你。多洛雷丝·克莱本，你不像你以为的那样聪明，我们不会和凶手住在一起，只要小高岛上还有正直的基督徒在，我们绝对不会让这种事情发生。"

我的脑子还不太清楚，刚开始我以为我只是在做梦，等我发现这不是梦的时候，她已经挂断电话了。我往厨房走去，想煮杯咖啡或是从冰箱里拿一瓶啤酒出来，这时候电话又响了。这一次也是个女人的声音，不过并不是同一个人。她满口脏话，骂个不停，我马上挂断了电话。我再次有想哭的冲动，但是我不许自己哭。我将电话线插头从墙上拔了下来，然后走进厨房拿了一瓶啤酒。我觉得啤酒不好喝，最后将大半瓶都倒到水槽里了。我想，当时我需要的是一小杯苏格兰威士忌。可是从乔死了之后，家里一滴烈性酒也没有。

我倒了一杯水，却发现自己受不了水的味道，那个味道尝起来就像硬币被小孩子汗津津的拳头攥了一整天一样。这让我回忆起在黑莓丛的那天晚上，微风中也有同样的味道。这还让我想起那个涂着粉红色口红、穿着条纹裙的女孩。当时我突然觉得，那个女孩长大以后有了麻烦。我想知道她过得好不好，想知道她人在哪里。不过，我从来都没有想知道她是否存在，要是你们明白我的意思的话。我知道当时她存在着，这一刻也一样，我从来没有质疑过这一点。

但那并不重要。我又有点走神了，我的嘴巴也跟着走远了，就像玛丽的小羊羔一样。我要说的是，从我厨房水龙头里流出来的水和百威先生最好的啤酒一样糟糕，即使加上了几块冰，也除不去那个铜味。后来我一边看着电视上愚蠢的喜剧节目，一边喝着夏威夷宾治。那是我为小乔的双胞胎儿子准备的饮料，一直放在冰箱后面。我为自己煮了冷冻食品当晚餐，煮好了之后却一点胃口也没有。最后我将食物倒进了泔水桶。然后我又给自己倒了一杯夏威夷宾治，将酒拿回客厅，坐在电视机前面。一集喜剧播完之后，又换上另一集，不过我看不出来这两集喜剧有什么差别。我想可能是我没有专心看电视的缘故吧！

　　我并不打算理出头绪，想明白自己接下来该怎么做。如果你们聪明，就会知道有时候晚上是理不出什么头绪的，因为晚上的思绪根本不清楚。日落以后，不管你理出什么头绪，十次有九次，你都得在第二天早上再重新来一次。所以我只是坐着，电视上的地方新闻播完之后，《今夜秀》节目开始的时候，我又睡着了。

　　我做了一个梦。我梦见了我和薇拉，不过薇拉的样子和我刚认识她的时候一样。那时候乔还活着，她的孩子们和我的孩子们都还在身边，而且大部分的时候都光着脚四处跑。我梦见我们正在洗盘子，她负责洗，我则负责擦。但我们并不是在厨房里，而是站在我家客厅的小火炉前。这就奇怪了，因为薇拉从来没有到过我家，一次也没有。

　　不过在我的梦中，她确实来了。她将盘子放在火炉上方的塑料盆里，那些盘子不是我的旧东西，而是她高档的斯波德瓷盘。她洗完一个盘子就递给我，但是每一个盘子都从我的手中滑落，在炉台上摔碎。薇拉说："多洛雷丝，你必须更小心一点。如果发生意外，你却不小心的话，事情会乱成一团。"

我向她保证我会小心的，而且我保证我一定会努力做到的。但是话一说完，下一个盘子又从我的手中滑落了，然后又一个，又一个，又一个。

"这真是太糟糕了，"最后薇拉说，"你看看你做的好事！"

我低头看去，可炉台上并没有盘子的碎片，只有乔的假牙碎片以及破碎的石头。"薇拉，别再递盘子给我了，"我一边说，一边哭，"我想洗盘子这件事，我是做不来的。或许我已经太老了，我也不知道，但是我不想再打破盘子了，这一点我还知道。"

不过她仍然继续递盘子给我，而我则继续打破。盘子落到砖上所发出的声音愈来愈大，愈来愈低沉，最后盘子发出轰隆巨响，而不再是落到砖上破裂时所发出的清脆撞击声。我突然明白，我是在做梦，而那些轰隆巨响并不是梦中的声音。我猛地醒了过来，差点从椅子上摔到地上。这时又发出一声轰隆巨响，这一次我终于听了出来，那是枪响的声音。

我站起来，走到窗户边。两辆皮卡呼啸而过，车的后面有人，一辆后面载了一个人，另一辆后面好像有两个人。看来他们每个人都手持猎枪，每隔几秒，其中一个人就对空放枪。枪响之后，枪口出现明亮的火花，然后又是一声巨响。从那些男人（我猜他们都是男人，不过我不敢肯定是不是）前后摇晃的样子，以及从货车迂回行进的样子来看，我想他们那一帮人都是喝醉酒的浑蛋。我也认出了其中一辆皮卡。

你说什么？

不，我不会告诉你的，我自己的麻烦已经够多了。我不打算因为一些人晚上喝醉酒之后乱开枪，就将他们拖下水。我想，我可能根本就没有认出那辆皮卡吧！

不管怎么样，当我看见他们只对着低垂的云朵扫射时，我将窗户往上一推。我想他们会利用山脚那块空旷的土地转弯，果然没错。其中一辆车还差点卡住了，你说好笑不好笑。

他们将车子往回开，一边猛按喇叭，一边摇头呐喊。我将手掌放在嘴边做成杯状，对着他们大叫："你们快给我滚！你们不睡觉，别人可要睡觉！"我用尽力气大喊。其中一辆车转弯稍微大了点，差一点就开进水沟里，所以我想我应该吓着他们了。这时单独站在其中一辆车（我想就是刚刚我认出来的那一辆）后面的那个家伙还跌了个狗吃屎。不是我夸口，我的肺活量真的不是盖的，如果我想的话，我可以和他们较量一番，看谁叫得大声。

"你这个该死的臭婊子凶手，滚出小高岛！"其中一个人不甘示弱地向我大喊，然后又对着天空放了几枪。我想那只是他们向我展示自己有几分勇气罢了，因为他们没有再转回来。我听见他们一路叫嚣着往镇上开去，皮卡的消声器叫个不停，换低速挡的时候，排气管还像放炮一样，砰砰地响个不停。我敢打赌，他们的目的地一定是前年才开张的那家该死的酒吧！你们也知道，男人喝醉酒开皮卡是什么德行。

被他们这样一闹以后，我大为光火。我不再觉得害怕，而且他妈的一点也不想哭了。我觉得很坚强，也很生气，不过还没有气到不能思考，或者气到不到理解为什么那些人要这么做。当我要发泄怒气的时候，我要自己想想萨米·马钱特，让自己冷静下来。我想到他跪在楼梯上，先看着那根擀面杖，然后又抬起头来看着我的那个眼神。当时他的眼睛和暴风雨前的海面一样深沉，就像那天塞莱娜在菜园里看我的眼神一样。

安迪，当时我就知道，我必须再回来这里。不过，在那些男人离开之后，我才明白我不能再欺骗自己，以为我依然可以选择告诉你哪些事情，隐藏哪些事情。我明白我必须说出一切。我回到床上，安稳地睡到早上8点45分。那是我这辈子第一次那么晚起床。我猜啊，我的身体是想充分休息，好让自己能够整晚说个不停。

我一起床之后，就打算快刀斩乱麻，立即进行这件事——苦药最好马上吃掉。不过，我出门之前被一件事情耽搁了，否则，我就可以早一点过来告诉你们这些事情了。

我洗了澡，在换上衣服之前，将电话线插头插回了墙上。当时已经不是晚上，我也不是半梦半醒的状态。如果有人想打电话骂我，我想我也会回敬他们，就从"懦夫"和"偷偷摸摸的小人"开始。果不其然，我刚穿好长裤，电话就响了。我拿起话筒，准备好好对付话筒那一端的家伙，这时候一个女人的声音说："喂？请问多洛雷丝·克莱本女士在吗？"

当时我马上知道那是长途电话，不只是因为电话上有长途引起的轻微的回音。我知道那是长途电话，还因为岛上没有人会称呼女人为女士。可能是"小姐"，可能是"太太"，但是"女士"这个称呼还没传到岛上来，只有杂货店的杂志架上，才会每个月出现一次这个词。

"我就是。"我说。

"您好，我是艾伦·格林布什。"她说。

"怪了，"我说，请原谅我的唐突，"你的声音听起来不像是个艾伦·格林布什。"

"这里是他的办公室，"她说，好像我是她遇到过的最笨的家伙似的，"请您等一下，艾伦·格林布什先生马上就过来听电话。"

她突如其来的一通电话，让我一时之间想不起来，这个艾伦·格林布什到底是谁。我知道我听过这个名字，但我不记得是在哪里听过的。

"到底是什么事？"我说。

她沉默了一下，好像她不应该透露那种消息似的。然后她说："我想这件事和薇拉·多诺万夫人有关。克莱本女士，请您等一下，别挂断好吗？"

我突然想到了，格林布什就是那个常用厚厚信封寄挂号信给薇拉的人嘛！

"好的。"我说。

"对不起，您刚刚说什么？"她说。

"我不会挂断电话的。"我说。

"谢谢您。"她说。电话那头传来咔嗒一声，我就穿着内衣，站在那儿等着。我只等了一会儿，却觉得等了很久。就在他接起电话之前，我突然想到，他一定是要问我有关我代薇拉签名的事。他们抓到我了。这大有可能，你们难道没有注意过，要是一件事情出错了，接下来的事情也会跟着出错吗？

这时他拿起话筒。"克莱本女士？"他说。

"没错，我就是多洛雷丝·克莱本。"我告诉他。

"小高岛的执法人员昨天下午打电话通知我，薇拉·多诺万已经辞世了，"他说，"我接到电话的时候，已经很晚了，所以决定等到今天早上再打电话给您。"

我本来想告诉他，这个岛上有些人可不在乎什么时候打电话给我比较合适。不过，我当然没有这么说出口。

他清清喉咙，然后说："我这儿有一封多诺万夫人五年前寄给我的信，她在信上特别指示我，要在她过世二十四小时之内，通知您与她财产有关的一些事情。"他又清了一次喉咙，继续说："虽然之后我和她多次在电话里谈过，不过那是真正由她寄来的最后一封信。"他的声音听起来冷冰冰的，很难取悦的样子，是那种他说话，你不得不听的声音。

"你到底在说些什么，伙计？"我问他，"别再吞吞吐吐的了，快告诉我这到底是怎么回事！"

他说："很荣幸地通知您，除了给新英格兰流浪儿之家的一小笔捐赠，您是多诺万夫人遗嘱上的唯一受益人。"

我舌头打结，说不出话来。我脑子一片空白，只能想到她又要玩那个吸尘器的把戏了。

"稍后您会收到确认电报，"他说，"但是我很高兴能在电报送达之前，先通过电话通知您。多诺万夫人特别强调，要我一定这么做。"

"那倒是，"我说，"她可能特别强调了！"

"我相信多诺万夫人过世了，您一定非常悲伤，我们也一样。可我希望您知道，您将会非常富有。未来如果有什么需要我服务的地方，我一定竭诚为您服务，就像我为多诺万夫人一样尽心。当然我会通过遗嘱认证过程，让您随时掌握遗嘱的处理进度。不过，我真的不认为会有任何问题或是延误的可能。事实上——"

"老兄，等一下，"我说，声音有点低沉沙哑，听起来很像干涸池塘里的青蛙，"你说的遗产到底有多少钱？"

安迪，我当然知道她很有钱。虽然她过去几年只穿法兰绒睡衣，而且吃得不多，饮食固定，只吃金宝汤罐头和嘉宝婴儿食品，但是这并不能改变她有钱的事实。我看见那栋房子，也看见那些车子。而且有时候，我除了签名栏，也多看了几眼那些厚厚信封袋里装的文件。有些文件是股票转让表格，我知道如果你能卖出2000股普强股票，再买入4000股密西西比河谷电力公司股票，那你不太可能会落魄到进救济院。

我这么问可不是为了申请信用卡，好让我能够订购西尔斯商品目录上的东西，你们可别误会了。我会这么问，是有道理的。我知道那些以为是我杀了她的人的数量，很可能会随着她留给我钱的多少而大幅上涨，我想知道我会受到多大的伤害。我以为那笔钱可能最多也就6万或是7万美元。不过，他已经说过，她捐了一些给孤儿院，我想那笔钱也会减少一些。

还有一件事让我觉得很恼人，就像6月的牛虻停在你脖子后面叮你那样恼人。这整件事有什么地方不对劲。但我不确定到底哪里不对劲，就像他的秘书第一次提到他的名字时，我不确定他到底是谁一样。

他说了一堆话，不过我听不清楚，听起来像是"叽里咕噜叽里咕噜3000万美元左右"。

"请问你说什么？"我问他。

"我说，扣掉遗嘱认证处的费用、法律费用以及其他小额支出，遗产总额应该是3000万美元左右。"

　　我拿着电话的那只手有点麻，就像我醒过来发现，我几乎整晚都睡在手臂上一样，中间部分发麻，周围则有刺痛的感觉。我的双脚也觉得刺痛，我突然又有整个世界是玻璃做成的那种感觉。

　　"很抱歉。"我说。我听见自己咬字清晰，发音完美，不过我对从我嘴巴里说出来的话，没有任何感觉。听起来只是噼里啪啦的声音，就像狂风大作时，百叶窗啪啦啪啦一样。"这里的信号不太好，我还以为你提到什么千万之类的字眼呢！"然后我笑了，表示我知道这有多蠢。可一部分的我一定觉得，这一点也不蠢，因为那是我听过的从我嘴里发出来的最假的笑声，那个声音听起来就像"哈——哈——哈——"那样。

　　"我的确提到了千万，"他说，"事实上，我刚刚说的是3000万。"要不是那笔钱是薇拉留给我的遗产，我想他一定会咯咯咯地笑。我想，他很兴奋。我想，在他那冷冰冰又难取悦的声音之下，他一定兴奋得要命。我猜啊，他觉得自己就像约翰·比尔斯福特·蒂普顿一样，蒂普顿那个有钱人以前常常在那个电视节目上送出百万美元。这个格林布什想做我的生意，这当然是他的重点之一。我觉得对他那种人来说，金钱就像电动火车一样，他不希望薇拉的这一大笔钱从他眼前溜过。不过，我认为对他而言，最有趣的地方就在于听我胡言乱语，就像我那时候的反应一样。

　　"我不懂。"我说。这时候我的声音非常微弱，连我自己都快要听不见了。

"我想我能够了解您的感受，"他说，"这是很大一笔钱，您当然需要一些时间慢慢适应。"

"到底有多少钱？"我问他。这一次他真的咯咯笑了。安迪，要是当时他就在我身边，我一定会狠狠地踢他屁股。

他又说了一次："3000万美元。"我一直想着，要是我的手再麻点，我可能连话筒都拿不住了。我开始觉得慌张，就像有人在我脑子里吊着钢丝绳，晃过来又荡过去。我想着"3000万美元"，但那只是几个字而已。我努力去理解3000万美元到底是多少钱，但我的脑子里只出现了一个画面，那是小皮特四五岁的时候，小乔常常为他念的唐老鸭漫画书里的画面。我看见一个超大的金库，里面堆满了钱币和纸钞。不过，我看见的不是鸭嘴上方戴着小圆眼镜、用戴了鞋罩的脚蹼滑着往那堆钱前进的史高治·麦克老鸭，而是我自己穿着卧室的拖鞋滑向那堆钱。然后那个画面消失了。我想到萨米·马钱特从擀面杖看向我，又看向擀面杖时的眼神。那个眼神就像塞莱娜那天在菜园里看我的眼神一样，既深沉又充满怀疑。接着我想到那个打电话告诉我，这个岛上还有正直的基督徒，他们不会和凶手住在一起的女人。我真想知道，那个女人和她的朋友们发现薇拉死后，我竟然得到了3000万美元，他们会做何感想。想到这一点，我几乎陷入了恐慌。

"你不能这么做！"我发疯般地说，"你有没有听见我说的话？你不能要我收下那笔钱！"

这时候轮到他说他听不太清楚，说信号不太好，线路一定有什么地方出问题了。我一点也不觉得惊讶。当格林布什那种人听见别人说他们不想收下3000万美元的时候，他们一定觉得是通话设备出问题了。我又重复了一次，要他把钱拿回去，要他把所有钱都捐给新英格兰流浪儿之家。这时候我突然想到整件事情哪里不对劲了。我不只是突然想到，还像被许多砖块砸到头一样。

"唐纳德和黑尔佳！"我说。我的语气一定像电视上益智游戏节目的参赛者，在奖金环节的最后一两秒说出正确答案那样。

"请问您刚刚说什么？"他问我，语气相当谨慎小心。

"她的孩子们！"我说，"她的儿子和她的女儿！那笔钱是他们的，不是我的！他们是血亲！我只不过是个自大的管家而已！"

他很久都没有说话，我还以为电话已经断线了。不过，我一点也不觉得遗憾，老实说，我当时觉得自己快晕倒了。我正准备挂上话筒，他就用平淡又奇怪的语气说："原来你不知道。"

"不知道什么？"我对他大吼，"我知道她有个儿子叫唐纳德，还有一个女儿叫黑尔佳！我知道他们他妈的太好了，好到不来这里探望她，不过，她总是会为他们留着房间。但是现在她过世了，我猜他们不会好到不想平分你现在说的这一大笔钱！"

"原来你不知道。"他又说了一次。好像他是在问自己问题，而不是要问我似的。他说："你为她工作了这么多年，怎么可能不知道这件事？这怎么可能？难道克诺彭斯基没有告诉过你？"我还没开口回答呢，他就开始自己回答了。"这当然有可能，除了第二天当地报纸内页刊登的小短文，她几乎隐瞒了整件事。30年前哪，只要有钱，这么做并不难。我甚至不确定，当时有没有刊登讣告呢！"他停了一下，然后像有些人刚刚发现自己认识了一辈子的人有不为人知的一面那样继续说："她谈到他们的时候，好像他们还活在世上，对不对？这么多年一直这样？"

"你到底在胡说些什么？"我对他大吼，仿佛有电梯在我肚子里往下降。突然间，所有的小事开始在我脑中拼凑出完整的画面。我不想看见那些小事被拼凑起来，但是它们却不听使唤。"当然她谈到他们的时候，好像他们还活在世上！他们的确还活着！他在亚利桑那州开了一家房地产公司，叫黄金西部联合公司！她则是在圣弗朗西斯科设计服装，那家公司叫盖洛德流行服装公司！"

只不过她常常读那些厚厚的平装本历史小说，封面上的女人穿着开高衩的裙子，亲着没有穿上衣的男人。那些书的出版公司就叫黄金西部，每本书上方都有一条锡箔纸印着那个名字。然后，我突然想起来，她出生在密苏里州一个叫作盖洛德的小镇。我希望自己回想起的那个小镇叫盖伦，或者盖尔斯堡，但我知道，那都不是那个小镇的名字。不过，她女儿也有可能是以她妈妈的出生地来为自己的服装公司命名的啊！我这样告诉自己。

"克莱本女士，"格林布什以低沉又有点焦虑的语气说，"多诺万夫人的先生死于一场不幸的意外，当时唐纳德15岁，黑尔佳

13岁——"

"这我知道!"我说,好像是要让他相信,如果我知道这一点,我一定也知道所有事情。

"之后多诺万夫人和孩子们的感情出现了裂痕。"

这我也知道,我还记得1961年阵亡将士纪念日那天,他们一家人照例来岛上度假。当时大家都议论纷纷,说为什么孩子们那么安静,那么沉默。还有一些人提到,他们似乎再也没有看到过多诺万一家三口一起出现了。这倒是奇怪了,因为多诺万先生一年前才突然过世,发生那种意外,会让家人的感情更紧密才对。不过,那时我以为城市人对这种事的反应可能有点不一样。我还记得另一件事,那是吉米·德威特那年秋天告诉我的一件事。

"1961年7月4日过完不久,他们一家人在餐厅里大吵了一架,"我说,"第二天那两个孩子就离开了。我还记得那个欧洲人,我是说克诺彭斯基,驾着他们家那艘大汽艇,载他们回到了大陆那边。"

"没错,"格林布什说,"事情发生之后,我从特德·克诺彭斯基那儿得知了他们到底为什么事情起的争执。那年春天,唐纳德拿到了驾照,于是多诺万夫人买了一辆车送给他当生日礼物。那个女孩,也就是黑尔佳,说她也要一辆汽车。薇拉,我是说多诺万夫人,显然努力向那个女孩解释这是个愚蠢的想法。没有驾照,有了汽车也没有用。等她15岁了,才可以买汽车。黑尔佳说,在马里兰州或许没错，不过缅因州的规定不一样。在缅因州，只要14岁就可以拿到驾照，而她当时正好14岁。克莱本太太，她说的是真的，还是只是青少年的空想？"

"当时的规定的确是这样的，"我说，"不过，我想现在至少要15岁才可以拿到驾照。格林布什先生，她送给她儿子的生日礼物是克尔维特跑车吗？"

"是的，"他说，"的确是克尔维特跑车。克莱本太太，您怎么知道？"

"我一定是在照片上看过那辆车子吧。"我说，但是我几乎听不见自己的声音。我听见的是薇拉的声音。"我不想再看见他们在月光下用绞车将那辆雪佛兰克尔维特跑车从石坑里打捞起来，"她躺在楼梯上快死的时候说，"不想再看见水从副驾驶座那边开着的窗户流出来。"

"她会保留那样的照片在身边，真是让我惊讶，"格林布什说，"唐纳德和黑尔佳就死在那辆车子里。事故发生在1961年10月，离他们父亲过世那天，几乎刚好是一年。当时开车的人，好像是那个女孩。"

他继续说着，但是我几乎听不见他的声音。安迪，我正忙着为自己填补脑中的空白，而且速度很快，快到我马上猜到，我一定早就知道他们死了。在我的内心深处，我一定早就知道了。格林布什说，当时他们喝醉了，还将车速飙到每小时100英里，就在这个时候，那个女孩来不及转弯，将车子开到了石坑里。他说，在那辆昂贵的双人座汽车沉入水底之前，他们两个人很可能已经死了。

他还说，那是一场意外。不过啊，我对意外可能比他懂的还多呢！

或许薇拉也一样。或许她一直都知道，他们那年夏天的那场争执和黑尔佳要不要拿缅因州的驾照，一点关系都没有。那只是方便他们起争执的导火索罢了。当麦考利夫问我，乔掐我脖子之前，我们到底为了什么事情起争执时，我告诉他，表面上是为了钱，其实是为了酒。我也注意到，人们起争执的表面原因和真正原因有很大差异，多诺万一家三口起争执的真正原因很可能是迈克尔·多诺万前一年发生的意外。

安迪，她和那个欧洲人联手杀了那个人——她做了这一切，曾经也暗示过我，不过从来没有明说。她也没有被逮到，但是有时候家人可以察觉到法律看不见的蛛丝马迹，譬如塞莱娜那种人。多诺万和黑尔佳可能也是那种人。我真不知道那年夏天他们在港湾饭店大吵一架，然后永远离开小高岛之前，那两个孩子是用什么样的眼神看她的。我很努力很努力，想要记起他们看她的眼神，想知道他们的眼神是不是像塞莱娜看我的眼神一样，但我就是记不起来。或许总有一天我会想起来，不过如果你们了解我的意思的话，你们就知道，我并不希望记起他们的眼神。

我知道对唐纳德·多诺万那种小淘气来说，16岁就拿到驾照实在是太早了——太他妈的早了，再加上那辆拉风的车子，谁都知道发生意外是迟早的事。薇拉很聪明，她一定知道这一点，她一定也担心得要命。或许她恨孩子的父亲，但她爱她的儿子，就像爱自己一样。我知道她真的爱他，不过她还是送了他那辆车子。她虽然强硬，却还是将那辆跑车交给了那两个孩子，结果证明这等于在他们口袋里放了一枚火箭。那时他才刚上高中一年级。可能才刚开始刮胡子呢！安迪，我想那是罪恶。很可能是我希望这么想，因为我不想让整件事混杂着恐惧，我不想认为，像他们那种有钱人家的孩子，可能会利用父亲死亡这件事，来敲诈自己的母亲，得到他们想要的东西。其实我并不真的这么认为，不过你们也知道，这不无可能。既然这个世界上会有父亲处心积虑好几个月，想要拉自己的女儿上床，那我相信没有什么事情是不可能的。

"他们已经死了，"我对格林布什说，"你要告诉我的，就是这件事。"

"没错。"他说。

"他们已经死了三十多年了。"我说。

"没错。"他又说了一次。

"她对我说的和他们有关的事情，"我说，"都是假的。"

他又清了清喉咙——那个男人可真是全世界最会清喉咙的人了，要是他总是像今天这样说话。当他开始说话的时候，他的声音听起来真是他妈的太自然了。"克莱本女士，她对你说过哪些和他们有关的事？"

安迪，我仔细一想，才意识到她从1962年夏天起就告诉了我很多事情。那年她来到岛上时，比前一年至少瘦了20磅，看起来也老了10岁。我记得她告诉我，唐纳德和黑尔佳8月可能会来岛上住。她要我检查一下，确保我们有足够的桂格燕麦片，因为他们早餐就只吃燕麦片。我还记得，她10月又回到了岛上，那年秋天正是肯尼迪和赫鲁晓夫决定是否要打仗的时候。当时她告诉我，未来我会常常看到她。"我也希望你能常常看到孩子们。"她曾经这么说。不过安迪啊，她的声音听起来不太对劲……还有她的眼神……

当我站在那儿，手上拿着话筒时，我想到的主要是她的眼神。这么多年来，她用嘴巴告诉我各种事情，告诉我他们上哪所学校，他们在忙些什么，交了什么男女朋友（根据薇拉的说法，唐纳德结了婚，而且还生了两个小孩，黑尔佳则是结婚又离婚了）。但是我明白，从1962年夏天开始，她的眼神只告诉我一件事情，一次又一次，那就是他们已经死了。没错……不过可能还没有完全死去，只要缅因州沿海小岛上那个又瘦又丑的管家相信他们还活着，他们就还没有完全死去。

我的思绪从这里跳到了1963年夏天，就是我杀了乔的那年夏天，也就是出现日全食的那年夏天。她对日全食很着迷，不过并不只是因为那是一生只能遇上一次的事，才不是呢！她爱上了日全食，因为她以为日全食可以让唐纳德和黑尔佳回到松林小筑。她一再对我说着这件事。而那个眼神，那个她知道他们已经死了的眼神，在那年春天以及夏初，暂时消失了。

你们知道我是怎么想的吗？我想在1963年的3月或4月到7月中旬的那段时间，薇拉·多诺万真的疯了。我想在这几个月，她真的认为他们还活着。她从记忆中拭去那辆车子被打捞起来的景象，她凭借顽强的意志力，让自己相信他们死而复生。相信他们死而复生？不对，这么说不太正确，应该说，她利用日全食让他们死而复生。

她疯了，而且我相信，她当时希望自己就那样疯下去。她可能以为这样就可以让他们回来，也可能是为了惩罚她自己，或者两者皆有。不过，最后她的神志实在是太过清楚，所以无法继续发疯。在日全食之前的一个星期或是十天，一切都开始土崩瓦解。我记得那一次，我们一群为她工作的人忙着为日全食以及之后的宴会做准备，我记得很清楚，仿佛那是昨天才发生过的事情一样。整个6月和7月初，她的心情一直很愉快。不过，差不多就在我送孩子们离开之后，一切就开始急转直下，变得糟透了。从那时候开始，薇拉的举止就像是《爱丽丝梦游仙境》里的红桃皇后，如果有谁敢斜眼看她，她一定对他们大吼，还动不动就解雇帮佣。我想啊，那是她最后一次希望他们回来的愿望落空了吧。当时她就明白，他们已经死了，以后再也不会回来了。不过，她仍继续进行她计划已久的宴会。你们可以想象，那需要多大的勇气吗？那需要无所畏惧的非凡勇气。

我还记得她说的一件事——这是发生在她辞退乔兰德家那个女孩，而我挺身顶撞她之后的事。后来薇拉来找我的时候，我以为她一定会炒我鱿鱼。可是她却没有那么做，她送我一袋观赏日全食的设备，并且还向我道了歉。对薇拉·多诺万来说，那就是一种道歉的方式。她说，有时候女人不得不成为傲慢的臭婆娘。"有时候，"她告诉我，"当个臭婆娘是支持女人继续活着的力量。"

说得倒是，我心里想。当我们一无所有时，我们还可以当个臭婆娘！臭婆娘总不会消失的。

"克莱本女士？"我耳旁响起了一个声音。这时候我才想到，他还在线上，我已经完全忘记他了。"克莱本太太，您还在吗？"

"我还在。"我说。他刚刚问我，她到底告诉过我哪些与他们有关的事。他这么一问之后，我开始回想起悲伤的过去，但是我不知道该怎么告诉他那些事情。他这个纽约客一点也不了解我们是怎么在小高岛上过日子的，也不了解她是怎么在小高岛上过日子的。换句话说，他对普强和密西西比河谷电力公司了若指掌，但是对墙角的电线，可就一无所知了。或者是尘土怪。

他继续说："我刚才问你，她对你说过什么——"

"她告诉我，要为他们铺好床，还要在食品储藏室里准备足够的桂格燕麦片，"我说，"她说她希望一切就绪，因为他们随时都可能决定回来。"安迪，我这么说离事实也不远。反正啊，对格林布什而言，这么说就够了。

"天哪，这真是太令人震惊了！"他说，他的语气听起来就像某个异想天开的医生说："天哪，这是脑瘤！"

之后我们又谈了一会儿，不过我记不得我们到底又谈了些什么。

我想我又说了一遍，我不想收下那笔钱，一分钱也不想要。而且安迪啊，从他说话的那种温和愉快，又有点哄我开心的方式，我就知道，你和他谈话的时候，并没有告诉他萨米·马钱特告诉你的那些，以及岛上其他人听来的片面之词。我猜你可能认为这不关他的事，至少现在还不关。

我记得我当时告诉他，将所有钱都捐给流浪儿之家。他说，他不能这么做，但是只要遗嘱通过了遗嘱认证处的裁定，我就可以这么做，不过他实在是无能为力。就算是世界上最愚蠢的人也会说，他认为一旦我搞清楚整个状况之后，是绝对不会这么做的。

最后我答应他，等我"脑子比较清楚了"（这是他的说法），再打电话给他，然后我就挂上电话了。我在那儿站了好久，一定不止十五分钟，我觉得……毛骨悚然。我觉得那笔钱好像压着我，粘到我身上，就像小时候，一些小虫子常常粘到我爸爸每年夏天挂在屋外厕所里的捕蝇纸上一样。我很害怕我一动，那笔钱就会粘得愈来愈紧，我真害怕那笔钱会将我完全包住，直到我再也没有机会脱身。

等我移动的时候，安迪，我已经完全忘记要来警察局找你。说老实话，我差点忘了穿上衣服呢！虽然我本来打算穿的裙子已经整整齐齐地摆在床上（这时候裙子还是在那儿，除非有人闯入，找不到那件裙子的主人发泄怨气，只好拿它出气），最后我还是穿上一条旧牛仔裤，套上一件旧毛衣，再穿上那双旧高筒橡胶鞋。我觉得这副装扮还不错。

我绕过车库和黑莓丛之间的那块白色大石头，停了一会儿，看了一下那些藤蔓，听着风在那些多刺的树枝之间沙沙作响。我刚好能看见那个白色的混凝土井盖，这让我直打哆嗦，就像患了重感冒或流感的人一样。我抄近道走过俄罗斯草原，然后走到东大道的路尾，来到东海角。我在那儿站了一会儿，让海风将我的头发往后吹，把我吹醒。海风总是能让我脑子清醒，接着我步下阶梯。

哎呀，弗兰克，别一脸担心的样子啦！围在阶梯上的绳子和警告标志都还在，只是经历过这么多事情之后，我并不太担心那一排摇摇晃晃的阶梯了。

我一路走到底，跟跟跄跄地，一直走到海边那堆石头那里。老镇码头（过去一些老人就是这么称呼西蒙斯码头的）就在那儿，不过现在码头没有了，只剩下几根柱子和两个被固定在花岗岩上的大铁环，大铁环都已经生锈了，一片片地剥落着。它们看起来很像我想象中的飞龙头骨上的眼窝（如果这个世界上真的有飞龙的话）。安迪，我小时候常去那个码头钓鱼，我以为那个码头会一直在那儿，永远都不会消失。最后，一切都敌不过大海的侵蚀。

我坐在最下面的一层阶梯，晃着我的高筒橡胶鞋，在那儿待了七个小时。我一直坐在那儿，看着潮落，又看着潮起，直到看累了。

刚开始我想考虑那笔钱，可我无法专心想着那笔钱。或许一生富有的人做得到，但是我不行。每一次我试着专心想那笔钱，我就看见萨米·马钱特先看着擀面杖，然后又抬起头来看着我的表情。安迪，当时那笔钱对我的意义就是如此，现在也一样，那就是萨米·马钱特用深沉的眼光看着我，然后说："她不是没办法走路吗？多洛雷丝，你明明告诉过我，她不能走路，不是吗？"

接着我想到唐纳德和黑尔佳。"愚我一次，其错在人。"我坐在那儿自言自语。我的双脚在水面上晃着，离水面那么近，有时候浪花溅起的飞沫还打在脚上。"愚我两次，其错在我。"只不过她从来没有真正骗过我……她的眼神从来没有骗过我。

我还记得在20世纪60年代后期的某一天，我突然想到，从1961年7月那天我看着那个欧洲人载他们回大陆那边之后，我就再也没有见过他们了，一次也没有。这让我觉得很困惑，所以我打破以往的惯例，在薇拉提到他们之前，就开口问她孩子们的事。"薇拉，那两个孩子最近好吗？"我问她。我还来不及反应，那些话就这样从我嘴巴里跳了出来，上帝为证，那些话真的就这样跳出来了。"他们究竟好不好？"

我还记得，当时她在客厅，坐在弓形窗旁的椅子上做编织。当我问她那个问题的时候，她停下手里的活，抬起头来看着我。那一天太阳很大，照在她的脸上，形成明亮又冷硬的线条，她的表情很可怕，我差点就尖叫了。过了一两秒，那股冲动过去了，我这才发现问题在她的眼睛。她的眼睛深陷，在那道阳光照耀所形成的明亮线条之下，看起来就像是两个黑色圆圈。那双眼睛就像是"他"从井底往上看着我的那双眼睛……就像是两块黑色小石头或是煤块被塞进了白色面团里。在那一两秒，我真觉得自己见了鬼。然后她的头动了动，我才回过神来，发现原来那是薇拉。她坐在那儿，看起来就像前一晚喝多了一样。要是她真的喝多了，那也不是头一遭。

"多洛雷丝，我真的不清楚，"她说，"我们已经很疏远了。"她只说了这些话。不过，她也不需要多说。她告诉过我的与他们有关的所有故事（我现在知道了，那都是她虚构的故事），还不如她说的这句"我们已经很疏远了"来得真实。我今天在西蒙斯码头时，大部分的时间都在想，那是多么恐怖的一个词——疏远。光是她说那个词的声音，都让我忍不住颤抖了。

我坐在那儿，最后一次回想那些旧事，然后就抛开它们，从我坐了大半天的地方站起来。我已经决定，我不会在乎你们或是其他人到底相不相信我说的话。一切都结束了。不管是对乔，对薇拉，对迈克尔·多诺万，对唐纳德和黑尔佳，还是对多洛雷丝·克莱本而言，一切都结束了。不管以什么方式，连接过去和现在的所有桥梁都已经被烧掉了。时间是海峡，就像连接各个小岛和大陆的那道海峡一样，但是唯一能通过这道海峡的渡轮只有记忆，而记忆就像一艘幽灵船。如果你希望幽灵船消失的话，一段时间之后，它就会消失。

不过，撇开这些不谈，事情竟然有这样的演变，其实也蛮有趣的，你们说是不是？我还记得，当我站起来，返回到那些摇摇晃晃的阶梯时，脑中突然闪过一个念头。乔从井里慢慢伸出他的手，差点将我拉下去陪他的时候，我的脑中也出现过同样的念头——我为敌人掘了坑，却掉入自己所挖的陷阱里。当我握着老旧斑驳的栏杆，往阶梯上爬时（当然要假设，这些阶梯会让我安全地再走回去），我觉得这终于发生了，也觉得我本来就知道，总有一天会发生这件事。只是比起乔掉进他的陷阱，我掉进我的陷阱花了比较长的时间罢了。

薇拉也有陷阱等着她掉进去。如果我有什么是值得庆幸的，那应该是我不需要像她一样，想着自己的孩子有一天会起死回生吧！不过呢，有的时候，当我和塞莱娜在电话上聊天，听着她说话含糊不清时，我不知道我们两个人可不可以逃离生命中的痛苦与悲伤。安迪，我愚不了她，是我的错。

但是我会把握眼前的一切，然后紧咬着牙，看起来就像咧着嘴笑一样。我常常这么做。我努力要自己记住，至少我的三个孩子当中还有两个活着。我努力要自己记住，比起小高岛上的人在我的孩子们还小的时候认为他们会有的成就，他们还要更成功，如果他们的窝囊父亲没有在1963年7月20日下午发生意外，他们的成就不可能这么卓越。所以啊，生命并不是单选题。我的女儿和其中一个儿子还活着，而薇拉的儿子和女儿都死了。如果我还不知道感恩的话，那么我死后到了全能的上帝面前，就得向他坦承我犯了不知感恩这条罪行了。我不想那么做。我良心的负担已经够多了，很可能我的灵魂也一样。不过你们三个人听我说，要是你们刚才什么话都没有听进去，至少听我说这句话：不管我做了什么事，一切都是为了爱……那是母亲对子女天生的爱。那是世界上最强烈的爱，也是最致命的爱。世界上没有比为孩子担惊受怕的母亲更坏的臭婆娘了。

当我到达最上面的阶梯，站在围绳内的阶梯平台上看着大海时，我又想起那个梦境，就是薇拉一直递盘子给我，而我不断摔碎盘子的那场梦。我想到那块大石头砸到他脸上时所发出的声响，我想到那两种声音其实是同一种声音。

不过，大部分的时候，我想到的是我和薇拉——两个住在缅因州沿岸一块小小岩石上的臭婆娘，过去这些年的绝大部分时间都住在一起。我想到那个年纪比较大的臭婆娘害怕的时候，两个臭婆娘怎样睡在同一张床上，还有她们怎样在那栋大宅子里度过了那些岁月，把大部分时间都花在算计彼此上。我想到她是如何愚弄了我，我如何反击，也愚弄了她，以及我们每个人赢了一回合时，心里头有多么开心。我想到尘土怪群起攻击她时她的样子，她尖叫颤抖，像一只被体形比较大的动物逼退到墙角，差点被撕成碎片的小动物一样恐惧。我还记得我爬上她的床，用双臂抱着她，感觉到她的颤抖，像有人用刀柄敲着精致易碎的玻璃杯一样。我感觉到她的眼泪滴在我的脖子上，然后我会梳着她稀疏干燥的头发说："嘘……小宝贝，别哭了哟！那些讨厌的尘土怪已经走了。你已经安全了，和我在一起绝对安全。"

不过，安迪啊，我发现那些尘土怪从来都没有真正消失过。就在你以为你已经摆脱掉它们，以为你已经将它们全部处理掉，周围再也没有任何尘土怪时，它们又回来了。它们每一只看起来都像一张脸，总是像脸，而那些脸都是你再也不想看见的脸，不管醒着还是在梦里，都不想看见的脸。

我也想到她躺在楼梯上，说她累了，想要结束这一切。我穿着湿漉漉的橡胶鞋，站在摇摇晃晃的阶梯平台上时，很清楚地知道为什么我会选择站在那些腐蚀不堪的阶梯上，连捣蛋鬼放学后或是逃学时都不会到那儿去玩，因为我也累了。我靠着自己的力量，尽我所能地过完了这一生。我工作时绝不偷懒，对该做的事，也不会撒手不干，即使那些事情很糟糕，我也会尽力完成。薇拉说得没错，有时候女人为了生存，不得不当个臭婆娘，但是当臭婆娘很辛苦。我可以告诉全世界，这是真的，我真的好累。那时候我也想结束这一切，我还想到，再走回那些阶梯也不迟。而且这一次我不必走到最后一层阶梯就停下脚步……如果我不想停下脚步，就不必停下来。

然后我又听见薇拉的声音。我听见她的声音，就像那个晚上我在井边听见她的声音一样，不只是我的脑海里响起她的声音，连我的耳朵也听到了。不过，我可以告诉你们，这一次更恐怖，因为

1963年的时候，她至少还活着。

"多洛雷丝，你到底在打什么主意？"她用那傲慢的声音问我，"我比你付出了更高的代价，永远没有人知道我付出了多么高的代价，可我还是扛着自己做出的交易，活了下来。我做的不只有这些。当我的生命中只剩下尘土怪和一堆噩梦时，我将那些梦变成我自己的梦。那些尘土怪呢？它们最后或许逮到我了，但是我在它们达成目的之前，和它们周旋了许多年。现在你也有自己的一堆尘土怪要对付。以前你敢告诉我，辞退乔兰德家的女孩是一件可恶的事，现在如果你失去了这份勇气，那就请便。多洛雷丝·克莱本，你跳吧！因为没有了勇气，你只不过是另一个愚蠢的老女人罢了。"

我往后退，环顾四周。但是我只看见了东海角，狂风大作使空气中夹带着水花，既阴暗又湿冷。我看不见半个人影。我又在那儿多站了一会儿，看着云朵被狂风吹过天际的景象。我喜欢看云朵，它们很安静，高挂在天空，自由自在的，在天空中飘的时候不发出任何声响。然后我转过身，开始往家的方向走。我在路上休息了两三次，因为刚才在湿冷的空气中坐在阶梯上太久，我背痛的毛病又犯了。不过，我还是走回来了。我回到屋子以后，吃了三片阿司匹林，坐进我的车子，直接开来这里。

就是这么一回事。

南希，我看你已经堆了近12卷小录音带了，你那台小录音机一定也累坏了。我也是，不过我这一趟过来，就是打算将所有事情说清楚。现在我说完了，每个他妈的该说的字都说完了，而且我说的话句句属实。安迪，你看该怎么处置我，就怎么处置我。我已经尽了我自己的责任，现在我心安了，可以对自己交代了。我想这才是最重要的吧。这一点，还有知道自己是谁这一点。我知道我是谁，我是多洛雷丝·克莱本，再过两个月，我就66岁了，我是个民主党人，一生都住在小高岛上。

南希，在你按下录音机的停止键前，我想我还要说两件事情——到头来，活得最久的还是臭婆娘……至于尘土怪呢，去它们的！

剪贴簿

资料来源：1992年11月6日埃尔斯沃思《美国人》第1版

小高岛妇女洗清罪嫌

　　昨日在马柴厄斯举办的一场命案特别审讯宣布，在薇拉·多诺万夫人死亡案里，小高岛居民多洛雷丝·克莱本，也是死者薇拉·多诺万夫人的长期陪护，并无任何嫌疑。这场审讯的目的是要确认，多诺万夫人是否非自然死亡，也就是因他者的疏忽职守或是犯罪行为造成的死亡。据称，多诺万夫人死之前，神志并不清楚。而她将巨额财产遗留给她的陪护兼管家这个事实，让克莱本小姐与其雇主死亡一案的关系更加扑朔迷离。有来源估计这笔遗产的总额超过1000万美元。

资料来源：1992年11月20日《波士顿环球报》第1版

萨莫维尔快乐的感恩节

匿名善心人士捐赠3000万美元给孤儿院

今天傍晚，新英格兰流浪儿之家临时召开了一场新闻发布会。这家慈善机构的几位惊讶不已的董事宣布，对这家有150年历史的孤儿院来说，今年的圣诞节提前来临了，因为它收到了某位匿名善心人士捐赠的3000万美元。

"我们从纽约知名律师兼注册会计师艾伦·格林布什那儿收到了这笔巨额捐款，"新英格兰流浪儿之家董事会主席布兰登·耶格万分激动地说，"这是完全真实可信的，不过这笔捐赠幕后的人，或者应该说是守护天使，却坚持不肯透露身份。当然啦，我们流浪儿之家的所有人都非常开心。"

如果这笔千万捐款证实无误的话，那么流浪儿之家的这笔意外之财，将是1938年以来马萨诸塞州孤儿院收到的最大的一笔个人慈善捐款……

资料来源：1992年12月14日《潮汐周报》第16版

小高岛札记
包打听报道

洛蒂·麦坎德利斯太太上星期在琼斯波特举行的星期五夜宴上获得圣诞节大奖，奖金总额有240美元，够她买一拖拉机的圣诞节礼物啦！包打听实在是太太太羡慕了！废话不多说，洛蒂，恭喜你！

约翰·卡伦的弟弟菲洛从德里而来，帮助约翰修补他停在干船坞的"深海之星号"。在这个感恩的季节，没有什么比手足之爱更感人了。读者们，包打听说得没错吧？

和孙女帕特里夏住在一起的乔琳娜·奥比舒于上个星期四完成了一幅2000块的圣海伦斯火山拼图。乔琳娜说她打算拼一幅5000块的西斯廷教堂拼图，来庆祝她明年的90岁寿辰。棒哪，乔琳娜！包打听和《潮汐周报》的所有同事都喜欢你的风格。

多洛雷丝·克莱本这个星期将会多采购一个人的量！她早就知道他的宝贝儿子乔，也就是"民主党先生"，将会从奥古斯塔繁忙的公务中抽身，携家带眷地回到小岛上过圣诞节。不过，她告诉包打听，她的宝贝女儿，也就是知名的专栏作家塞莱娜·圣乔治，在近20年后将首次回家。多洛雷丝表示，她觉得"非常开心"。当包打听问到，他们一家人会不会讨论塞莱娜最近在《大西洋月刊》上发表的那篇时事短评时，多洛雷丝并没有正面回答，她微笑着说：

"我敢肯定，我们一定有很多事要聊。"

包打听从早期复健科听到消息，去年10月因踢足球摔断手臂的文森特·布拉格……

写于1989年10月至1992年2月

译后记

　　终于完成了《日蚀》这本书的翻译工作。呼！想起在斯德哥尔摩赶稿的那段时间，没有接到主编的催稿通知，正暗自庆幸，但是……

　　这本《日蚀》曾经被改编成电影《热泪伤痕》（*Dolores Claiborne*），由凯茜·贝茨主演。因此在翻译的过程中，我脑海中总会回忆起贝茨在影片中的精湛演出。我一边敲着键盘努力翻译，一边想着电影情节放松心情。起来舒活筋骨的时候，顺便打开电视，转转频道，想不到，主编不催稿，斯蒂芬·金倒是出马了。没错，电视上正在播放这部电影！往后连续一个星期，同一台电视不死心地播了七八次这部电影，我简直想打电话向瑞典电视台抗议了。出门租录像带，又看到这部片打折出售，真是哪壶不开提哪壶！我似乎听见斯蒂芬·金"嘿嘿嘿"的笑声了。好好好，我不偷懒，回家继续翻译就是了。

有关《日蚀》一书，整篇故事以第一人称写成。斯蒂芬·金以倒叙手法，让书中的主人公多洛雷丝·克莱本娓娓道出不堪回首的往事。多洛雷丝受到丈夫的冷嘲热讽与百般欺压，却依旧咬着牙忍耐。最后得知丈夫竟然将她为孩子们储存的教育基金全数占为己有，而且准备对女儿伸出魔掌。在忍无可忍的情况下，她终于决定……

真的不想在斯蒂芬·金的名字前面加上已经被大家用烂的称号——"恐怖大师"，因为斯蒂芬·金的书——至少这本书——重点不（只）在于惊悚吓人，而是在令人毛发直竖的描述之中，同时精彩地勾勒出人性，令人动容。

斯蒂芬·金在《日蚀》里道出女性在婚姻中的无奈，也写出她们的坚强。最重要的是，他同时还让读者了解到，世界上最恐怖的其实不是黑暗地狱，而是奸诈人心。

谨将此译本献给我心目中最坚强的女性，我的母亲廖菊女士。

DOLORES CLAIBORNE

Copyright © Stephen King, 1993

This edition arranged with The Lotts Agency Ltd.

through Andrew Nurnberg Associates International Limited

本简体中文版翻译由台湾新雨出版社授权。

著作权合同登记号：图字 18-2020-005

图书在版编目（CIP）数据

日蚀 /（美）斯蒂芬·金（Stephen King）著；陈静芳译 . -- 长沙：湖南文艺出版社，2020.7（2024.3 重印）

书名原文：Dolores Claiborne

ISBN 978-7-5404-9679-1

Ⅰ . ①日… Ⅱ . ①斯…②陈… Ⅲ . ①长篇小说—美国—现代 Ⅳ .① I712.45

中国版本图书馆 CIP 数据核字（2020）第 084990 号

上架建议：畅销·外国文学

RISHI
日蚀

作　　　者：〔美〕斯蒂芬·金
译　　　者：陈静芳
出 版 人：陈新文
责任编辑：丁丽丹
监　　　制：吴文娟
策划编辑：许韩茹
特约编辑：吕晓如
版权支持：辛　艳　张雪珂
营销编辑：傅　丽
封面设计：利　锐
版式设计：潘雪琴
出　　　版：湖南文艺出版社
　　　　　　（长沙市雨花区东二环一段 508 号　邮编：410014）
网　　　址：www.hnwy.net
印　　　刷：三河市鑫金马印装有限公司
经　　　销：新华书店
开　　　本：875mm × 1270mm　1/32
字　　　数：195 千字
印　　　张：10
版　　　次：2020 年 7 月第 1 版
印　　　次：2024 年 3 月第 3 次印刷
书　　　号：ISBN 978-7-5404-9679-1
定　　　价：55.00 元

若有质量问题，请致电质量监督电话：010-59096394
团购电话：010-59320018